2022年山西省哲学社会规划课题

"赵树理文学叙事话语与新中国乡村建设研究"（2022YJ126）结项成果

黄河文化生态研究院建设项目成果

光明社科文库
GUANGMING DAILY PRESS:
A SOCIAL SCIENCE SERIES

·文学与艺术书系·

叙事话语与社会主义想象
基于赵树理文学

令狐兆鹏 | 著

光明日报出版社

图书在版编目（CIP）数据

叙事话语与社会主义想象：基于赵树理文学／令狐
兆鹏著 . -- 北京：光明日报出版社，2024.5. -- ISBN
978 - 7 - 5194 - 7998 - 5

Ⅰ . I206. 7

中国国家版本馆 CIP 数据核字第 2024PP1543 号

叙事话语与社会主义想象：基于赵树理文学

**XUSHI HUAYU YU SHEHUIZHUYI XIANGXIANG：JIYU ZHAOSHULI
WENXUE**

著　　者：令狐兆鹏	
责任编辑：史　宁	责任校对：许　怡　李佳莹
封面设计：中联华文	责任印制：曹　诤

出版发行：光明日报出版社

地　　址：北京市西城区永安路 106 号，100050

电　　话：010-63169890（咨询），010-63131930（邮购）

传　　真：010-63131930

网　　址：http：//book. gmw. cn

E - mail：gmrbcbs@ gmw. cn

法律顾问：北京市兰台律师事务所龚柳方律师

印　　刷：三河市华东印刷有限公司

装　　订：三河市华东印刷有限公司

本书如有破损、缺页、装订错误，请与本社联系调换，电话：010-63131930

开　　本：170mm×240mm	
字　　数：228 千字	印　　张：13. 5
版　　次：2024 年 5 月第 1 版	印　　次：2024 年 5 月第 1 次印刷
书　　号：ISBN 978 - 7 - 5194 - 7998 - 5	

定　　价：85.00 元

目　录
CONTENTS

绪　论

一、赵树理研究的"冷"与"热"

新时期以来，随着改革开放，中国进入了"新启蒙主义时期"，迈步走向现代化成为整个社会的奋斗目标。新启蒙主义是在全面引进西方的价值理念和社会经验的产物，资本主义的发展模式成为很多新自由主义知识分子的追随目标。它在打破20世纪70年代意识形态困局的过程中起到了重要的思想解放作用。然而，新启蒙主义存在着巨大的弊端，其生成逻辑依然是建立在资本主义发展的框架之内，且过滤了中国作为第三世界社会主义国家的独特属性，"这样的国家如果要完成现代化，模仿或复制西方国家的历史模式，显然难以找到超越资本主义社会实践的可能性，而只能出于一种结构性的滞后位置上"①。因此，新启蒙主义实际上是以仰视的目光在处理中国与西方的关系，它无形之中将西方发达的资本主义当作自己的镜像。在这种视角中，中国特色社会主义的巨大遗产被忽略了，并且被当作一个被克服的巨大的阴影。"社会主义仅仅成为落后国家完成现代化的一种带有欺骗和谎言性质的意识形态"②。新启蒙主义在文学范式上产生了巨大的影响，一种叫作"纯文学"的理念诞生了，纯文学观念风行一时的表征是重写文学史的提出。"'20世纪中国文学'的提出，一开始就带有'拨乱反正'的作用和矫枉过正的策略。"③ 20世纪80年代的新启蒙主义旨在将

---

① 贺桂梅．赵树理的历史意义 ［M］//赵沂旸．赵树理纪念文集．太原：山西出版集团，山西人民出版社，2017：193.

② 贺桂梅．赵树理的历史意义 ［M］//赵沂旸．赵树理纪念文集．太原：山西出版集团，山西人民出版社，2017：195.

③ 旷新年．"重写文学史"的终结 ［M］//旷新年．把文学还给文学史．上海：复旦大学出版社，2012：28.

新时期的文学运动与"五四新文化运动"联系在一起，而"改革开放"被化约为资本主义的现代性，其最大弊端在于整个 20 世纪的社会主义革命被简单地拒斥，在文学形态上表征为左翼文学的冷落，被排除在 20 世纪文学的阵营之外。在以审美为中心的纯文学的神话中，"革命文学"成了一个需要克服的他者。李泽厚的"告别革命说"与福山的"历史终结论"在中国风靡一时。而新中国成立前 30 年的文学，成为需要疗愈的顽疾。在"重写文学史"的照耀之下，张爱玲、沈从文、周作人、徐志摩走上文学的殿堂，而郭沫若、丁玲、赵树理等作家被扫入历史的角落。

赵树理所遭受的冷遇体现在他被"降格"为山西的地域文学作家，"作为毛泽东时代'方向作家''铁笔圣手'的赵树理，在 20 世纪 80 年代事实上被还原为一个省域性作家，仅在山西省文学体制之内还保有一定活力"①。这位曾经在解放区被称为"赵树理方向"的写作标杆在新时期成了"山药蛋派"的领袖人物。在 20 世纪 40 年代，赵树理被评论界所重视的原因不仅是因为他"山药蛋"的地方风味，而是因为他口语化的语言。周扬认为赵树理的卓越之处在于他能活学活用群众语言，在口语化方面显示出卓越的能力，是"群众的活的语言"②。20 世纪 40 年代，左翼文坛忽视赵树理"地方性"（"晋东南"风味）的原因是他启用的是《在延安文艺座谈会上的讲话》系统（以下简称《讲话》系统）。在这个系统中，"地方色彩成了知识分子出身的作家用来改造自己以获得'无产阶级'的手段"③。因此，赵树理就这样被视为《讲话》系统中的典型作家，自然会"过滤"地方性语言，被当作"群众性"语言的熟练掌握者。在新时期文学中，作为文学装置的《讲话》系统的效用大大降低，伴随着寻根文学热潮的兴起，"地域特色"成为文坛的热点，赵树理文学的地方性被发现，争论不已的"山药蛋派"终于尘埃落定。朱晓进给"山药蛋派"下了经典定义：

> "山药蛋派"起源于 20 世纪 40 年代中期。1942 年以后，赵树理首先发表了一批具有浓厚乡土气息和山西地方色彩的作品，当时同在山西的马烽、

---

① 贺桂梅. 赵树理的历史意义 [M] // 赵沂旸. 赵树理纪念文集. 太原：山西出版集团，山西人民出版社，2017：197-198.

② 周扬. 论赵树理的创作 [N]. 解放日报，1946-08-26（4）.

③ 李松睿. 地方色彩与解放区文学：以赵树理的文学语言为中心 [M] // 罗岗，孙晓忠. 重返"人民文艺". 上海：上海人民出版社，2019：52.

西戎、胡正、孙谦、束为等在赵树理的影响下，写出了具有大致相同特色的作品。①

　　与现代文学史上其他流派不同的是，"山药蛋派"并没有旗帜鲜明的理论主张，各成员之间也缺乏有机的、紧密的联系。在新中国成立前，赵树理和其他"山药蛋派"成员之间并无紧密的文学互动；在新中国成立后，赵树理的小说只有《"锻炼锻炼"》一篇发表在《火花》这一山西地域文学期刊上。"山药蛋派"的形成与文艺期刊的掌控有着密切的关系。1958年，《文艺报》第十一期隆重编辑了《山西文艺特辑》，首次将赵树理与山西作家马烽、西戎、胡正、孙谦、束为等合并在一起进行简介。朱晓进认为这是"山药蛋派"的来源，有巧合之处。②

　　赵树理一生致力于农村建设，有着极为丰富的乡村建设经验，说他是"中国农村建设专家"也不为过。赵树理的社会主义想象可以为当下的新农村建设提供借鉴，"当下中国新的城乡关系结构，使得赵树理式的立足乡村社会自身基础的现代化和合作化想象，似乎再度成为某种可能的设想"③。与赵树理时代不同的是，当下中国城市化已经取得了巨大成果。然而，颇为吊诡的是，城市化繁荣的背后竟然是以乡村社会的停滞、破坏为代价，这是世纪交替时"三农"问题浮出水面的真正原因。④ 而文学界于世纪之交兴起的底层文学正是中国知识分子自20世纪90年代人文精神讨论之后最深入地介入现实的产物。底层文学的讨论极大地丰富了社会主义新农村建设的内涵，完全有必要重新认识赵树理对社会主义新农村丰富的想象。赵树理对于知识分子与农村建设的思考，对重建乡村公共性的认识、对集体与个人的看法，都为我们的新农村建设提供了极为有益的启示。

二、学术界研究现状

　　作为中国现当代文学史中的一位著名作家，赵树理在山西乃至整个中国都

---

① 朱晓进．"山药蛋派"与三晋文化［M］．长沙：湖南教育出版社，1995：2.
② 朱晓进．"山药蛋派"与三晋文化［M］．长沙：湖南教育出版社，1995：2.
③ 贺桂梅．赵树理的历史意义［M］//赵沂旸．赵树理纪念文集．太原：山西出版集团，山西人民出版社，2017：199.
④ 贺桂梅．赵树理的历史意义［M］//赵沂旸．赵树理纪念文集．太原：山西出版集团，山西人民出版社，2017：199.

有着极为重要的位置。赵树理的独特之处在于他旗帜鲜明地将文学的通俗化、民族化当作自己的文学创作方向。同时，赵树理又绝不是书斋式的作家，他同时拥有农民、知识分子和党的干部三重身份，这使得他的社会关怀和人生理想早已溢出新文学作家的范畴。赵树理中晚期的创作对社会主义革命和建设有着自己独到的理解，这也正是他的作品能够超越时代的限制而被反复研究的原因。赵树理研究一直是学术界研究的热点，涌现出不少高质量的学术成果。

（一）国外学术界赵树理文学研究

国外学术界对赵树理文学研究已经积累了相当丰富的成果。洲之内彻认为赵树理的文学缺乏心理描写，缺少现代的个人主义。① 而竹内好认为赵树理文学的新颖性，就在于其文学形式既包含了现代文学，又超越了现代文学。② 赵树理以中世纪文学为手段，但拒绝返回古代，只是利用了中世纪文学的形式完成对现代文学的批判。

（二）思想史、文学史视域中的赵树理文学研究

随着对"重写文学史"的反思和十七年文学的重评，思想史、文学史视野中的赵树理研究异常活跃，主要有贺桂梅的专著《赵树理文学与乡土中国现代性》③、李国华的专著《农民说理的世界：赵树理小说的形式与政治》④、张霖的专著《赵树理与通俗文艺改造运动》⑤、蔡翔的论文《〈地板〉：政治辩论和法令的'情理'化——劳动或者劳动乌托邦的叙述（之一）》⑥、孙晓忠的论文

---

① 洲之内彻. 赵树理文学的特色 ［M］//中国赵树理研究会. 赵树理研究文集：下卷. 北京：中国文联出版社公司，1996：58-67.

② 竹内好. 新颖的赵树理文学 ［M］//中国赵树理研究会. 赵树理研究文集：下卷. 北京：中国文联出版社公司，1996：68-79.

③ 贺桂梅. 赵树理文学与乡土中国现代性 ［M］. 太原：山西出版传媒集团，北岳文艺出版社，2016：1-15.

④ 李国华. 农民说理的世界：赵树理小说的形式与政治 ［M］. 上海：上海书店出版社，2016：1-31.

⑤ 张霖. 赵树理与通俗文艺改造运动 ［M］. 南京：南京大学出版社，2020.

⑥ 蔡翔.《地板》：政治辩论和法令的"情理"化——劳动或者劳动乌托邦的叙述（之一）［J］. 文艺理论与批评，2009（5）：64-71.

《当代文学中的〈二流子〉改造》①、罗岗的论文《回到"事情"本身：重读〈邪不压正〉》②、李杨的论文《"赵树理方向"与〈讲话〉的历史辩证法》③等。上述专著或论文都试图将赵树理放在文学史或者思想史的长河中，重新审视赵树理的价值，极大地推进了赵树理研究。

（三）地域文化视域中的赵树理文学研究

相比思想史、文学史的轰轰烈烈，赵树理的地域文化研究有点寂静，朱晓进的专著《"山药蛋派"与三晋文化》④ 奠定了赵树理地域文化的基础，而傅书华《走近赵树理》的第六章到第十章，考证了赵树理和"山药蛋派"的关系，梳理了"山药蛋派"的发展谱系，丰富了赵树理地域文学研究。⑤ 赵魁元主编的《赵树理与阳城》⑥、李仁和的论文《论研究赵树理与上党文化关系的学术价值——为纪念赵树理诞辰 100 周年而作》⑦ 则探讨晋东南文化和赵树理文学之间的复杂关系。

（四）叙事学视域中的赵树理文学研究

白春香的专著《赵树理小说叙事研究》⑧ 是国内第一部用叙事学理论研读赵树理作品的专著，运用视角理论、格雷马斯语义学方阵、隐含作者、叙事模式等理论研究赵树理的小说，具有重要的学术价值。刘旭的专著《赵树理文学的叙事模式研究》同样也运用叙事模式、隐含作者、受众理论来研究赵树理小说。⑨ 刘旭运用"表层模式""深层模式"理论研究赵树理，将赵树理和周立

① 孙晓忠. 当代文学中的"二流子"改造 ［M］// 刘卓. "延安文艺"研究读本. 上海：上海书店出版社，2018：117-131.
② 罗岗. 回到"事情"本身：重读《邪不压正》［M］// 刘卓. "延安文艺"研究读本. 上海：上海书店出版社，2018：156-188.
③ 李杨. "赵树理方向"与《讲话》的历史辩证法 ［M］.// 刘卓. "延安文艺"研究读本. 上海：上海书店出版社，2018：205-222.
④ 朱晓进. "山药蛋派"与三晋文化 ［M］. 长沙：湖南教育出版社，1995.
⑤ 傅书华. 走近赵树理 ［M］. 太原：山西出版传媒集团，北岳文艺出版社，2015.
⑥ 赵魁元. 赵树理与阳城 ［M］. 太原：山西出版传媒集团，北岳文艺出版社，2016.
⑦ 李仁和. 论研究赵树理与上党文化关系的学术价值：为纪念赵树理诞辰 100 周年而作 ［J］. 山西大学学报（哲学社会科学版），2006（6）：65-70.
⑧ 白春香. 赵树理小说叙事研究 ［M］. 北京：中国社会科学出版社，2008.
⑨ 刘旭. 赵树理文学的叙事模式研究 ［M］. 太原：山西出版传媒集团，北岳文艺出版社，2015.

波、丁玲等知识分子的土改作品进行比较，深入研究赵树理小说的叙事艺术，突破了白春香的研究深度，具有较高的学术价值。两部专著都将叙事学引入赵树理文学研究，对于赵树理小说的叙事学研究，有筚路蓝缕之功。但是，两部专著仍然有进一步研究的空间。二者都缺乏相应的深度，两部作品都比较零散、有硬套叙事学理论之嫌，学术视野不够广阔，对于后现代主义叙事理论关注度不够。

综上所述，虽然中外学术界关于赵树理研究热点不断凸显，学术研究成果推陈出新，但是仍然有进一步开拓的空间。赵树理研究需要走出两个困境：一是单纯的文本研究。纯粹形式主义文学研究往往隔断了文学与政治的关系，而赵树理的文学恰恰是政治化的文学。二是单纯的意识形态批评。将赵树理文学与党和国家的方针政策生硬地结合，文学被单纯地解释为图解政治的传声筒。而赵树理文学之所以到现在仍然为学术界所重点关注恰恰是因为其超越政治政策宣传的那种现实主义精神。赵树理文学研究的魅力恰恰就在于文学与政治之间的纠葛与突破。赵树理研究需要跨越学科界限，将文学与社会学、历史学、思想史学结合，还原文学现场与历史现场，开启社会研究的多个面向。将文学从相对狭窄的文学与意识形态阐释的窠臼中解脱，进入复杂的社会现场，还原作家遭遇、文艺政策、党的政策、人民生活等错综复杂、相互交织的鲜活的"情感结构"（雷蒙·威廉斯）。

在《"锻炼锻炼"》受到批判之后，赵树理的小说创作实际上已经进入了"瓶颈期"——"问题小说"的接受环境已经逐步僵化、闭塞。但是，更深层的缘由在于他内心埋藏已久的对于群众文艺的偏爱。赵树理是从实践上而不是理论上用心培育群众文艺（或者共同体文化）这棵大树的。早在 1939 年，赵树理就创作了《慈云观》《韩玉娘》《邺宫图》等戏剧；1942 年，他又深受"黎城暴动"的启发写出了《万象楼》；新中国成立后，他又组织大众文艺研究会，号召作家要"文艺打入天桥去①。后来，他又改编上党梆子《三关排宴》，创作戏剧《十里店》《焦裕禄》，在戏剧方面投入的精力一点也不逊于小说。更耐人寻味的是，他在戏剧、曲艺方面的创作评论要远超于小说。他的小说杂谈只有《〈三里湾〉写作前后》《谈〈三里湾〉中的爱情描写》两篇，而曲艺方面，有 20 多篇。

---

① 戴光中. 赵树理传［M］. 北京：北京十月文艺出版社，1987：262.

因此，在赵树理的曲艺、戏剧创作和评论的背后，隐藏着他的文艺理想——创造真正的社会主义共同体文艺，让人民群众真正成为文艺的主人，而不是看客。他痛感于农民群众文化的贫瘠——"我常跑农村，比较了解戏剧在农村生活中所占的地位。农民非常喜爱文化娱乐，他们欣赏的机会都比城市里的人少得多"① 于是便下决心要创造出真正属于人民群众的文艺作品来。1958年的"大跃进"，对赵树理来说，最大的兴奋点不在于人民群众炼了多少吨钢铁，而在于看到了群众文艺繁荣的契机——他说："随着1958年以来生产上的'大跃进'，真正的群众创作出现了空前的繁荣景象。"② 他渴望群众文化创作高潮的到来，"这样有创造性的群众在'大跃进'中，很快地就要掌握文化，成为有文化的生产者"③。我们终于明白了赵树理之所以由衷赞叹毛泽东《在延安文艺座谈会上的讲话》的缘由——"毛主席要我们'长期地、无条件地、全心全意地到工农兵群众去'，我是老老实实长期地无条件地全心全意遵照着的"④。这句话好像是说《在延安文艺座谈会上的讲话》启示了赵树理的文艺创作，但其实这是一种误解。准确地说，赵树理远在《在延安文艺座谈会上的讲话》之前，就已经开始了对农村群众文化的深耕，有着丰富的创作成果，《在延安文艺座谈会上的讲话》只不过说出了赵树理心里"埋藏已久"的人生理想。当赵树理第一次看到《在延安文艺座谈会上的讲话》时，便兴高采烈地说毛主席"批准"了他的写作，大概就是这个意思——在繁荣群众文艺方面，作为文学家的赵树理和作为政治家的毛泽东不约而同地想到一块去了。

三、本课题研究思路及观点

本课题主要研究赵树理文学的叙事话语与社会主义想象，研究目的在于解决赵树理通过文学的形式展开社会主义的想象。新中国成立后，中国由新民主主义时代进入社会主义时代，不但在经济上（社会主义公有制的建立）、政治上

---

① 赵树理. 戏剧为农村服务的几个问题［M］//赵树理. 赵树理全集：第5卷. 北京：大众文艺出版社，2006：180.
② 赵树理.《三复集》后记［M］//赵树理. 赵树理全集：第5卷. 北京：大众文艺出版社，2006：380.
③ 赵树理. 从曲艺中吸取养料［M］//赵树理. 赵树理全集：第5卷. 北京：大众文艺出版社，2006：264-265.
④ 赵树理. 谈"久"：下乡的一点体会［M］//赵树理. 赵树理全集：第5卷. 北京：大众文艺出版社，2006：199.

（建立人民民主专政的新政权）完成了巨大的转型，而且建立了一套社会主义文化体系——以毛泽东的《在延安文艺座谈会上的讲话》为基础，创建了为人民服务的全新的文艺体制。而赵树理在新中国成立后的文学呈现出一种复杂性，一方面，他是以《在延安文艺座谈会上的讲话》作为写作精神指引的文学形式，在"民族化""通俗化""普及"与"提高"等方面都努力向《在延安文艺座谈会上的讲话》靠齐，认为自己学到了毛泽东文艺思想的精髓。另一方面，赵树理的文学又与主流的文学要求拉开了距离，被排除在"社会主义现实主义"文学的序列之外。他的《三里湾》是第一部农业合作化的小说，然而却始终没有被"经典化"。《"锻炼锻炼"》更是引起广泛的争议，有的批评家认为其是给"社会主义农村"抹黑。① 戏剧《十里店》被一改再改，最终被禁演。在大连会议的发言被称为"天鹅般的最后绝唱"，却因为"中间人物论"被批判。因此，对于赵树理文学的社会主义想象的研究迫在眉睫。一方面，它有助于厘清社会主义文学的内涵，重新审视新中国成立前30年文学的丰富遗产；另一方面，它有助于帮助我们认清赵树理文学的"价值"和"魅力"。新中国成立前30年，赵树理创造出了极为丰富的文学作品，然而，经过时间的陶冶，赵树理的文学作品非但没有过时，反而彰显出越来越大的魅力。赵树理的文学不虚美、不迎合，始终踏踏实实，如一位木匠高手打磨的家具，时间越久，反而会越有魅力。他的作品是可以当作历史来读的，"在这方面，你会很吃惊，一向反对西方风景细描、心理细描而以白描著称的赵树理，一旦写到这方面，则不惜笔墨，将那些体现关乎个体生活的物质形态的数字大段大段地如实写出来"②。恩格斯对于巴尔扎克的经典评价完全适用于赵树理，在他的文学作品中，"甚至在经济细节方面所学到的知识，也要比当时所有职业的历史学家和统计学家那里学到的全部东西还要多"③。本课题主要研究赵树理的文学作品（不只有小说，还包括曲艺作品、政论文等），从作品中厘清赵树理文学作品的社会主义想象。需要指出的是，鉴于赵树理的文艺思想一直保有超级稳定性的特征，很难讲他的晚

---

① 武养. 一篇歪曲现实的小说：《"锻炼锻炼"》读后感 [M]//复旦大学中文系《赵树理研究资料编辑组》. 中国当代文学研究资料：赵树理专集. 福州：福建人民出版社，1981：482-485.

② 傅书华. 赵树理研究的四个发展空间 [J]. 中国当代文学研究，2022（4）：167-171.

③ 致玛·哈克奈斯 [M]//中共中央马克思恩格斯列宁斯大林著作编译局. 马克思恩格斯选集：第4卷. 北京：人民出版社，1995：683.

期思想就比中期"进步"多少，因此，对赵树理作品的社会主义想象研究就不能局限于新中国成立后的作品，而是要对整个赵树理的创作宝库进行一番"翻箱倒柜"式的搜寻，才有可能从根本上挖清楚赵树理社会主义想象的真面目。

本课题主要从以下四个章节展开研究。

第一章从叙事学的角度对赵树理作品进行"结构主义"式的研究，也就是说，将赵树理的文学作品当作一个整体（大文本），去寻找他的"叙事语法"。但是，赵树理叙事研究又不能走入纯粹的形式研究（如格雷玛斯式），而是要从建立社会主义文化秩序的角度去思考赵树理文学的叙事特点，换句话说，叙事学研究必须"中国化"和"在地化"。本章对赵树理文学的叙事话语研究主要从叙事声音、叙事模式和叙事空间三个方面展开。叙事声音方面主要从赵树理早期、中期、晚期三个时期研究他叙事声音方面的主要特点，阐释他的叙事声音与别的作家的区别，寻求他的作品受到欢迎和冷遇的原因。赵树理文学的叙事模式，根据赵树理文学对于落后分子的改造，从轻到重分为劝说模式、辩论模式和惩戒模式。之后，对赵树理文学的叙事空间进行研究。所谓的叙事空间不仅是地理学意义上的客观空间，还包括充满着意识形态形塑功能的空间。在这些空间中，隐含着作者对社会变迁的态度，从功能上讲，可以分为作为意识形态功能的空间、作为礼俗活动的空间和作为乌托邦的空间。

第二章对赵树理作品的社会主义想象进行研究，主要从乡村共同体、身份认同、母题三个方面展开叙述。乡村共同体从三个方面进行研究，分别是家庭关系、劳动关系与干群关系。农业合作化改变了整个传统家庭的生存状态，最大的效能在于吸引农民积极参加到集体之中，必定引起一场家庭关系的革命。赵树理敏锐地感受到这场农村家庭变革带来的重大影响，尤其是大的家族制度在农业合作化运动中起到的阻碍作用，通过《三里湾》马家的变化，生动地阐释了他对家庭变革的看法。赵树理对家庭革命的关注，显示出他对农村变革的深入观察。劳动关系是社会主义农村建设中最基本的关系，本节从两个方面考察劳动在农民解放中的重要作用。第一，通过对《孟祥英翻身》的解读，讨论解放区文学中女性解放与集体劳动之间的复杂关系，阐释劳动对女性解放的重大意义。第二，通过对《三里湾》《"锻炼锻炼"》的解读，分析农业合作化中集体劳动对人性的改造所起的根本作用。还有一种关系是干群关系。社会主义文学中干部和人民群众之间的关系非常重要，它决定了动员群众参加革命任务的成败。赵树理是一位农村工作经验非常丰富的基层干部，他对干部问题的关注几乎贯穿他文学创作的始终,本章从革命根据地时期、农业合作化时期、"大跃进"时期和 20 世纪 60 年代时期分别论述了赵树理笔下干群关系的微妙变化,从而挖掘赵树理社会主义农村建设的宝贵经验。

第三章研究赵树理社会主义文学中的身份认同问题,主要论述赵树理如何看待个人与集体、乡村与城市、知识分子与农民问题。一方面,赵树理主张集体化,拥护农业合作社,认为个人只有融入集体之中才能发挥自己的才干、实现自己的人生价值;另一方面,赵树理又认为集体应当保护农民个人的利益,集体是个人的靠山。他认为人民公社时期最大的缺失在于剥夺了农民自己决定生产粮食种类和产量的权利,在国家利益与农民利益发生冲突的时候,他进退两难,不知该为谁说话。赵树理的小说明确写到城市的只有《李家庄的变迁》,因此,从铁锁进城与离城开始引发赵树理早期在太原城漂泊的生活经历,可以看出赵树理对城市的态度。此外,通过新中国成立后对赵树理在北京和晋东南两地的活动踪迹即可看出,赵树理虽然生活在城市,但依然心系农村,他利用城市的一切资源为农村建设服务。赵树理的人生理想是建设社会主义新农村,因此,他首先是一个实干家,其次才是一位作家。为了给农村留住人才,赵树理坚决反对知识青年走向城市,他认为知识青年留在农村才有更广阔的发展空间。赵树理创造出极为丰富的农民形象,相比之下,他笔下的知识分子形象较为单薄,通过《三里湾》的分析,我们可以看出赵树理主张知识分子与农民结合才是最好的归宿。知识分子农民化或者农民知识分子化才是未来农村发展的趋势。

第四章论述赵树理社会主义文学中的母题。所谓的母题,是指在文学中反复出现的主题。本课题从公与私、阶级斗争与实利主义、服务与改造三个方面讨论赵树理文学中的母题。通过对中国思想史上的"公"与"私"的简单梳理可以看出,现代中国革命的"公"的资源与传统社会中的"公"有着密切的渊源。沟口雄三认为:"天下之公概念的发展这一思想状况易于朝向民生主义、社会主义……中国天下之公的传统因其包含着天下整体性,本来就是社会主义的。"① 通过对赵树理一系列"开渠"的文学进行考察,我们会发现,赵树理将"开渠"这一关乎农民福祉的重大工程与社会主义制度优越性联系起来,在他看

---

① 沟口雄三.中国的公与私·公私 [M].郑静,译.北京:生活·读书·新知三联书店,2011:42.

来，只有社会主义公有制才能够帮助农民完成"开渠"的梦想。但是，主张公有制的先进性并不能以消灭、压制私人利益为前提，换言之，只有充分保护私有的利益，才能显示出公有制的最大优势。对于落后分子，让他们通过"算账"的方法认识到，加入农业合作社是利益的最大化，才能够充分发挥公有制的最大优越性。阶级斗争是新民主主义胜利的重要法宝，"民族形式和阶级斗争是中国共产党革命成功的两大法宝"①。对于农村革命而言，唤醒农民的反抗性是最为重要的条件。地主的反动性就在于通过"高利贷"的形式盘剥农民，让他们一步步丧失土地，最终沦为赤贫。赵树理的《福贵》《李有才板话》《李家庄的变迁》《地板》《邪不压正》等小说不仅通过血淋淋的事实告诉我们地主阶级的反动性，而且通过"小字辈"的成长，描绘了中国农村的希望。在赵树理的上述作品中，"阶级斗争"得到了最鲜活的论证。在农业合作化以后，"两条路线的斗争"彰显了阶级斗争的紧迫性，同时也给农村带来了巨大的副作用。赵树理以实事求是的态度描写农村，并没有成为政策的"跟跟派"，他主张农民的实利主义，认为让农民富裕才是硬道理。赵树理创作了《实干家潘永福》《套不住的手》，歌颂踏踏实实、认认真真、不跟风、一心一意为农民谋福利的好干部，而这恰恰是赵树理的自我写照。在后来的政治运动中，赵树理的这种"特立独行"也给自己遭受批判埋下了祸根。

---

① 张霖．赵树理与通俗文艺改造运动［M］．南京：南京大学出版社，2020：143.

第一章

赵树理文学的叙事话语研究

第一节　赵树理文学的叙事声音

叙事声音是指描述叙事者特点的符号，"它指的是叙事中的讲述者（teller），以区别于叙事中的作者和非叙述性人物"①。叙事声音与叙事视点（point of view）不同，叙事视点提供"谁"看的信息，而叙事声音提供的是"谁"说的信息，更多关注的是叙事者和叙事场合。② 叙事声音是一种叙事技巧，它将叙事学从纯粹的形式主义研究的泥淖中解救出来，"我们不仅可以把叙事技巧看成意识形态的产物，还可以看成其是意识形态本身。也就是说，叙述声音位于'社会地位和文学实践'的交界处，体现了社会、经济和文学的存在状况"。③

一、五四风：赵树理前期的作品风格

赵树理小说的叙事声音复杂多变。在他的早期作品中（1929 年发表的《悔》《白马的故事》），个人型叙事声音占主导地位，"个人声音这个术语来表示那些有意讲述自己的故事的叙述者"④。个人型的叙事声音是指同故事叙事，

① 兰瑟. 虚构的权威：女性作家与叙述声音 [M]. 黄必康，译. 北京：北京大学出版社，2002：3.
② 普林斯. 叙述学词典 [M]. 乔国强，李孝弟，译. 上海：上海译文出版社，2011：243.
③ 兰瑟. 虚构的权威：女性作家与叙述声音 [M]. 黄必康，译. 北京：北京大学出版社，2002：4.
④ 兰瑟. 虚构的权威：女性作家与叙述声音 [M]. 黄必康，译，北京：北京大学出版社，2002：18.

叙事者依靠故事中的某个人物来发出声音。《悔》讲述了一个顽劣的学生陈锦文被学校开除，回到家里，听到父亲和何大伯聊天之事——父亲以儿子写作文优秀为傲，给何大伯读儿子写的作文，边讲边翻译（将佶屈聱牙的文言文翻译成老百姓能听懂的白话文），正到得意处，父亲应何大伯的要求读学校给他的信，却不料是开除儿子的信。小说在父亲牵挂儿子，怕儿子受刺激，雪夜中找寻儿子，而儿子在悔恨中到村头找父亲结束。这部小说虽然是第三人称小说，但可以当作第一人称来看，将陈锦文换作"我"，也未尝不可。个人型叙事声音擅长表现人物内心的挣扎、纠结。

> "爸爸呀！我……"他无意识地把身子转过，看见何大伯的头被灯光影在窗上不住地颤动，忽然联想到在学校的时候，把球故意在桌上慢慢地滚的事来——刹那间又到本题来了。"我是做梦吗？这难道是真的吗？……"他用他冻僵了的小手摸了摸自己的又摸了摸墙。"呀！这明明是真的，我从学校里走，……风……雪……跑……"他一直想到现在，眼里早就觉得发热，皮肤已去了感觉的面颊，此时已被两道热泪暖得发麻，他用衣袖不经意地在他脸上拭着，衣袖被泪水浸湿的部分，已冻得生革般的强硬，"好歹是梦吧！"[1]

叙事者的声音几乎融合于人物的声音中，从中可以读出叙事者对于小说人物陈锦文的同情。正是这种同情，使得陈锦文在学校的顽劣行为得到宽恕，而叙事话语更注重营造悔恨、伤感的氛围。陈父在得意于儿子优秀的想象与失意于儿子被开除的真相之间形成的轻微讽刺，在父子互相牵挂、追寻的过程中逐渐得到消解。细腻的心理描写流露出浓郁的五四文学气息，众所周知，郁达夫的小说（如《沉沦》）擅长描摹知识分子的感伤心理。此外，个人内在的发现也是小说的主题，正是在对父亲细致的描摹中（以儿子为傲），陈锦文才发现了另一个自我——一种洗心革面、重新做人的冲动。由于割裂了人物与整个时代的大环境，整部小说局限于陈锦文与父亲之间的情感波澜，大大降低了小说的思想价值，使得这部作品在整个五四小说中显得较为平庸。《悔》与赵树理在长

---

[1]　赵树理. 悔 [M]//赵树理. 赵树理全集：第1卷. 太原：山西出版传媒集团，北岳文艺出版社，1986：5-6.

治四师的求学有着密切联系，"隐隐地流露出对姚用中'通信开除法'的强烈憎恨和对父亲千辛万苦培养自己的歉疚之意"①。

二、成熟期：叙事声音与人物声音的融合

自从《小二黑结婚》发表以来，赵树理的小说进入了成熟期，1947年，晋冀鲁豫边区提出了"赵树理方向"——"我们觉得，应该把赵树理同志方向提出来，作为我们的旗帜，号召边区文艺工作者向他学习，看齐!"②

白春香对赵树理小说的叙事进行分析，认为他的小说是"隐含书场"的叙事结构。③ 成熟时期的赵树理小说的叙事声音发生重大变化，抛弃了早期小说中的个人型叙事声音，而转向为作者型叙事声音。美国叙事学学者苏珊·S. 兰瑟（Susan Sniader Lanser）认为"作者型声音这个术语来表示一种'异故事'的、集体的并具有潜在自我指称意义的叙事状态"④。在这种叙事状态下，叙事者独立于虚构的世界，他与作品人物不属于同一层次，"作者型"并不是说叙事者即是作者，"而是意图表明，这样的叙述声音产生或再生了作者权威的结构或功能性的场景"⑤。

在赵树理的大部分小说中，都出现了类似"说书人"的叙事者。叙事者往往开门见山，三言两语、娓娓道来，开始讲故事：

> 刘家峧有两个神仙：一个是前庄上的二孔明，一个是后庄上的三仙姑。（《小二黑结婚》）

> 李家庄有座龙王庙，看庙的叫"老宋"。（《李家庄的变迁》）

> 有个区干部叫李成，全家一共三口人——一个娘、一个老婆，一个他自己。（《传家宝》）

---

① 戴光中. 赵树理传 [M]. 北京：北京十月文艺出版社，1987：68.
② 陈荒煤. 向赵树理方向迈进 [N]. 人民日报，1947-08-10（2）.
③ 白春香. 赵树理小说叙事研究 [M]. 北京：中国社会科学出版社，2008：26.
④ 兰瑟. 虚构的权威：女性作家与叙述声音 [M]. 黄必康，译. 北京：北京大学出版社，2002：18.
⑤ 兰瑟. 虚构的权威：女性作家与叙述声音 [M]. 黄必康，译. 北京：北京大学出版社，2002：18.

成熟期赵树理的语言有个特点：叙事者声音与人物声音高度吻合，都是口语化的、平实的、洗练的群众语言，如随手拈来的小说人物对话：

> 二姨说："这房子可真不错：那顶棚是布的呀纸的？"安发老婆说："纸的！"二姨说："看人家那纸多么好？跟布一样！咱不说住，连见也没见过！"安发说："咱庄稼人不是住这个，顶棚上也不能钉钉子，也不能拴绳子，谷种也没处挂，只能在窗台上！……"二姨的丈夫说："那你还不搬回你那窟窿房子里去？"大家都哈哈哈笑起来。(《邪不压正》)

> 灵芝帮着玉生收拾了桌上的摊子，坐在桌子横头的一把椅子上，看着胜利之后洋洋得意的玉生说："我也问你一个问题：你觉得我这个人怎么样？"……灵芝说："你怎么不说话呀？"玉生一时想不出适当的评语来，只笼统地说："我觉着你各方面都很好！"灵芝见他的话说得虽然很笼统，可是从眼光里露出佩服自己的态度来，便又紧接着他的话说："我再问你一个问题：你爱我不？""你是不是和我开玩笑？""不！一点也不是开玩笑！""我没有敢考虑到这个事！""为什么不敢？""因为你是中学毕业生！"灵芝想："我要不是因为有这个包袱，也早就考虑到你名下了！"她这么一想，先有点暗笑，一不小心就笑出声来。她笑着说："以前没有考虑过，现在请你考虑一下好不好！"(《三里湾》)

叙事本身就是一种意识形态，作家使用什么样的叙事技巧、采用什么样的叙事声音，无不受到意识形态的规约。"在各种情况下，叙述声音都是激烈对抗、冲突与挑战的焦点场所，这种矛盾斗争通过浸透着意识形态的形式手段得以表现，有时对立、冲突得以化解，也是通过同样的形式手段得以实现的。"①赵树理的作品之所以成为"赵树理方向"，一个非常重要的理由就是它符合《在延安文艺座谈会上的讲话》的精神。《在延安文艺座谈会上的讲话》要求文艺为工农兵服务，作家作为知识分子的一员要从群众中来到群众中去。而赵树理的

---

① 兰瑟. 虚构的权威：女性作家与叙述声音 [M]. 黄必康，译. 北京：北京大学出版社，2002：7.

写作恰恰是符合上述要求的，赵树理集干部、农民与知识分子于一体的三重身份本身就是作家群众化的典范。且他的语言是群众语言，有意摒弃知识分子式的语言范式（如他在早期作品《悔》中所表现的）。

学习群众语言，去知识分子化是《在延安文艺座谈会上的讲话》对于作家作品的内在规训要求。"我认为写进作品里的语言应该尽量跟口头上的语言一样，口头上说，使群众听得懂，写成文字，使有一定文化水平的群众看得懂，这样才能达到写作是为人民服务的目的。"① 具体到叙事技巧上，表现为叙事声音与人物声音要高度吻合，这一点在上述的例子中可以得到较为充分的论证。

再看周立波的小说：

> 七月里的一个清早，太阳刚出来。地里，苞米和高粱的确青的叶子上，抹上金子的颜色。豆叶和西蔓谷上的露水，好像无数银珠似的晃眼睛。道旁屯落里，做早饭的淡青色的柴烟，正从土黄屋顶上高高地飘起。一群群牛马，从屯子里出来，往草甸子走去。②

这段风景描写的叙事视角与叙事感知都是知识分子式的，从而呈现出一种散点透视式的、油画般的叙事效果。风景的出现本身就是意识形态规训的产物，日本学者柄谷行人在《日本现代文学的发生》中称"风景"为现代文学发生的装置，风景的发现实际上是一种"颠倒"——首先是现代的、孤独的人的出现，才会出现一系列所谓的"风景"。这种现象启发了中国的现当代文学研究，中国古典时期的叙事文学并无细腻的风景描写，其原因并不是没有风景的存在，而是缺乏发现风景的"装置"——现代知识分子。正是在个人主义风行的五四时期，知识分子才"发明"了一系列的"风景"。因此，周立波的风景描写恰恰体现了五四知识分子式的眼光，这种风景描写在早期的赵树理小说中同样存在：

> 狂风呼呼地怒号，路旁的树，挺着强劲的秃枝拼命地挣扎。大蓬团不时地勇往直前地在路上转过，路旁的小溪，两旁结成了青色的坚冰，大半为飞沙所埋没，较近水心些儿，冰片碎玻璃般地插叠起来，一线未死的流

---

① 赵树理. 当前创作中的几个问题 [M]//赵树理. 赵树理全集：第5卷. 北京：大众文艺出版社，2006：305.
② 周立波. 暴风骤雨 [M]. 北京：人民文学出版社，1952：3.

水，从中把这堆凌乱的东西划分两面。太阳早已失却了踪迹——但也断不定它是隐在云里，还是隐在尘里。①

赵树理后来的小说取消了大段式的"风景"描写，这恰恰意味着作家写作态度的转变，文艺要为工农兵服务，风景作为知识分子式的思考方式必然会影响工农兵文艺的接受程度，在去五四知识分子化方面，赵树理走到了时代的前列。而作为从五四时代走过来的作家周立波，虽然他在写作素材上已经转向为工农兵文学，但是其内在的思维方式，依然是五四式的。

从叙事声音与人物声音的处理上，周立波尚未达到赵树理般的高度：

萧队长又说："在后方，卧底胡子也抠出来了。明敌人，暗胡子，都收拾得不大离了。往后咱们干啥呢？"全会场男女齐声答应道："生产。"萧队长应道：

"嗯哪，生产。"

妇女里头，有人笑了，坐在她们旁边的老孙头问道：

"笑啥？"

一个妇女说：

"笑萧队长也学会咱们口音了。"②

作为知识分子与工农兵结合的典范，萧队长努力学习地方方言——"萧队长也学会咱们的口音了。"在周立波看来，方言化是工农兵文学的重要特征。因而，他的小说总是有意采用当地土语、俗语，竭力"伪装"成地方性文学，然而故意突出的地方性方言，反而成为工农兵文艺不够成熟的标志。③ 有时，对事物某种特征的过分强调，恰恰说明了某种特征的缺失：

二十年来，韩老六对待佃户、捞金（长工。吃捞金，是当长工）和旁

---

① 赵树理. 悔［M］//赵树理. 赵树理全集：第1卷. 太原：山西出版传媒集团，北岳文艺出版社，1986：1.

② 周立波. 暴风骤雨［M］. 北京：人民文学出版社，1952：296.

③ 李松睿. 文学时代的印痕：中国现代文学论集［M］. 北京：北京时代华文书局，2017：208.

的手下人，他有一套一套的办法。①

　　住在屯子南头的白玉山，自己一坰岗地，或者，用他自己的话来说："一坰兔子也不拉屎的（不长庄稼和青草，兔子也不来，形容地硗薄）黄土包子地。"②

　　在白天，太阳照射着，热毛子马（一种病态的马，夏长毛，畏热，冬落毛，怕冷）熬的气呼呼，狗突出舌头。③

　　刘桂兰上去盘腿坐桌子炕头上，谈起屯子里的一些奇闻和小事，谁家的克郎给张三（北满农民管狼叫张三）叼走，谁家的母鸡好下哑巴蛋（母鸡下了蛋不叫，农民成为"哑巴蛋"，她也说起老孙头常常唠着的山神爷（北满农民对老虎的尊称）和黑瞎子干仗的故事，说得锁住哈哈大笑着。④

叙事者的语言与方言成为分裂之势，再看赵树理的小说：

　　李有才道：……小保领过几年羊（就是当羊经理），在外边走的地方也不少……⑤

　　小胖说："我们这互助组用的是继圣和宿根两家的场子打麦。继圣家场里的辘轴坏了，宿根家的辘轴有点不正，想请你给洗一洗（就是再锻得圆一点）。"⑥

　　与周立波的《暴风骤雨》中的注释比较，我们会发现，赵树理小说中的叙事者更加平易近人，用口语化的"就是"二字巧妙地连接注释与正文，二者浑然一体，换言之，叙事者的叙事声音统摄全局。而《暴风骤雨》的注释与正文生硬地纠缠在一起，成了一锅夹生饭，但在特定情况下叙事声音方言化会完全消失，比如：

---

① 周立波．暴风骤雨［M］．北京：人民文学出版社，1952：16.
② 周立波．暴风骤雨［M］．北京：人民文学出版社，1952：77.
③ 周立波．暴风骤雨［M］．北京：人民文学出版社，1952：101.
④ 周立波．暴风骤雨［M］．北京：人民文学出版社，1952：299-300.
⑤ 赵树理．李有才板话［M］∥赵树理．赵树理全集：第2卷．北京：大众文艺出版社，2006：259.
⑥ 赵树理．刘二和与王继圣［M］∥赵树理．赵树理全集：第3卷．北京：大众文艺出版社，2006：211.

这会院子里，没一点声音，萧队长一个人在家，轻松快乐，因为他觉得办完了一件大事。他坐在八仙桌子边，习惯地掏出金星笔和小本子，快乐地但是庄严地写道：

彻底消灭封建势力，就是彻底消除几千年来阻碍我国生产发展的地主经济。地主打垮了，农民家家分了可心地。土地问题初步解决了，扎下了我们经济发展的根子。翻身农民在共产党的领导之下，会向前迈进，不会再落后。记得斯大林同志说过：落后者便要挨打。一百年来的我们的历史，是一部挨打的历史。一百年来，我们的先驱者流血牺牲渴望达到的目的，就是使我们不再挨打的目的，如今在以毛主席为首的中共中央的英明领导下，快要达到了。

写到这儿，萧队长的两眼潮润了，眼角吊着两颗泪瓣。①

在这里，叙事声音完全是书面化的，喧嚣的东北口音顿时鸦雀无声，由此可知：尽管作家可以深入当地生活，模拟地方方言，甚至叙事者语言口语化，然而，一旦涉及文本主题，需要画龙点睛时，方言俗语就会让位于整齐划一的书面语言。②

正是在这一层面上，是赵树理而不是周立波更能代表《在延安文艺座谈会上的讲话》的精髓，人民群众的语言统摄全局，更纯粹地表现农村生活的场景。周扬认为《在延安文艺座谈会上的讲话》后，虽然产生了许多优秀作品，"但有些作者却往往只在方言、土话、歇后语的采用与旧形式的表面的模仿上下功夫。赵树理同志却不是那样……在他的作品中，他几乎少用方言、土语、歇后语这些；他决不为了炫耀自己语言的知识，或为了装饰自己的作品来滥用它们"③。

三、新中国成立后：赵树理写作的尴尬

新中国成立后，赵树理继续沿着以前的写作风格前行，然而，赵树理在当代文坛的地位却逐渐下降，"赵树理方向"遭遇到了前所未有的尴尬，他的创作

---

① 周立波．暴风骤雨［M］．北京：人民文学出版社，1952：394.

② 李松睿．文学时代的印痕：中国现代文学论集［M］．北京：北京时代华文书局，2017：210.

③ 周扬．论赵树理的创作［N］．解放日报，1946-08-26（4）.

跟不上时代的脚步，"他负责主持的大众文艺研究会与《说说唱唱》上发表的作品不断受到批评，他始终坚持的文学观念与主流文艺渐行渐远"①。1951 年，赵树理与斯大林文学奖失之交臂。丁玲的《太阳照在桑干河上》、周立波的《暴风骤雨》、贺敬之和丁毅的歌剧《白毛女》荣获斯大林文学奖。到了 1953 年，第二次文代会开幕时，赵树理遭遇彻底的冷落。赵树理的黄金时代提前结束了。

究其原因，赵树理的文学观念与主流意识形态之间有着不小的距离。赵树理文学走红于延安文艺时期。延安文艺的核心是《在延安文艺座谈会上的讲话》，赵树理一直以为自己是按照《在延安文艺座谈会上的讲话》的精神进行文艺创作。殊不知，他所理解的《在延安文艺座谈会上的讲话》精神与毛泽东的本意还是有较大区别。赵树理理解的《在延安文艺座谈会上的讲话》就是"通俗化"（《通俗化引论》），写农民喜闻乐见的故事，为意识形态服务。这种"为农民写作"的观念贯彻赵树理一生。然而，在毛泽东看来，《在延安文艺座谈会上的讲话》集原则性与灵活性于一身，具有鲜明的与时俱进的特征。"政治"是一个变动不居的概念，不等于赵树理所理解的"政策"。《在延安文艺座谈会上的讲话》发表后，郭沫若对《在延安文艺座谈会上的讲话》的评价最为赞赏，他认为《在延安文艺座谈会上的讲话》的好处在于"有经有权"，毛泽东深以为然，以之为知音。② 比如，对于农民的态度，延安时期，根据时事的需要，革命亟须农民的支持，因此，主张文艺为"工农兵服务"，而到了 1949 年，毛泽东在《论人民民主专政》中指出："严重的问题是教育农民。"③ 社会主义社会追求的是农业现代化，而小农经济的发展现状已经成为现代化的最大阻力。因此，需要对农民进行长时间的、耐心的、细致的说服工作，才能够让他们明白，农业合作化是农村唯一正确的康庄大道。

从"发动农民"到"教育农民"，毛泽东的思想在发展变化，这一点，恰恰是赵树理所忽略掉的。此外，在"普及"和"提高"的问题上，普及是基础，提高是方向。"人民要求普及，跟着也就要求提高。"④ 而赵树理将"普及"

---

① 李杨．"赵树理方向"与《讲话》的历史辩证法 [M]//刘卓．"延安文艺"研究读本．上海：上海书店出版社，2018：208.

② 胡乔木．胡乔木回忆毛泽东 [M]．北京：人民出版社，1994：60.

③ 毛泽东．论人民民主专政 [M]//毛泽东．毛泽东选集：第四卷．北京：人民出版社，1991：1477.

④ 毛泽东．在延安文艺座谈会上的讲话 [M]//毛泽东．毛泽东选集：第三卷．北京：人民出版社，1991：862.

固化了，他坚持"新文艺爱好者"应当向"民间文艺"看齐。而这种文艺思想很容易走向狭隘，赵树理认为中国文学有三个传统——古代、民间、"五四"新文学与外国文学，但他坚持以民间文学为正统，而对外国文学和世界文学持有排斥态度。1951 年，胡乔木认为赵树理写不出重大题材的作品，作品也不够深入，起不到振奋人心的效果，因此，特地为他选定了俄罗斯伟大的作家（比如：契诃夫、屠格涅夫等）的作品以及毛泽东、列宁等马克思主义理论专著让他学习，并且安排他住进中南海庆云堂，放下手中所有工作，专心致志读书。当时，作家严文井住在赵树理对门，两个人天天为中外文学孰优孰劣辩论。令严文井大为吃惊的是，赵树理具有如此深厚的古典文学修养，远远超越一般通俗文学作家水平之上，然而赵树理却很固执，不但拒绝改造自己的知识体系，还说服别人不要研究外国名著。①

从作品叙事上，在新中国成立后，赵树理的作品越发地向"评书体"靠拢，叙事者模仿说书的开场，有明显的叙事干预：

诸位朋友们：今天让我来说个新故事。这个故事题目叫《登记》，要从一个罗汉钱说起：

这个故事要是出在三十年前，"罗汉钱"这东西就不用解释，可惜我要说的故事是个新故事，听书的朋友们又有一大半是年轻人，因此在没有说故事以前，就得先把"罗汉钱"这东西交代一下……（《登记》）

有入过大山的人，听起山里的故事来，往往弄不清楚故事产生的地理情况。例如，我说起太行山里的故事来，有的人就问我："一座太行山究竟坐落在什么地方？你说的太行山为什么有时候朝东、有时候朝南？"提出这问题的人，就没有入过大山。（《灵泉洞》）

和我接近的同志们常劝我写人物的时候少给人物起外号。我自己也觉着外号太多了不好，准备接受同志们的意见，只是这一次还想写一个有外号的人物，好在只用一个，对其他人物一律遵照同志们的忠告。（《老定额》）

赵树理对通俗文学的刻意执着，使得他与社会主义现实主义的规范渐行渐

---

① 戴光中. 赵树理传［M］. 北京：北京十月文艺出版社，1987：275.

远，作家孙犁就对赵树理晚期作品进行批评，他认为赵树理晚期小说很明显来自宋人话本小说以及后来的拟话本小说。但是从艺术手法上来讲，赵树理越来越执着于形式，故事进程太过缓慢，过分纠结于生活细节的罗列，甚至卖弄生活常识，使得故事更加琐碎，已经偏离了中国古代小说的白描手法。①

可以将柳青的《创业史》与赵树理的小说进行比较。《创业史》有着极为饱满的风景描写：

> 早春的清晨，汤河上的庄稼人还没睡醒以前，因为终南山里普遍开始解冻，可以听见汤河涨水的呜呜声……空气是这样清香，使人胸脯里感到分外凉爽、舒畅。
>
> 繁星一批接着一批，从浮着云片的蓝天上消失了，独独留下农历正月底残余的下弦月。在太阳从黄堡镇那边的东原上升起来，东方首先发出了鱼肚白。接着，霞光辉映着朵朵的云片，辉映着终南山还没消雪的奇形怪状的巅峰。②

从赵树理小说风景的消失，到柳青《创业史》风景的复现，可以看出文学的意识形态发生了变化，作为五四文学的一个重要特征——优美的风景描写再次出现，充分说明新中国人民文艺以更广阔的胸襟去吸收五四文学甚至外国文学的营养。也可以看出《创业史》并不是如《三里湾》一般，是一部仅仅写给农民（包括农村干部）读的书，而是力图站在世界文学的角度来处理农业合作化问题。赵树理的小说紧紧贴着农村的现实，叙事者的声音与人物的声音紧密结合。比如，"马家的人，不论谁有点头疼耳热，都以为是中了邪，何况大哭大笑呢？马家的规矩，凡是以为有人中了邪，先要给灶王爷和祖宗的排位烧个香，然后用三张黄表纸在病人身上晃三晃，送到大门外烧了，再把大门头上吊上一块红布条子，不等病人好了，不让生人到院里。"③而在《创业史》中，叙事声音是高度哲理化的，由此产生了不少名言警句：

---

① 孙犁．谈赵树理［M］//孙犁．芸斋小说．天津：天津人民出版社，2011：184-189.
② 柳青．创业史［M］．北京：中国青年出版社，2009：23.
③ 赵树理．三里湾［M］//赵树理．赵树理全集：第4卷．北京：大众文艺出版社，2006：313.

私有财产——一切罪恶的源泉！使继父和他别扭，使这两弟兄不相亲，使有能力的郭振山没有积极性，使蛤蟆滩的土地不能尽量发挥作用。快！快！快！尽快地革掉这私有财产制度的命吧。共产党人是世界上最有人类自尊心的人，生宝要把这当作崇高的责任。①

劳动是人类最永恒的崇高行为！人，不论思想有什么错，拼命劳动这件事，总是惹人热爱，令人心醉，给人希望。②

人生的道路虽然漫长，但紧要处常常只有几步，特别是当人年轻的时候。③

这些名言警句意味着叙事者所发出的声音是深谙人生三昧、经历世间风雨的智者对人生的洞见。而在小说中，人物按照自己的轨道运行。叙事者没有和人物声音融为一体，如赵树理小说所列举的那样。因此，相比于赵树理的小说，《创业史》有了更高的历史地位。

《创业史》是一部具有史诗性质的农业合作化小说。所谓的史诗性质，应该有三个方面的特征：第一，故事时间跨度长。按照柳青的设想，《创业史》分为四部，从互助组写到农业合作社的巩固、发展到高潮，之后写到全民整风运动和"大跃进"，最后写到人民公社的成立。④ 而赵树理的《三里湾》只写了一个月——一夜、一日、一月，所反映的只是农业合作社扩社的事情，故事的长度与复杂程度和《创业史》不可同日而语。第二，深刻地揭露历史发展的动向。柳青学习了马克思政治经济学、毛泽东文艺思想，是以中国经济政治学者的身份来写农业合作化。柳青参照艾思奇主编的《辩证唯物主义和历史唯物主义》，系统地阅读了亚历山大罗夫主编的《辩证唯物主义》和康士坦定诺夫主编的《历史唯物主义》，对于其中与阶级、国家、社会革命、人民群众等相关的重大问题，都有较为深刻的研究。他甚至还通读了马克思的《哥达纲领批判》、列宁的《国家与革命》和毛泽东的《中国革命战争的战略问题》和《矛盾论》等一

---

① 柳青．创业史［M］．北京：中国青年出版社，2009：198．
② 柳青．创业史［M］．北京：中国青年出版社，2009：404．
③ 柳青．创业史［M］．北京：中国青年出版社，2009：356．
④ 王维玲：柳青和《创业史》［M］//蒙万夫．柳青写作生涯．天津：百花文艺出版社，1985：131．

系列经典著作。① 对于"政治性"，柳青有自己独特的理解，他"并非被动地接受国家政策，而是站在具有总体意识的政治家高度思考这个问题"②。赵树理缺乏的恰恰是这种近乎专家级别的政治经济理论素养，而赵树理并没有如柳青一般深厚的"学术修养"，他的经验来自社会实践本身。第三，创造出典型化的人物形象。社会主义现实主义的一大任务是创造社会主义典型人物（社会主义新人），而典型人物一定要代表着社会历史发展的必然性，它不仅能告诉我们社会何以如此，更要指明我们前进的方向，从而做好示范性和先知性的统一。因此，典型人物体现的是"党"的意志和无产阶级觉悟相统一的辩证法。"一个辩证的过程是无产阶级理念塑造个人，而同时正是由个人的实践无产阶级思想才得以存在，作为诸多个人之实践的一个集体代理人，则是'党'。"③ 梁生宝不是一个个人主义式的先进个人，而是无产阶级的代言人，是"党"的儿子。"梁生宝不是传统意义上的农民英雄，这一形象的现代性意义体现在他不是在非时间的传统伦理价值中获得个人的实现，而是在对'党''国家'这些'想象的共同体'的认同中实现对日常生活与个人生活的超越。"④ 因此，梁生宝与梁三老汉之间的矛盾转化其实是一个有效的说服机制：农业合作化道路的必然性以及发家致富梦想的荒诞性。而梁生宝与徐改霞感情的破灭是天理（共产党员的大我）与人欲（以欲望为基础的个人情感）斗争的必然结果。相比而言，《三里湾》中对党员的典型性刻画不足。无论是王金生还是王玉生，在思想的高度上和人生道路的指引上，都无法与梁生宝相比。而小说的主要矛盾与其说是扩社，不如说是开渠。开渠的目的不是为了扩社，扩社的目的是为了开渠。小说并没有一个完整的推理过程来证明农业合作化的优越性，而是简单地用开会辩论形式"迫使"范登高承认错误。因此，在《三里湾》中，农业合作化是一个先验的、不容置疑的存在。这就决定了《三里湾》在社会主义现实主义的规范体系中，与《创业史》拉开了距离。

---

① 蒙万夫. 柳青传略［M］. 西安：陕西人民教育出版社，1988：117.
② 贺桂梅. 书写"中国气派"：当代文学与民族形式建构［M］. 北京：北京大学出版社，2021：289.
③ 贺桂梅. 书写"中国气派"：当代文学与民族形式建构［M］. 北京：北京大学出版社，2021：289.
④ 李杨. 50—70年代中国文学经典再解读［M］. 济南：山东教育出版社，2006：157.

第二节 赵树理文学的叙事模式研究

赵树理小说的叙事模式研究一直是学术界争论的热点，不少学者都进行了有效的归纳总结。白春香的博士论文将赵树理小说的叙事模式归纳为"隐含书场"的叙述格局，① 刘旭则认为赵树理的叙事伦理为"东方乡村伦理下的'说讲文学'"②。

对赵树理小说的叙事模式研究可以从情节的叙事动力入手，或许能够找到一些新意。所谓的情节动力，是指"涉及人物、事件的不稳定性与复杂性，以及它们之间的联系（就传统的故事/话语之分而言，情节动力关涉故事要素）"③。赵树理一生创作了许多形形色色的文学作品，从情节的动力上分析，大致可以形成三种叙事模式：劝说模式、辩论模式和惩戒模式。

一、劝说模式

赵树理说"小说就是劝人哩"，很多学者将赵树理小说追溯于明清拟话本小说，从而引申出书场结构，赵树理的小说模拟说书人的口吻讲故事，得出赵树理的小说是读的艺术。当然，从小说的功能上讲，赵树理的小说与明清话本小说的相同之处都在于说教——以通俗故事的形式讲述做人的道理。只不过明清话本小说讲述的是忠孝节义的大道理，而赵树理讲述的是革命浪潮中农民的出路问题。

《地板》是一篇以劝说为主要叙事动力的小说。地主的财富来源于土地还是佃农的劳动，这是关乎地主身份合法性的重要问题，也是土地改革正义逻辑建立的支点。土地改革的正当性是建立在地主财富来源的不公正上，于是，不可避免地存在两种理论的对立：第一，地主的财富来源于土地。由此可以推论出地主和佃农之间的契约就具有天然合法性。农民租地交付租金天经地义，所谓

① 白春香. 赵树理小说叙事研究［M］. 北京：中国社会科学出版社，2008：25.
② 刘旭. 赵树理文学的叙事模式研究［M］. 太原：山西出版传媒集团，北岳文艺出版社，2015：24.
③ 赫尔曼，费伦，等. 叙事理论：核心概念与批评性辨析［M］. 谭君强，等译. 北京：北京师范大学出版社，2016：61.

剥削农民的说法就不过是荒唐之言。第二，地主的财富来源于农民的劳动。劳动创造价值，而土地只不过是生产资料，不会创造价值。马克思的剩余价值理论不但撬开了产业工人进行革命的大门，也动摇了数千年来农户地主契约的根基。在《邪不压正》中，有地主刘锡元和贫民元孩的一场辩论：

> 刘锡元说："说你的就说你的，我只凭良心说话！你是我二十年的老伙计，你使钱我让利，你借粮我让价，年年的工钱只有长支没有短欠！翻开账叫大家看，看看是谁沾谁的光。我跟你有什么问题？"元孩说："我也不懂良心，我也认不得账本，我是个雇汉，只会说个老直理，这二十年我没有下过工，每天做是甚？你每天做是甚？我吃是甚？你吃是甚？我落了些甚？你落了些甚？我给你打下粮食叫你吃，叫你吃上算我的账，年年把算光！这就是我沾你的光！凭你的良心！我给你当这二十年老牛，就该落一笔祖祖辈辈还不起的账？"①

这组对话生动地阐释了两种理论的碰撞，地主刘锡元赞成第一种理论，而长工元孩拥护第二种理论。事实证明，第一种关于地主养活农民的理论是极其荒唐的。按照自由主义的理论，私有财产神圣不可侵犯，地主和农民订立的契约具有永久的合法性。这种认识有着一定的欺骗性，很多农民相信所谓的"契约公平"，如《红旗谱》中老套子所说："自古以来，就是这个则例。不给利钱，算是借账？没有交情，人家还不借给你！"② 第二种理论是土地改革的前提。在农民和土地的契约中，本身就不是公平的。地主仰仗家产雄厚，充分占有租金的定价权。这是一场根本没有公平基础的交易，"地主要保住'算账就是理'，其实并非靠的是'说理'，更要依靠'势力'。如果没有势力的话，地主就没法子维持他的理"③。赵树理的小说正是通过不厌其烦地讲述"算账"的过程来阐释土地改革的正义性，"正是通过这种算账，赵树理充分地展示了地主和农民之间的对立，凸显了地主和农民不同的阶级属性，赋予了自己笔下农民最

① 赵树理．李家庄的变迁［M］//赵树理．赵树理全集：第1卷．太原：山西出版传媒集团，北岳文艺出版社，1986：471．
② 梁斌．红旗谱［M］．北京：中国青年出版社，2000：228．
③ 罗岗．回到事情本身：重读《邪不压正》［M］//刘卓．"延安文艺"研究读本．上海：上海书店出版社，2018：174．

终行动的合理性"①。

为了说明地主财富来源的不公正性，让农民认识到地主的反动性，赵树理专门写了一部短篇小说《地板》，通过地主王老三对弟弟王老四的劝说，以现身说法的形式讲述地主财富来源于剥削的秘密。王老四不认为地租是剥削农民的劳动成果，而是来源于自己占有的土地："老实说：思想我是打不通的！我的租是拿地板换的，为什么偏要叫我少得些才能算拉倒？我应该照顾佃户，佃户为什么不应该照顾我？"王老三则用事实来说话，按地契自己祖上三十亩荒山，全靠老常他爷爷，十年开出三十亩好地，才有了每年六十石的地租。然而，日本侵略，土地荒芜，"眼见常家窑的地里，没有粮食光有蒿，我的心就凉了半截"。王老三为生活所迫，不得不自力更生，亲自劳动，才能渡过难关。小说总结两点：第一，地板不能换粮食。第二，粮食需要用劳力换。赵树理的高明之处在于不仅让农民自己控诉（如《福贵》），更让地主自己现身说法，从而增强了劝说效果。

《孟祥英翻身》同样是以劝说为叙事动力的小说。孟祥英喜欢说理，村里人都说："人家能说话！说话把得住理。"虽然她总是遭到婆婆的欺负、丈夫的毒打，但她有一颗不服输的心。婆婆用难听的话羞辱孟祥英，不料孟祥英反唇相讥：

> "娘！不用骂了，我给你用布补一补！"
>
> 婆婆说："补你娘的！"
>
> "我跟我姐姐借个新的赔你！"
>
> 补也不行，赔也不行，一直要骂"娘"，孟祥英气极了，便大胆向她说："我娘死了多年了，现在你就是我的娘！你骂你自己吧！娘！"
>
> "你娘的！"
>
> "娘！娘！娘！"②

叙事者在此用了直接引语的方式，极力还原婆媳矛盾激化时的场景。场面

---

① 邱雪松．赵树理与算账［J］．文艺理论批评，2008（4）：57-59.

② 赵树理．孟祥英翻身［M］//赵树理．赵树理全集：第2卷．北京：大众文艺出版社，2006：378.

化的描写在充分展示婆婆的凶狠之余，也表现出了孟祥英极强的"说理"能力。尽管孟祥英在家里惨遭折磨，不得不以自杀进行反抗，而一旦走出家庭，开展公共劳动，孟祥英完全变成另一个人，她的"说理"能力得到充分发挥。她挨家挨户劝说乡亲们响应政府号召采野菜度过荒年，"她一边说，一边领着几个积极的妇女先动起手来。没粮之家说'情愿等死'，只能算是发脾气，后来见孟祥英领的几个人满院里是野菜，也就跟着去采"①。

赵树理写出了孟祥英的翻身故事，但是忽略了孟祥英在劳模大会上的风采，多年以后，有人采访孟祥英，再现了孟祥英"演说"的能力：

> 过去咱们妇女是骒马，连骒马都不如，使唤骒马也还得保护着使啊！现在能当上劳动英雄，能到边区走走，毛主席像，洋楼门面，大炮机关枪，啥也要来看一看，不是毛主席共产党，啥也不用指望。我思想，就是再苦受一辈子，临死也报不尽这恩情。(全场都啧啧称好！好！掌声不息) 我希望咱妇女同志，对待军队政府，要用心，不论做鞋缝衣，都要结实些，对待过往八路军，不论男女，要好好招待。②

虽然孟祥英当了干部，成了劳模，但依然改变不了在家庭中被欺辱的现实。在小说中，叙事者对孟祥英的家庭充满信心，相信孟祥英的婆婆与丈夫能够幡然醒悟，重新做人。在赵树理看来，家庭解放与妇女走进公共领域（当上干部）相辅相成，后者能够影响前者，孟祥英当上了干部，她的家庭问题也自然迎刃而解。赵树理想不到的是，就在他写这篇文学作品一年后，孟祥英与丈夫离了婚，后来与干部牛兰生结婚。而恶婆婆和野蛮丈夫依然我行我素，又娶了个河南逃荒女人，不久那女人便被打跑。34 年后，已经垂暮之年的孟祥英谈起了这段悲惨往事，依然难掩内心的激动："这母子俩真是长的狼心狗肺！没有人味。"③ 孟祥英虽然劝说了乡亲们积极参加劳动，自己成为劳模，却无法改变恶婆婆和野蛮丈夫，自己在家庭中的地位依然低下。婆婆为了惩罚她，让她分家，丈夫却可以天天在婆婆那里吃住，而自己却只能饿肚子。因此，妇女解放任重

---

① 赵树理. 孟祥英翻身 [M]//赵树理. 赵树理全集：第 2 卷. 北京：大众文艺出版社，2006：387.
② 李士德. 赵树理忆念录 [M]. 长春：长春出版社，1990：105.
③ 李士德. 赵树理忆念录 [M]. 长春：长春出版社，1990：109-110.

而道远，孟祥英翻身需要改变的不只是自己在公共领域的地位，还要彻底改变重男轻女的人文环境，还有很长的路要走！

小说《登记》可以说是关乎女性解放的进一步深化的文本，围绕自由恋爱与媒妁之言两种婚姻形式展开。与孟祥英的遭遇相似，小飞蛾饱受婆婆的欺辱和丈夫的毒打，只不过是在嫁给张木匠之前与别人有过一段恋情，然而这场恋情让小飞蛾饱受流言蜚语，成为名声不好的女人：

> 他妈说："快打吧！如今打还打得过来！要打就打她个够受！轻来轻去不抵事！"他正一肚子肮脏气，他妈又给他打了打算盘，自然就非打不行了。他拉了一根铁火柱正要走，他妈一把拉住他说："快丢手！不能使这个！细家伙打得疼，又不伤骨头，顶好是用小锯子上的梁！"①

叙事者在这里不失调侃地写道："他妈为什么知道这家具好打人呢？原来他妈当年年轻的时候也有过小飞蛾跟保安那些事，后来是被老木匠用这家具打过来的。"每一个恶婆婆的背后都是曾经的可怜媳妇，这大概就是鲁迅所说的奴隶翻身后比奴隶主更凶残的原因吧！

小飞蛾的女儿艾艾面临着母亲年轻时同样的难题，与心爱的人（晚晚）相爱却不能成婚。就在退进难守之时，艾艾的朋友燕燕主动出面，要求给晚晚做媒，打开僵局。这个与艾艾同样命运的女人（与小进相爱而不能结婚，被迫嫁给一个自己根本不认识的男子）决定牺牲自己，劝说小飞蛾同意艾艾与晚晚的婚事：

> 燕燕说："不！我偏要马上管！要管管到底，不要叫都弄成这样！能办成一件也叫我妈长长见识！你就在我这里等一等，让我去问一问你妈，要是答应了，咱们相跟到区上去！"②

在燕燕的劝说下，小飞蛾不愿意让女儿走自己的老路，终于答应艾艾和晚晚的婚事。然而问题在于，当地干部却推三阻四，若非《婚姻法》公布，这对

① 赵树理.登记［M］//赵树理.赵树理全集：第4卷.北京：大众文艺出版社，2006：6.
② 赵树理.登记［M］//赵树理.赵树理全集：第4卷.北京：大众文艺出版社，2006：12.

恋人的婚姻可能会遥遥无期。

在赵树理看来，婚姻自主是困扰农村青年的大事，从《小二黑结婚》到《登记》，我们可以看出女性的幸福之路异常漫长。不仅需要年轻人进行百折不挠的斗争，更需要政府的支持。《婚姻法》颁布以后，宣布了男女自由恋爱的合法性，青年男女再也不像小飞蛾她们用婚姻埋葬爱情了。

二、辩论模式

所谓的辩论模式是劝说模式的延伸，当被劝说方不服气劝说内容时，双方展开辩论，各自诉说理由，从而推动情节的进一步深入。在赵树理的作品中，经常会出现辩论模式，从而显示出作者的政治诉求——力图在人民内部以和平方式解决矛盾。

作品《三里湾》中如何处理范登高的立场问题就是辩论模式的最佳体现。作为已经落伍的村干部，范登高一心想发家致富，开始雇人做小买卖，成为走资本主义道路的代表。叙事者对范登高进行了生动的"疾病的隐喻"，用女儿范灵芝的话来说："我觉得他的思想上有病，支部应该给他治一治。"① 既然是治病模式，就决定了范登高的问题属于人民内部的矛盾，只能通过"惩前毖后，治病救人"的方式来进行。通过开会讨论的形式对范登高进行思想上的"治疗"就成了小说反复出现的情节。小说专门设计第二十三章《还得参加支部会》，通过辩论的形式来纠正范登高思想上的错误。这种专门纠正党员干部的会议叫作"整党会"。在《邪不压正》中，就是通过整党会来完成党员干部的自我清洁的。小说第四章题名"这真是个说理的地方"正是农民对整党会的高度评价。二姨从上河村来到下河村，就是为了了解清党运动的实施情况："听说你们这里来了工作团，有的说是来搞斗争，有的说是来整干部，到底不知道还要弄个甚。我说到这年边了，不得个实信，过着年也心不安，不如来打听打听！"聚财说："这一回工作做得好！不用怕！"可见，整党的工作深入人心，干部有错知改，承认斗错了聚财，补赔了他十亩好地。聚财气下的病也不治自愈。《邪不压正》的高潮发生在整党会上，小旦和小昌被打回原形，软英、小宝得以伸张正义，聚财说："这个会倒有点规矩。"在小说结束时，二姨挤到工作组组长跟前，问

---

① 赵树理.三里湾 [M]//赵树理.赵树理全集：第4卷.北京：大众文艺出版社，2006：207.

工作团能不能到上河村工作，组长回答次年正月就去。这说明整党会已经在下河村深入人心，具有模范作用，可以在全中国推广。下河村的土改工作正是中国农村土改事业的一个缩影，星星之火，可以燎原。

体会到整党会如此大的威慑力，范登高有点发怵，"他历来就怕提'整党'，更怕一连整好几天"①。于是，范登高称"整党会"为"紧箍咒"：

范登高搔了搔头暗自说着："天呀！金箍儿越收越紧了！"②

紧接着，小说通过女儿范灵芝的反应来回应他的诡辩，"她本来也想过找一个适当机会和她爹辩论一下两条道路的问题。现在看来她爹懂得的道理也不像她想的那样简单"③。叙事者通过范灵芝的内心活动追问了一个问题：为什么做小买卖就是资本主义？范灵芝的想法正隐含读者的想法，隐含作者在此想要通过辩论的形式来争论范登高走资本主义道路的危害。张永清认为范登高妄图暗自发展资本主义，所谓等社会主义建设好再缴纳财产的说法，完全是荒谬的借口。金生补充说如果大家都像范登高那样先发展资本主义，再发展社会主义，那么，社会主义建设将遥遥无期。④ 上面的辩论清楚地阐明了党和群众的关系：党对群众的领导是第一位的。紧接着，又涉及党员和自愿的关键问题，范登高以自愿为幌子，说其他党员不能以自愿为理由强迫他认错。结果遭到强有力的反驳："自愿的原则是说明'要等待群众的觉悟，你究竟是党员呀还是个不觉悟的群众？要是你情愿去当个不觉悟的群众，党可以等待你，不过这个党员的招牌可不能再让你挂！"⑤

这里所要论证的是党员究竟有没有拒绝执行组织决定的自由。很明显，党员以无条件服从组织命令为天职，入党的那一刻起就承诺放弃普通人所享有的

---

① 赵树理．三里湾 [M]//赵树理．赵树理全集：第 4 卷．北京：大众文艺出版社，2006：289.

② 赵树理．三里湾 [M]//赵树理．赵树理全集：第 4 卷．北京：大众文艺出版社，2006：290.

③ 赵树理．三里湾 [M]//赵树理．赵树理全集：第 4 卷．北京：大众文艺出版社，2006：292.

④ 赵树理．三里湾 [M]//赵树理．赵树理全集：第 4 卷．北京：大众文艺出版社，2006：295.

⑤ 赵树理．三里湾 [M]//赵树理．赵树理全集：第 4 卷．北京：大众文艺出版社，2006：296.

"自由"。因此，党员的觉悟一定要高于普通群众，在党的方针政策面前，没有逃避的自由。换言之，普通群众应该拥有比党员更为宽泛的自由权利。因此，范登高的诡辩属于一根萝卜两头切，既想要党员的权利又不想放弃群众的自由。这就是范登高的致命错误，以公共权利为名行满足私欲之实。

范登高的故事到此结束，这也反映了赵树理小说"重事轻人"的特点，一旦事情讲完，人物自然消失。也许在赵树理看来，通过整党会的形式，完全可以让范登高幡然醒悟。然而，仅仅依靠辩论真的就会让范登高"改邪归正"，这种理由不免有点牵强。

作品《"锻炼锻炼"》中有两个场景形成了辩论的小高潮，从中可以明晰地看出赵树理如何处理落后分子与年轻干部之间的矛盾。第一个场景发生在杨小四给"小腿疼""吃不饱"张贴大字报之后，引起"小腿疼"的反扑，从而引出"小腿疼"大闹会场的局面：

> 小腿疼进门一句话也没有说，就伸开两条胳膊去扑杨小四，杨小四从座上跳起来闪过一边，主任王聚海趁势把小腿疼拦住。杨小四料定是大报引起来的事，就向小腿疼说："你是不是想打架？政府有规定，不准打架。打架是犯法的。不怕罚款、不怕坐牢你就打吧！只要你敢打一下，我就把你请到法院！"又向王聚海说："不要拦她！放开叫她打吧！"小腿疼一听说要出罚款要坐牢，手就软下来，不过嘴还不软。她说："我不是要打你！我是要问问你政府规定过叫你骂人没有？""我什么时候骂过你？""白纸黑字贴在墙上你还昧得了？"王聚海说："这老嫂人家提你的名来没有？"小腿疼马上顶回来说："只要不提名就该骂是不是？要可以骂我可就天天骂哩！"杨小四说："问题不在提名不提名，要说清楚的是骂你来没有！我写的有哪一句不实，就算我是骂你！你举出来！我写的是有个缺点，那就是不该没有提你们的名字。我本来提着的，主任建议叫我去了。你要嫌我写得不全，我给你把名字加上好了！""你还嫌骂得不痛快呀？加吧！你又是副主任，你又会写，还有我这不识字的老百姓活的哩？"①

---

① 赵树理．"锻炼锻炼"［M］//赵树理．赵树理全集：第5卷．北京：大众文艺出版社，2006：225．

　　在这个场景中叙事者不动声色，采用直接引语的方式展现出"小腿疼"与干部之间的矛盾。"小腿疼"泼辣、刁蛮、任性的性格跃然纸上。而杨小四、支书王聚海在处理矛盾时有火上浇油、激化矛盾之嫌——企图用送法院、送乡政府等强硬手段来平息这场矛盾。小说充分说明当时农村干部处理矛盾时有简单粗暴之嫌，真实地反映出当时农村干部思想的局限性。然而，问题在于"大跃进"时期，农民生产积极性低下，人浮于事，也是不争的事实。作为干部，又不得不通过批评落后的农民来促进生产，除此之外，并没有别的办法。

　　第二场辩论则发生于"小腿疼""吃不饱"私自摘棉花（偷棉花）被抓之后：

　　　　最后轮着小腿疼作交代了。主席杨小四之所以把她排在最后，是因为她好倚老卖老来巧辩，所以让别人先把事实摆一摆来减少她一些巧辩的机会。可是这个小老太婆真有两下子，有理没理总想争个盛气。她装作很受屈的样子说："说什么？算我偷了还不行？"有人问她："怎么'算'你偷了？你究竟偷了没有？""偷了！偷也是副主任叫我偷的！"主席杨小四说："哪个副主任叫你偷的？""就是你！昨天晚上在大会上说叫大家拾花，过了一夜怎么就不算了？你是说话呀是放屁哩？"她一骂出来，没有等杨小四答话，群众就有一半以上的人"哗"地一下站起来："你要造反！""叫你坦白呀叫你骂人？""……"三队长太和说："我提议：想坦白也不让她坦白了！干脆送法院！"①

　　这场辩论是压倒性的，由于群众的介入，很快"小腿疼"就缴械投降。与第一次不同的是，叙事者做出了立场鲜明的判断，说"小腿疼""装作很委屈"的样子，很明显，站在杨小四这一边。而群众的立场与叙事者的观点一致，都指向了"小腿疼"。这样，小说的主旨出现——关键是教育农民。以往的研究往往都认为赵树理是站在农民的立场，这当然没错，然而还有更深一个层次，即赵树理对农民私有的观念批判从未停止。"小腿疼""吃不饱"这些人无孔不入钻集体空子，虽然是少数，却极具代表性。私有观念在农村具有普遍性，否则

---

① 赵树理."锻炼锻炼"［M］//赵树理.赵树理全集：第5卷.北京：大众文艺出版社，2006：237.

也不会出现"摘头遍花能超过定额一倍的时候，大家也是来得整齐"的状况了。在农业合作化进程中，农民普遍存在私有化的落后思想。列宁说："改造小农，改造他们整个心理和习惯，是需要经过几代的事情。"① "必须费很大的气力，付出很大的代价，长期改造农民。"② 在苏联的农业集体化运动中，斯大林说："你们是马克思主义者，当然知道人们的意识的发展是落后于人们的实际地位的。按地位来说，庄员已经不是个体农民，而是集体农民了，他们的意识暂时还是旧的私有者的意识。"③

与上面的小说不同，作品《互相鉴定》中的辩论式结构不是局部的、片段性的，而是整体的有机体。顾名思义，"互相鉴定"其实就是互相辩论，小说模拟了法庭辩论的方式，原告刘正是控方，被告其他农村知识青年是辩方，而县委王书记是法官。小说脉络非常清晰，以刘正写给县委李书记的书信开启故事。在赵树理的所有小说中，书信体开头的小说仅此一例，以此可以看出作者对农村知青思想改造的重视程度。在信中，刘正控诉生活环境之恶劣："眼前我所遇到的不是这样一个温暖的环境，而是一个冷酷无情的角落——同学们排挤、讽刺，队长打击，周围的人对面冷眼相看、背后挤眉弄眼……这样冷酷无情的地方，我实在待不下去。"④ 具体理由如下：（1）队长偏心，剥夺其外出进修的资格。（2）喜爱文学被大家嘲讽，同学陈封讽刺他，作诗嘲笑他："像一条水龙啊，冲向你自己的屁股。"（3）学养蜂被蜂蜇引起大家嘲笑。（4）干农活记公分被冠以"一厘诗人"的绰号（暗讽其磨洋工，出活不出力，一天的工钱只值一厘钱——一分钱的十分之一）。刘正的诉求为请求县里将他调离农村。而作为被告方，其他农村青年做出如此答辩：（1）公社办理养蜂培训班，只有女同志有资格去培训，刘正性别不符，故并无剥夺其进修资格的主观恶意。（2）本来队里给刘正派活修水坝，刘正借口得关节炎拒绝下水，被派去干清理树枝的轻活。而刘正却突然诗兴大发，忘乎所以，大水马上就要冲向他的屁股，却浑然

① 列宁．俄共（布）第十次代表大会文献：节选［M］//中共中央马克思恩格斯列宁斯大林著作编译局．列宁全集：第32卷［M］．北京：人民出版社，1959：205.
② 列宁．俄共（布）第十次代表大会文献：节选［M］//中共中央马克思恩格斯列宁斯大林著作编译局．列宁全集：第32卷［M］．北京：人民出版社，1959：205.
③ 斯大林．第一个五年计划的总结［M］//斯大林．斯大林全集：第13卷．北京：人民出版社，1953：188-189.
④ 赵树理．互相鉴定［M］//赵树理．赵树理全集：第6卷．北京：大众文艺出版社，2006：104.

不知。工友善意提醒他："冲向你自己的屁股！还不快起来？"（3）刘正被蜂蜇纯属咎由自取。刘正没有戴好面罩，被蜇后不仅没有听从安排回屋里摘下面罩，而是当场摘下面罩立即打蜇他的那只蜂，招致被蜂群蜇。（4）第二点和第四点紧密相关。所谓的"一厘诗人"是刘正自酿的苦果。修水坝当天晚上记工分，刘正少得可怜，"在评议的时候，大家对刘正不满意，要给他按件记值……大家说捆这个，每个劳动日能捆一百捆，一捆只能记一厘工……一天做了一厘工这事，就在全公社范围内说来……"，这就是他被戏称"一厘诗人"的缘由。执行法官仲裁功能的王书记站在人民群众乙方（被告方），对刘正进行批评教育，"反复给刘正指出错误的严重性，特别嘱咐刘正要收拾起往外跑的野心，安心生产，嘱咐其他同学要采取与人为善的态度帮助刘正"①。

以控诉——答辩——结论如此近乎法庭辩论的形式构思小说，已经严重偏离了以往赵树理拟话本式讲故事的叙事结构。而且整部小说首次出现了多次严重的叙事者干预的情况，极具症候性。比如，"刘正见这情势，知道自己占不了便宜，就和队长耍起无赖来。""队长见他这样不识好歹。""大家见刘正这样无理取闹，都有点不耐烦了。""后来陈封把王书记对刘正的批评归纳为这样的话：'自命不凡，坐卧不安，脚不落地，心想上天。'"如此叙事上的改变充分说明作者赵树理内心的焦虑。他所关心的不再是农民的问题，而是农村知识青年的出路问题。因而，以前他的那种"老套"式的说书人讲故事的方式（如《小二黑结婚》《登记》的开头）已经显得不合时宜。隐含读者的改变必然引起叙事风格的改变。另外，叙事者不断地发出自己的声音，叙述辩论情况之时已经臧否在先，使得整部小说充满了说教色彩。这充分说明赵树理对农村人才流失的焦虑，在当时，很多中学生不愿意留在农村，向往城市，赵树理害怕人才的流失会让农村发展陷入困顿。"在农村里，有不少的中学生看不起劳动，认为当了中学生，就不能参加农业劳动；在城市里也有这样的人，认为中学生不能当售票员、理发员，中学生不能卖汽水；等等"，他要批判这种"旧思想的影响"②。正是这种焦虑促使作者在写作时沉不住气，缺少了之前写作时的从容不迫，从而使得这部小说艺术上较为失败。

---

① 赵树理.互相鉴定［M］//赵树理.赵树理全集：第6卷.北京：大众文艺出版社，2006：121-122.
② 赵树理.在北京市业余作者短篇小说创作座谈会上的发言［M］//赵树理.赵树理全集（第六卷）.北京：大众文艺出版社，2006：125.

三、惩戒模式

相对前两者来说，最后一种最为严厉。任何故事的发展都有帮助者和阻碍者两种功能。对阻碍者，视其主观恶意与破坏程度，隐含作者给予劝说、辩论、惩戒由轻到重三种不同的叙事模式。如果说前两种构成赵树理文学的主要叙事的模式，它们反映的还是人民内部矛盾的话，第三种模式则可能超出人民内部矛盾，甚至有可能成为敌我矛盾，需要借助国家暴力机器才能进行剿灭。按照惩戒的对象不同，可以分为两类。

第一类是罪大恶极的恶霸、地主。最典型的就是《小二黑结婚》中的金旺、兴旺兄弟，名为村干部，实则地痞流氓，最终被处以刑罚。再如《李有才板话》中的地主阎恒元，依靠宗法制度维护着自己的统治地位。由前任村主任阎喜富、村教育委员阎家祥以及其他阎姓宗族势力形成关系网，使得阎恒元的土皇帝地位数年不移。阎氏家族不但在经济、政治上形成巨大影响力，而且在习俗上的影响也根深蒂固。比如，诉讼时要先吃烙饼猪头肉的陋习绵延不绝（甚至在《李家庄的变迁》中李如珍照样诉讼时要吃烙饼猪头肉，可见赵树理对这种陋俗的深恶痛绝）。阎恒元老奸巨猾，善于拉拢别人。他利用小元、马凤鸣的私心，给他们小恩小惠，加以腐蚀，从而起到分化农民队伍的作用。他赶走李有才，"量地"做手脚，是农民斗争的主要对象。阎恒元通过种种蒙蔽手段，骗过缺乏经验的章工作员，竟然骗得了"模范村"的称号。多亏老杨同志心细如发，有着抽丝剥茧般的耐心和能力，才能最终斗倒阎恒元及其爪牙：

> 群众大会开了，"现在的政府可不像从前的衙门，不论他是多么厉害的人，犯了法都敢治他的罪"。恒元的违法事实，大家一天也没有提完。起先提意见的还只是农救会人，后来不是农救会人也提起意见了。恒元最没法巧辩的是押地跟不实行减租，其余捆人、打人，罚钱、吃烙饼……他虽然想尽法子巧辩，只是证据太多，一条也辩不脱。第二天仍然继续开会，直到晌午才算开完。斗争的结果老恒元把八十四亩押地全部退回原主，退出多收了的租，退出有证据黑钱。因为私自减了喜富的赔款，刘广聚由区公

所撤职送县查。喜富的赔款仍然如数赔出。①

　　由于故事发生在"地主减租减息、农民交租交息"的时代，对于地主的斗争相对比较"文明"，小说对阎恒元的处分只是认错、退地，处罚较轻。到了《李家庄的变迁》中，李如珍的处罚就"惨得多"。然而，李如珍的凶残绝非阎恒元可以匹敌。阎恒元虽然作恶多端，但没有人命债。而李如珍"血洗龙王庙"，杀人如麻，以剜眼睛、剁手、剥皮等手段残害农民，背负着 42 条人命血债，他还投降日本人，做了维持会长。因此，李如珍被扭断了胳膊，卸了两条腿，活活打死。这是赵树理小说中极少出现的暴力场景，叙事者借农民的口吻说："这还算血淋淋的？人家杀我们那时候，庙里的血都跟水道流出去了！"

　　第二类是投机倒把分子。《三里湾》中讲述了李林虎投机倒把的故事。李林虎是个牙行（牙行是买卖双方说合、介绍交易，并抽取佣金的商行或者商人，法律上称之为"居间"），以一百万的低价买下袁丁未的驴，转手以一百八十万的高价卖给赵正有。他的伎俩是雇一个小孩常三孩，两个人合唱双簧。他买下驴后，让常三孩假装卖驴，自己寻找买主，居间要价。常三孩假装拒绝要价，直到价格抬到自己满意为止。这场戏法被聪明的王满喜所戳破，李林虎最终为自己投机倒把的行为付出了惨重的代价，被一纸诉状送到了法院。按理说《三里湾》主要讲扩社和开渠，作者为何在小说结束的时候专门开辟一章"三十三回驴"讲述惩治投机倒把的故事。是因为在新中国成立后，实行统购统销制度，任何私人商业行为都会被当作扰乱市场秩序的行为而加以禁止。范登高私自贩卖衣服，被当作走了资本主义道路的典型，其真正的原因在于扰乱了国家统购统销的法令。而牙行牟取高利的行为更是助长了私人买卖，扰乱市场秩序，在当时属于投机倒把的犯法行为。赵树理的处理方式也是意识形态影响的结果。在《卖烟叶》中，贾鸿年之所以走上邪路离不开他的家庭，"贾鸿年的父亲和他舅舅是两个投机商人，直到如今还好偷偷摸摸搞点小投机买卖，因此它们的处世做人、言语举动都有一套特殊的习惯"②。贾鸿年的父亲是商人出身，和小舅子买队里死了的小驴，明说买来吃，暗地里去集市上卖腊肉，喜欢坑蒙拐骗。

　　①　赵树理. 李有才板话［M］//赵树理. 赵树理全集：第 1 卷. 太原：山西出版传媒集团，北岳文艺出版社，1986：212.

　　②　赵树理. 卖烟叶［M］//赵树理. 赵树理全集：第 2 卷. 太原：山西出版传媒集团，北岳文艺出版社，1986：536.

而他的舅舅石三友，外号"十三幺"（打麻将的一种胡法），足见其精明程度。石三友与贾鸿年父亲合伙倒卖烟叶，贾鸿年家出资，石三友出力，贾鸿年当监工。两家合谋，由石三友装病，贾鸿年带舅舅看病，实则去城里倒卖烟叶。东窗事发后，石三友因投机倒把罪被公安机关逮捕。以法律论，贾鸿年、贾父、石三友三人共同实施投机倒把行为，应该属于共同犯罪，而在《卖烟叶》中只有石三友被处以刑罚，贾鸿年父亲如何处置小说没提，而贾鸿年只是被警告处理，显然不合法理。从中可以看出赵树理对于农村知识青年的偏爱，即便他触犯刑律（姑且不论投机倒把罪在当时是否合理，既然设置罪名，则法律面前人人平等），也给他改过自新的机会。然而商人出身的石三友则没有那么幸运，很明显，赵树理对投机倒把的行为恨之入骨。同样，在《十里店》中，赵树理依然表现出对投机倒把的痛恨。明明是刘宏建（十里店大队队长）与不法商人李天泰、陈焕彩、胡宗文官商勾结、狼狈为奸，但是，最终处理的结果却是胡宗文勾结奸商倒卖国宝，被逮捕。当然可以推断这些投机倒把的商人最终难逃法律的制裁，但是作为共犯的刘宏建，做了一次检查就可以逍遥法外。赵树理对干部，只要不是犯下人命官司的，一般都从轻发落，对于那些商人，则不会手下留情，这是否也是一种时代局限呢？

第三节　赵树理文学的叙事空间研究

空间一词不同于场景，场景只是一种客观的环境描述，而空间是特定的生产关系、意识形态的场景表征。"空间是政治的。空间并不是某种与意识形态和政治保持着遥远距离的科学对象（scientific objects）。相反地，它永远是政治性的和策略性的……空间是政治的、意识形态的。它真正是一种充斥着各种意识形态的产物。"① 在赵树理的文学空间中，有着对意识形态的表征，因此，"我们可以从地理的、心理的、社会的、隐喻性的、讽喻性的、意识形态层面的、自我反思的角度来考察场所和空间"。②

---

① 列斐伏尔. 空间政治学的反思［M］//包亚明. 现代性与空间的生产. 上海：上海教育出版社，2003：62.
② 赫尔曼，费伦，等. 叙事理论：核心概念与批评性辨析［M］. 谭君强，等译. 北京：北京师范大学出版社，2016：102.

一、作为意识形态的空间

在赵树理的文学中，空间的想象必然是意识形态化的：

> 阎家山这地方有点古怪：村西头是砖楼房，中间是平房，东头的老槐树下是一排二三十孔土窑。地势看来也还平，可是从房顶上看起来，从西到东却是一道斜坡。西头住的都是姓阎的多，其中也有姓阎的也有杂姓，不过都是些在地户；只有东头特别，外来的开荒的占一半，日子过倒霉了的本村的杂姓，也差不多占一半，姓阎的只有三家，也是破了产卖了房子才搬来的。①

阎家山村落的空间错落绝非客观、中立的存在，其中孕育着极为复杂的意识形态斗争。从西到东，空间呈现的是砖楼房——平方——土窑，从而形成地主、富农——中农——贫农的差序格局。西头为富人区，以地主阎恒元为首的阎氏家族为中心。封建族权在旧中国的农村占有很大的势力，阎氏家族占有绝对统治权，而那些杂姓只能居住在东头。本地户和外来户也有强弱之分，本地户实力雄厚，则住西边；外来户势单力薄，不得不住东边。外来户经常受到本地人的欺负，李有才因为写快板讽刺阎恒元，被赶出了阎家山，而《李家庄的变迁》中的铁锁，因为是从河南林县迁来的外来户，就被欺负，不但院子厕所被人抢占，还输了官司。

在穷人聚居地村东头，老槐树则成了富有象征意味的空间，一方面，老槐树是穷人聚集之地，李有才说老槐树底下的人只有两辈——"老"字辈和"小"字辈（这也是赵树理文学中反复提及的代际关系，成为赵树理研究的一个突破口）。另一方面，大槐树底下形成了穷人活动的"公共空间"（当然，不能以哈贝马斯的市民理论生搬硬套），穷人在此发表公共言论，形成自己的话语空间，而主角就是李有才：

> 在老槐树底，李有才是大家欢迎的人物，每天晚上吃饭时候，没有他

---

① 赵树理. 李有才板话［M］//赵树理. 赵树理全集：第2卷. 北京：大众文艺出版社，2006：249.

就不热闹。他会说开心话，虽是几句平常话，从他口里说出来就能引得大家笑个不休。他还有个特别本领是编歌子，不论村里发生件什么事，有个什么特别人，他都能编一大套，念起来特别顺口。这种歌，在阎家山一带叫"圪溜嘴"，官话叫"快板"①。

与《李有才板话》相似，在《三里湾》的开头，同样出现了极具象征意味的空间：②

> 三里湾的村东南角上，有前后相连的两院房子，叫旗杆院。
> "旗杆"这东西现在已经不多了，有些地方的年轻人，恐怕就没有赶上看见过。这东西，说起来也很简单——用四个石墩子，每两个中间夹着一根高杆，竖在大门外的左右两边，名字虽叫"旗杆"，实际上并不挂旗，不过在封建制度下壮一壮地主阶级的威风罢了。可是在那时这东西也不是哪家地主想竖就可以竖的，只有功名等级在"举人"以上的才可以竖。③

很明显，"旗杆院"虽然是一座客观存在的院落，却有着极强的象征意味，它是封建地主的活动场所，而且不是一般的地主，而是有着荣耀的地主——只有举人以上的地主才有资格竖立旗杆。然而，旗杆院的主人们在历史的风云中早已烟消云散：

> 六十多岁的王兴老汉说他听他爷爷说，从前旗杆院附近的半条街的房子都和旗杆院是一家的，门楣都很威风，不过现在除了旗杆院前院门上"文魁"二字的匾额和门前竖过旗杆的石墩子以外，再没有什么东西可以证

---

① 赵树理．李有才板话［M］//赵树理．赵树理全集：第2卷．北京：大众文艺出版社，2006：250.
② 贺桂梅敏锐地意识到空间在《三里湾》中的主体性作用，她认为："小说的真正主人公事实上是三里湾这个空间/单位本身。就小说叙事的基本内容而言，《三里湾》的空间性得到了极大得凸显。旗杆院、王家、马家、场上等乡村生活与劳动的空间，被做了比一般叙事要求多得多的细致描写。"参见：贺桂梅．赵树理文学与乡土中国现代性［M］．太原：北岳文艺出版社，2016：142.
③ 赵树理．三里湾［M］//赵树理．赵树理全集：第2卷．太原：山西出版传媒集团，北岳文艺出版社，1986：65.

明当日刘家出过"举人"了。①

新中国成立后，旗杆院的功能发生了变化，它不再是地主阶级耀武扬威的象征，而变成村委会办公的场所：

> 一九四二年枪毙了刘老五，县政府让村子里把这两院房子没收归村；没收之后，大部分做了村里公用的房子——村公所、武委会，小学，农民夜校、书报阅览室，俱乐部，供销社都设在这两个院子。只有后坑的西房和西北小房楼上下分配给一家干属住。
> 近几年来，旗杆院房子的用处有点调动：自从新中国成立以来，民兵集中的次数少了，武委会占的前院东房常常空着，一九五一年村里成立了个农业生产合作社，开会、算账都好借用这座房子，好像变成了合作社的办公室。②

旗杆院的功能转换发生了巨大的变化：从一个私人的、秘密的、集权的财富集聚地变成了公共的、公开的、民主的办公场所。③ 这是旧社会和新中国的隐喻，是没落的、腐朽的反动统治和新兴的、生机勃勃的农业合作社的强烈对比。此外，旗杆院在历史的风云变幻中没有被拆除，而是加以改造，再利用，也暗示了作者对革命的态度：并不是所有的事物都要在革命的风暴中被摧枯拉朽地摧毁，去除掉事物附着的、象征的"光环"，还事物以本来的面目，它将会继续发挥事物本身的功能。因此，小说开头"从旗杆院说起"，在空间功能的转换中探寻革命的道理，可谓意味深长。

有意思的是，多年以后，赵树理在《张来兴》中同样也写出了改造后的空间"何家花园"。何家花园是财政局局长张维的干爹何老大的私家花园。张维的厨子张来兴很有骨气，拒绝听从主家的命令去给何老大做菜，因此而失业。张

---

① 赵树理. 三里湾 [M]//赵树理. 赵树理全集：第4卷. 北京：大众文艺出版社，2006：164-165.

② 赵树理. 三里湾 [M]//赵树理. 赵树理全集：第4卷. 北京：大众文艺出版社，2006：165.

③ 贺桂梅. 书写"中国气派"：当代文学与民族形式建构 [M]. 北京：北京大学出版社，2021：132.

来兴发誓此生绝不踏进何家花园半步。新中国成立后，何家花园被改造成了招待所，成为县人代会代表会后聚餐之地，而大厨正是大名鼎鼎的张来兴。席间代表们向张来兴敬酒：

> 王世恭是个老来调皮，他向老张师傅开玩笑说："来兴叔！你不是不到何家去吗？这里可是何家花园呀！"老张师傅看了看窗外的荷花池，笑着回答他说："不错！是那个地方，不过现在它不姓何了！"①

何家花园，曾经是地主、汉奸何老大的私人会所，是通过搜刮老百姓的民脂民膏建起来的。新中国成立后，空间功能得到了转换，这里成为为人民服务的场所。

《三里湾》的空间象征着除了旗杆院以外，还以家庭空间的对比展开：

> 马家的规矩与别家不同：三里湾是个老解放区，自从经过土改，根本没有小偷，有好多院子根本没有大门，就是有大门的，也不过到了睡觉把搭子扣上防个狼，只有马多寿家把关锁门户看得特别重要——只要天一黑，不论有几口人还没有回来，总得先把门搭子扣上，然后回来一个开一次，等到最后的一个回来以后，负责开门的人须得把上下两道门栓关好，再上碗口粗的腰栓，打上个像道士帽样子的木楔子，顶上个连榍刨起来的顶门杠。又因为他们家里和外边的往来不多——除了他们互助组的几户和袁天成家的人，别人一年半载也不到他家去一次，把个大黄犬养成了个古怪的脾气，特别好咬人——除见了互助组和袁天成家的人不咬说是见谁咬谁。②

马家院主要的特征就是封闭、保守，大白天关上门，养上大狼狗，从而形成阴翳、冷漠的气氛。如此空间正是马家在农业合作化中落伍的象征，一个与时代格格不入的大家庭，是必然成为历史的绊脚石的。正是在这样的空间里，才会发生陈菊英受到压抑要求分家、马有翼被母亲"常有理"软禁要求出走的

① 赵树理. 张来兴［M］//赵树理. 赵树理全集：第2卷. 太原：山西出版传媒集团，北岳文艺出版社，2018.405

② 赵树理. 三里湾［M］//赵树理. 赵树理全集：第2卷. 太原：山西出版传媒集团，北岳文艺出版社，1986：92.

事件。马家院最终面临分家的命运在这场空间描写中就已经埋下了伏笔。

与之形成鲜明对比的是王玉梅的家庭空间：

　　玉梅刚走到大门外，听见里边"踢通踢通"响，她想一定是她爹和她二哥打铁；赶走进大门来，看见北边厨房里的窗一亮一亮的，果然是打铁，便走进厨房里去看热闹。这时候厨房里已经有五个人，不过和她爹打铁的不是她二哥，是她一个本家伯伯名叫王申，其余是她大哥的三个孩子——大的七岁，是女的，叫青苗；二的五岁，男的，叫黎明；三的三岁，也是男的，叫大胜。

王家是三里湾的先进家庭，王金生是干部，弟弟王玉生是生产队的技术骨干，父亲王宝全，绰号"万宝全"，所有的农活——赶骡子、种菜、木匠、铁匠、石匠——无一不精。这是一个开放的、红红火火的劳动家庭。此时，王宝全正与王申一起为农业合作社"洗场碡"（"场碡"就是打粮食场上用的碌碡碡，"洗"是把大的石头去小的意思）。为集体（农业合作社）劳动就成为王家常态，王家的每一个细小的空间里都活跃着劳动的气息：

　　玉生离了婚，南窑空下来正好开会用。当灵芝走进去的时候，可以坐的地方差不多都被别人占了。她见一条长板凳还剩个头，往下一坐，觉着有个东西狠狠垫了自己一下；又猛一下站起来，肩膀上又被一个东西碰了一下。她仔细一审查，下面垫她的玉生当刨床用的板凳上有个木橛——在她进来以前，已经有好几人吃了亏，所以才空下来没人坐；上边碰她的原是挂在墙上一个小锯，已被她碰得落在地上——因为窑顶是圆的，挂得高一点的东西靠不了墙。有个青年说："你小心一点！玉生这房子里到处都是机关！"灵芝一看，墙上、桌上、角落里、窗台上到处是各种工具、模型、材料……不简单。①

在社会主义文化中，劳动是一种意识形态。爱劳动是评价一个人道德的重

---

① 赵树理. 三里湾 ［M］//赵树理. 赵树理全集：第 2 卷. 太原：山西出版传媒集团，北岳文艺出版社，1986：189.

要依据，如果为了公共事业而忘我劳动，一定是道德品质高尚的体现。而王家非常符合这种评判要求。有意思的是，这种评价机制已经内化为赵树理的人生观，成为他评价事物的重要依据。在《老定额》中，作者在描写大雨滂沱之际，农业生产者抢收（龙口夺食）时的劳动空间：

> 这时候的人们，已经跟打仗冲锋的时候一样了：有的摔掉了草帽，有的脱去了布衫，所有的镰刀都闪着亮光，好像人也在飞、镰刀也在飞、麦子也在飞，白杨套的麦地里好像起了旋风，把麦子一块一块吹倒又吹成捆；从白杨套往村子里去的路上，牛车、骡车、驮子、担子，在宽处像流水，到窄处像拧绳，村边打麦场上的麦垛子一堆一堆垒起来。①

紧密的句子像子弹在扫射，镰刀闪光，人、镰刀、麦子都在"飞"，如此群情激昂的场面被描写得酣畅淋漓。所有交通工具都挤在一起，如潮水涌动，到了窄处，则挤成一股股麻绳。这是赵树理小说中难得的充满诗情画意的文字，没有对劳动由衷的赞美之心无论如何是写不出来这样美妙的文字的。

二、作为礼俗活动的空间

传统中国是一个礼俗社会，所谓的"礼俗社会"，是指人民依靠礼数、习俗、人情而形成的交往规范。因此，在礼俗社会中，正义有时会让位于人情。"小说写小旦那么坏，村里人都知道他不是一个好东西，但见了面还要叫'小旦叔'，就是不能撕破面子；虽然地主刘锡元是来聚财家逼婚的，同样'礼数'不能缺，譬如，生客吃什么熟客如何接待，小说中就有很多交代。"②《邪不压正》是赵树理为数不多的通过描写农村礼俗的小说，对于太行山区农村的订婚仪式写得繁复而细致：抬食盒的讲究、生客与熟客的划分、彩礼的索要程序、吃挂面和饸饹的区别等，不一而足。一部好的农村小说应该是一部民族志，从中可以看到一个时代一个地区人们的生活细节，从而呈现出历史的细节，毫无疑问，赵树理做到了。然而，小说最为引人入胜的，是订婚时，如何安置客人：

---

① 赵树理. 三里湾［M］//赵树理. 赵树理全集：第2卷. 太原：山西出版传媒集团，北岳文艺出版社，1986：434.

② 罗岗. 回到事情本身：重读《邪不压正》［M］//刘卓. "延安文艺"研究读本. 上海：上海书店出版社，2019：164.

客人分了班：安发陪着媒人到北房，金生陪着元孩、小昌、小宝到西房，女人们到东房，软英一听说送礼的来了，早躲到后院里进财的西房去。①

众所周知，房屋以北屋为尊，故用来招待尊贵的客人。订婚仪式，媒人最尊贵，故安排于北屋。西屋次之，元孩、小昌、小宝是地主刘锡元家的长工，是来给人家跑腿的，身份比较低微，因此，被安排在西屋。东屋地位最低，一般作为厨房使用，因此，女人们聚集于东屋。而软英本来就不愿意这桩婚事，她喜欢的是小宝，但是因为小宝家里没钱，聚财不愿意，被迫嫁给地主刘锡元的儿子（他属于二婚）。因此，订婚之时本来最为出彩，可她却躲在叔叔家的西屋不出来。小旦要抽大烟，专门给安排到后院进才的北屋。小旦一走，安发和刘锡元、小四说话就方便很多，因为后两者是刘锡元本家，却也不好说破，只好指桑骂槐，背地里骂小旦发泄对刘锡元不满。西屋则是长工歇息之地，少不了对刘锡元的批评："谁给他住长工还讨得了他的便宜……说什么理？势力就是理！"东屋女人们最擅长的是挑理："地方的风俗，礼物都是女家着单子要的。男家接到女家的单子，差不多都嫌要得多，给送的时候，要打些折扣。比方，要两对耳环只送一对，要五两重手镯，只给三两重的，送来了自然要争吵一会。两家亲家要有点心不对头，争吵得就更会凶一点。女家在送礼这一天请来了些姑姑、姨姨、妗妗一类女人们，就是叫她们来跟媒人吵一会。做媒人的，推得过就推，推不过就说'回去叫你亲家给补'，做好做，拖就过去了。"② 正所谓：婚前是冤家，婚后是亲家。问题在于刘锡元家看不起人，用镀金的首饰和儿子刘忠亡妻的衣服修改后作为聘礼，实在是仗势欺人。而小旦作为媒人在面对女方的争议时，却流露出无赖相："算了！你们都说的是没用话！哪家送礼能不吵？哪家送礼能吵得把东西抬回去？说什么都不抵事，闺女已经是嫁给人家了！"而双方正吵得不可开交之时，后院西屋的软英和小宝一对恋人却相对泪千行，"两个人脸对脸看了一大会儿，谁也不说什么。忽然软英跟唱歌一样低低唱

① 赵树理 . 邪不压正 ［M］//赵树理 . 赵树理全集：第 1 卷 . 太原：山西出版传媒集团，北岳文艺出版社，1986：463.

② 赵树理 . 邪不压正 ［M］//赵树理 . 赵树理全集：第 1 卷 . 太原：山西出版传媒集团，北岳文艺出版社，1986：466.

道：'宝哥呀！还有二十七天呀！'唱着唱着，眼泪骨碌碌就涌来了！小宝一直劝，软英只是哭。就在这时候，金生在外边喊叫：'小宝！小宝！'小宝这时才觉着自己脸上也有热热的两道泪，赶紧擦，赶紧擦，可是越擦泪越流，擦了很大一会儿，也不知擦干了没有，因外边叫得紧，也只得往外跑"①。

正所谓几家欢乐几家愁，订婚这大喜的日子，却也是波澜起伏。每个房间都充满着愤怒之气，北屋指桑骂槐，西屋同仇敌忾，东屋义愤填膺，后院西屋却是相拥而泣、无语凝噎（赵树理也是写爱情的一把好手）。通过对不同空间不同人物的刻画，所有的情感直奔一个主题：对地主刘锡元的控诉！民间礼俗可以压抑、缓释矛盾，但也可以激化矛盾，与其说通过以礼俗写势力，毋宁说以情感诉说表达反抗之意。

赵树理的《万象楼》所塑造的空间——万象楼，也具有服务礼俗的性质。礼俗与建筑物之间有着相辅相成的关系。人们可以为某种礼俗而修盖建筑物，反之，建筑物也会成为礼俗的生成空间。万象楼有两个功能：一方面，万象楼是佛教信徒的聚会之所，每逢八月十五庙会，这里都有法事；另一方面，万象楼又是何有德的私人空间（应该是他修盖的）。万象楼空间功能的混乱之处在于它融宗教信仰与私人享乐于一体。很明显，这样的宗教是邪教。何有德是汉奸，与日本特务密谋操纵手下信徒攻打县政府，他可以当上县里的维持会会长。于是，万象楼就成了封建迷信与私人享乐的混杂之地。何有德可以在佛堂前与弟弟何有功、汉奸吴二及其情妇满街香打麻将、饮酒作乐，企图让吴二在佛前设计奸污民女李月桂，又可以冠冕堂皇在此地愚弄信众，为他们洗脑。当然，幸亏八路军及时发现，拯救了民女李月桂，将汉奸何有德等人押送至部队绳之以法，最终让其围攻县政府的阴谋破产。万象楼作为礼俗空间的载体在表现主旨方面有着重要的表意功能。赵树理写《万象楼》的主要目的：第一，破除封建迷信；第二，打击汉奸、恶霸。

三、作为乌托邦的空间

所谓乌托邦指的是超越现实的、对未来的美好想象。人类生存不得不依靠现实，受制于现实。然而，正是对现实的不满以及对美好生活的向往构成了人

---

① 赵树理. 邪不压正［M］//赵树理. 赵树理全集：第1卷. 太原：山西出版传媒集团，北岳文艺出版社，1986：469.

类前行的动力。作为参加革命工作多年的老作家，赵树理在他的作品中有着许多对于未来生活的想象性描述，而这些描述是通过空间的表征得以实现。

《灵泉洞》是赵树理唯一一部以地理空间命名的小说。按照作者的构想，小说分为上下两部，上部写金虎率领山区百姓在灵泉洞自发抗敌的故事，下部写自新中国成立后，金虎带领百姓修建水库，而弟弟银虎参军后成了一名干部，逐步丧失了劳动人民的本色，居功自傲，崇尚权力，开始堕落腐化享受生活的故事。① 然而，作者只完成了上部，从上部来看，灵泉洞承载了双重功能：其一，灵泉洞是金虎和小兰的定情之地；其二，灵泉洞是抵御外敌的天然屏障。

> 金虎听说有这么多的东西，越听越起劲，听着听着他又想出好主意来。他说："有人有家伙，我们粮食保证丢不了！刘承业说他是共产党，可惜我不是，不过我想我们可以共几天产：我们今天夜里先把社里的粮食倒出去，倒进新洞里，明天和全村各户商量组织一个大灶，谁愿意参加咱们的大灶，就都搬到新洞里去住。咱们把愿意参加的人组织一下，分一部分人管咱们已经种上的庄稼，一部分人打柴，一部分人做饭，一部分人站岗，还有些什么事想起来再说。咱们把老羊坎露天的那一面修上一堵墙，有什么动静就把老老少少行动不方便的人先撤到那里去住，让民兵守洞，万无一失；真要有大部队再住到咱灵泉沟，咱们就一同撤上阎王脑去住，那里更有保险的地方！"有人问："明天的部队来了要攻新洞怎么办？""只要有枪、有手榴弹，只用两个人守住里边的套间，有一千人他们也攻不进去！""要是人家把洞口堵了哩？咱们也出不来呀！""不怕！里边有出路！路不太好走，不过只要有电筒，年轻人是可以走得了的！""没有路吧！""有！""你怎么知道？""我走过一次！""出去是什么地方？""阎王脑！"四五个青年民兵高兴得闹起来："真要是那样，来一万人也不怕他！""干！我们把灵泉洞守住，连刘承业也不让他再回来！""除了八路军，谁来了揍谁！"②

灵泉洞不仅仅是抵御强敌的战略要地，更是体现了赵树理对理想生活的规划："新洞里开了大灶，把村里人都组织起来了，大家推选金虎和朱来宝做正副

---

① 晓流. 赵树理在写"灵泉洞"[J]. 读书，1958（5）：15-16.

② 赵树理. 三里湾 [M]// 赵树理. 赵树理全集：第 2 卷. 太原：山西出版传媒集团，北岳文艺出版社，1986：381-382.

洞长兼民兵的正副队长。村里人有的搬到洞里来住，有的只在洞里吃饭仍住在家里。不论是住在洞里还是住在家里，都参加一定的工作，谁管照料庄稼、谁管打柴、谁管拔野菜（因为没有菜吃）、谁管种秋菜、谁管做饭、谁管碾米磨面……都有分工，每一件事都有专人负责。"① 这里体现了赵树理对"人民公社"的美好想象。而这种美好的想象来自抗日战争中的斗争经验，有学者认为"'抗日根据地'曾经是一种寄予了赵树理政治理想的共同体形态"②。马克·赛尔登（Mark Selden）认为，根据地是一种"自给自足的区域实体。"延安在国民党封锁时期，形成了独具特色的"延安道路"，特点为："克服官僚主义和精英统治，实行相对平等的薪酬制度，下放干部和学生至基层政府，加强地方政府的自主性，发动基层民众的积极性，各大机关参与劳动生产，军队开荒自种粮食，实现自给自足，以家庭为单位组织变工、扎工进行'合作化'实践"③。

赵树理在《灵泉洞》中投入了对于未来社会乌托邦的想象。此时正是1958年，"人民公社"作为一种全新的政治形态方兴未艾，"当时正处于试验中的新事物'人民公社'，作为经济、政治的文化合一、有独立武装的组织形式，相比于现代国家，更有可能成为一种亲密无间、你我不分、水乳交融的'共同体'，也更能体现他的'共产主义理想'"④。赵树理在1958年，对于"人民公社"赞不绝口，对于"公共食堂"更是由衷拥护。⑤ 可以说"人民公社"的劳动方式和生产方式成为《灵泉洞》的潜文本，它代表的是对于官僚主义对人性压抑的全新革命。然而，在"人民公社"后期，所有的对于未来的美好想象都被打破了，"他感到与乡政府行政机构重合的'人民公社'实际上变成了'国家机器'的一部分，乡政府的干部成了公社的社领导，往往按照国家的计划来制定

---

① 赵树理. 三里湾［M］//赵树理. 赵树理全集：第2卷. 太原：山西出版传媒集团，北岳文艺出版社，1986：397.
② 陈湘静.《灵泉洞》中的"公社"：一种群众自治的想象［J］. 现代中文学刊，2018（6）：95-101.
③ 陈湘静.《灵泉洞》中的"公社"：一种群众自治的想象［J］. 现代中文学刊，2018（6）：95-101.
④ 陈湘静.《灵泉洞》中的"公社"：一种群众自治的想象［J］. 现代中文学刊，2018（6）：95-101.
⑤ 赵树理. 致邵荃麟［M］//赵树理. 赵树理全集：第5卷. 北京：大众文艺出版社，2006：295.

指标，而较少顾及当地的历史的具体情况，集体失去了生产和分配上的自主性"①。从"延安道路"到"人民公社"，在逻辑上有着必然的共同性，这里有着极为丰富的社会主义遗产等着我们去挖掘。而赵树理的《灵泉洞》似乎隐含指出了二者的必然之路。

其实，早在《三里湾》中，赵树理就表达了对于乌托邦空间的美好想象，画家老梁为三里湾画了三幅画，分别为现在的三里湾、开渠后的（明年的）三里湾和未来的三里湾：

> 村里人，在以前谁也没有见三里湾上过画，现在见老梁把它画得比原来的三里湾美得多，几乎是每一个人都要称赞一遍。这三张画，左边靠西头的是第一张，就是在二号晚上的党团员大会上见的那一张。第二张挂在中间，画的是个初秋景色：浓绿色的庄稼长得正旺，有一条大水渠从上滩的中间斜通到村边，又通过黄沙沟口的一座桥梁沿着下滩的山根向南去。上滩北部——刀把上往南、三十亩往北——的渠上架着七个水车戽水；下滩的渠床比一般地面高一点，一边靠山、一边用堤岸堵着，渠里的水很饱满，从堤岸上留下的缺口处分了支渠，把水分到下滩各处，更小的支渠只露一个头，以下都钻入庄稼中看不见了。不论上滩下滩，庄稼缝里都稀稀落落露出几个拔水的人。第三张挂在右边，画的是个夏天景色：山上、黄沙沟里，都被茂密的森林盖着，离滩地不高的腰里有通南彻北的一条公路从村后边穿过，路上跑着汽车，路旁立着电线杆。村里村外也都是树林。树林的低处露出好多新房顶。地里的庄稼都整齐化了——下滩有一半地面是黄了的麦子，另一半又分成两个区，一个是秋粮区、一个是蔬菜区；上滩完全是秋粮苗儿。下滩的麦子地里有收割机正在收麦，上滩有锄草器正在锄草……一切情况很像现在的国营农场。这三张画上都标着字：第一张是"现在的三里湾"，第二张是"明年的三里湾"，第三张是"社会主义时期的三里湾"。②

很明显，叙事的重点不在现在的三里湾。小说对于"现在的三里湾"也是

①　陈湘静.《灵泉洞》中的"公社"：一种群众自治的想象［J］. 现代中文学刊，2018（6）：95-101.

②　赵树理. 三里湾［M］//赵树理. 赵树理全集：第2卷. 太原：山西出版传媒集团，北岳文艺出版社，1986：208-209.

轻描淡写：有翼一看说："这是三里湾呀！""又走近看了看：上滩，下滩、老五园、黄沙沟口、三十亩、刀把上、龙脖上……真像！"有人说："远一点看，好像就能走进去！"①

　　叙事者更关心的是三里湾的明天和未来。明天的三里湾，指的是经过开渠后，三里湾出现的好风景。《三里湾》中有两大任务：扩社和开渠。两者之间不是并列关系，而是因果关系。因为有了扩社，所以开渠才有可能。扩社是为了开渠。在赵树理看来，开渠是太行山区农村发展的头等大事。早在1941年，赵树理曾经写过剧本《开河渠》，13年后，他又写了《求雨》这篇短篇小说，讲述求神仙不如求自己（开渠）的道理。而《三里湾》又一次将开渠提上了重要议程，因此，小说对开渠后三里湾的描写非常细致，到处都是生机勃勃的气象。第三幅画则是对未来的想象——实现现代化的新农村。画里主要突出两个点：其一，绿色生态，村庄掩藏在森林里。其二，整齐划一，秋粮区和蔬菜区各擅胜场。机械化成为农庄的主要特色。在赵树理的未来想象中，现代化、机械化是必然趋势。然而值得我们深思的是，赵树理认为集体农场才是未来农村发展的方向。各自为政的农业单干户从来没有进入赵树理的视野，集体经济才是未来农村发展的方向。金生说："老梁同志要是能再画那么一张画，我们把三张画贴到一块，来说明我们三里湾以后应走的路子，我想是很有用处的！"② 这不正是赵树理精心描绘的社会主义新农村的未来想象吗？因此，基于"三幅画"的象征意蕴，贺桂梅认为"《三里湾》可能是唯一的一部具有'乡村乌托邦'想象性质的作品。"③

---

① 赵树理.三里湾［M］//赵树理.赵树理全集：第2卷.太原：山西出版传媒集团，北岳文艺出版社，1986：167.

② 赵树理.三里湾［M］//赵树理.赵树理全集：第2卷.太原：山西出版传媒集团，北岳文艺出版社，1986：19.

③ 贺桂梅.赵树理文学与乡土中国现代性［M］.太原：北岳文艺出版社，2016：132.

第二章

赵树理文学的社会主义乡村共同体研究

第一节 家庭关系

自五四以来，家庭关系成为中国现代文学中突出表现的对象。五四新文学重新审视旧家族关系，认为传统的家族制度是封建专制生存的土壤，它造就了"奴性"的普遍性，而这恰恰是"国民性"批判的主要目标。因此，打倒封建旧家族制度，批判为之张目的儒家思想（"打倒孔家店"）成为五四新文学的主要斗争目标，其目的就在于解放出被囚在牢笼里的那个孱弱不堪的"自我"。因此，对旧的家族制度和传统文化的挞伐与个人主义的张扬是紧密联系在一起的。但是，五四新文化运动主要影响的范围是北京、上海等大都市，而对于广大农村而言，影响甚微。从五四运动到新中国成立前，中国社会虽然经历了巨变，但是家族制度却没有发生太大的改变，尤其是在广袤的农村，依然保持着旧社会的生存形态。经历了轰轰烈烈的土改之后，地主作为统治阶层被打倒，绅权作为统治农村的几千年的制度已经土崩瓦解，那么，建立农业合作化如何处理传统的家庭（家族）关系，就显得尤为重要，换句话说，我们所要讨论的就是作为家庭如何融入农业合作化的运动中。

"随着社会主义的经济系统和政治系统的形成，中国传统的家庭结构和社会结构发生了变化，虽然由血缘形成的亲族关系依然存在，但由家族到宗族、到乡绅社会构成的社会基层结构已经被瓦解，家庭及家族组织也丧失了原有的经济基础和政治功能。"① 有关家族主义与共产主义之间的各种联系与矛盾，已有不少学者论述过。例如，皮明庥曾强调中国的以"孝、悌、忠、信"为核心的儒家规范和以家族为本的"宗法"意识构成了中国人接受社会主义的障碍，家族主义与共产主义是相对立的。② 早在 1944 年 8 月，毛泽东在《给秦邦宪的信》中，就表达呼吁农民走出家庭的愿望，"农民的家庭是必然要破坏的，进军队、进工厂就是一个大破坏，就是纷纷'走出家庭'。……简而言之，新民主主义社会的基础是机器，不是手工……由农业基础到工业基础，正是我们革命的任务。"③ 当然，整个中国社会变革并没有按照毛泽东的设想在破坏家庭的前提下进行，延安的"不脱离家庭的群众运动"的地方性经验在全国得到逐步推广。但是，这并非意味着毛泽东的"走出家庭"的思想就不存在，而是说农业合作化其实就是对家庭逐步削弱的过程。这一点，赵树理和其他作家表现出不同的看法。

　　一般作家都将家庭作为一个自然单位来处理，来加入农业合作社，从来没有对家庭结构本身产生疑义。阻碍农业合作化进程的往往是家庭的某些落后分子，而不是某种家庭结构本身的问题。在《山乡巨变》中，劳模刘雨生的主要痛苦在于家里有一个虽然美貌却不理解他的妻子张桂贞。张桂贞虽然心地善良，但是她过于追求"被爱"的感觉，追求安逸的生活。既然不能同心协力，他们的婚姻走向破裂就是必然结局。于是作者给刘雨生找到了盛佳秀，这个女人更加贤惠、温柔体贴，更能够无私奉献（在劳动比赛中，将自己辛苦喂养的猪奉献给大家，最终帮助互助组赢得了比赛）。很明显，在作者看来，只有无私奉献的女人才适合做劳模的妻子。而女性的自我意识，本我的内心冲动都被完全压抑、牺牲掉了。在《山乡巨变》中，"家"和"户"是统一在一起的。激进的儿子陈大春与保守的父亲陈先晋之间的矛盾，并不以分家作为解决方案，小说强调父子之情的重要性。"合作化运动自上而下的社会变革，并没有破坏乡村社会的传统家庭及其人伦关系，毋宁说更主要是以社会主义的新时代伦理对其进

---

① 陈映芳.“青年”与中国的社会变迁［M］. 北京：社会科学文献出版社，2007：182.
② 皮明庥. 近代中国社会主义思潮觅踪［M］. 长春：吉林文史出版社，1991：46l.
③ 毛泽东. 给秦邦宪的信［M］//中共中央文献研究室. 毛泽东文集：第三卷. 北京：人民出版社，1999：206.

行的重构。"① 在《山乡巨变》中，"合作化运动中遭遇的主要矛盾表现为家与社的冲突与融合。邓秀梅、李月辉等基层干部和陈大春、盛淑君等积极分析主导的合作化运动过程，也是通过'个别串联'而将单个的家纳入公共的社的过程"②。

在《创业史》中，家庭的矛盾主要在梁生宝和梁三老汉之间展开。为了显示无产阶级先进典型和梦想发家致富老农民之间的人生境界的天然沟壑，作者割裂了二者的血缘关系——他们是养父子——这可能是血统论的另一种体现。小说有一个细节可以看出梁三老汉的梦想。当富裕中农郭世富房子上梁时，梁三老汉内心充满着艳羡的焦虑，可以看出在他眼中，郭世富才是他奋斗的目标。因此，《创业史》的表面矛盾是以梁生宝为代表的互助组与蛤蟆滩的三大能人之间的斗争，而内在的冲突在于梁氏父子之间的斗争。从刚开始的愤怒、疑虑到后来的支持、以之为傲，梁三老汉对梁生宝态度的转变意味着两种人生观——走共同富裕的合作化之路还是个人发家致富的单干之路——较量的结果已经水落石出。但是，家庭结构本身并没有发生变化，构不成农业合作化前进的动力或者阻力。

一、《三里湾》：马家院的"分裂"命运

对于赵树理而言，家庭关系的处理就比较复杂。赵树理并不认为家庭对合作化构不成任何影响，他认为旧的大家庭是构成农业合作化的阻力，而办法只有一个字——拆。《三里湾》中对于开渠工作最大的障碍莫过于"糊涂涂"（马多寿）的马家，因为马家的刀把地是开渠的关键所在——开渠必须经过马家刀把地，马家人不同意的话，一切无从谈起。然而，问题在丁马家是个落后的大家庭，对于农业合作化一直持反对态度。组织上有两种意见：一种意见，主张尽量动员各互助组的进步社员入社，让给那四种户捧场的人少一点，才容易叫他们的心里有点活动；四种户中的"大"户，要因为入社问题闹分家，最好是打打气让他们分，不要让落后的拖住进步的不得进步。另一种意见，主张好好领导互助组，每一个组进步到一定的时候，要入社集体，个别不愿入的退出去

---

① 贺桂梅. 书写中国气派：当代文学与民族建构 [M]. 北京：北京大学出版社，2020：244.

② 贺桂梅. 书写中国气派：当代文学与民族建构 [M]. 北京：北京大学出版社，2020：245.

再组新组或者单干，要把积极分子一齐集中到社里，社外的生产便没人领导，至于"大户因入社有了分家问题，最好是劝他们不分，不要让村里人说合作社把人家的家搅散了"①。

赵树理主张前一种意见——拆散大家庭，这种家庭已经成为合作化的阻力。马家所代表的是封建大家族制度，充满着专制和腐朽的气息。作为大家族的家长，马多寿是个外在糊涂、内在精明之极的人。他的绰号"糊涂涂"极具迷惑性和欺骗性，对外让他的老婆"常有理"出面，而自己躲在背后出谋划策。而他的大儿子马有余外号"铁算盘"，大儿媳绰号"惹不起"。"糊涂涂""常有理"与"铁算盘""惹不起"把持着家里的权柄，因为三儿子在外当兵，共同欺负三儿媳陈菊英。因为陈菊英要求分家，"常有理"和"惹不起"趁机折磨她，陈菊英说："我从早起架上磨，饭只喝了一碗稠粥，吃中午饭也不让卸磨，到他们碾完了场才卸下磨来。这时候家里早吃过饭了，只给我和玲玲留下些面汤……"② 由于缺乏自由、民主的空气（这正是王金生、王玉生家庭所具有的），马家造就了马有翼——这个"常有理"最宠爱的儿子——性格软弱、缺乏判断力的认知缺陷。在"常有理"的心目中，还存在着姨表亲，亲上加亲的糟粕观念，她和妹妹"能不够"硬生生拆散了女儿袁小俊和王玉生的婚姻，若非后来女儿遇到王满喜，恐怕真要遗憾终生。

貌似无坚不摧的堡垒往往在内部攻破，在陈菊英提出分家之后，马有翼也举起反抗的大旗。在得知自己心仪的对象范灵芝与王玉生订婚后，他深受刺激，当即走出家庭以示反抗——小说戏称"马有翼革命"。马有翼迅速和王玉梅订婚，并且提出分家。作者通过王玉梅的话表达了对分家的渴望："分开了对他们没有一点害处，怎么能算打击？咱们社里人们不是谁劳动得多谁享受得多吗？不分开，到他们家里，劳动的果实全给了他们，一针一线也得请他们批准，这样劳动得还有什么趣味？分开了，各家都在社里劳动，自然都走的是社会主义道路；要不分开，给他们留下个封建老窝，年轻人到了社里走社会主义道路，

---

① 赵树理. 三里湾［M］//赵树理. 赵树理全集：第 4 卷. 北京：大众文艺出版社，2006：177.

② 赵树理. 三里湾［M］//赵树理. 赵树理全集：第 4 卷. 北京：大众文艺出版社，2006：254.

到家里受封建管制，难道是合理的吗?"①

赵树理认为马家分家于公于私都是双赢的上上之策。他通过"劝说"的方式，让人们理解分家的重要性。对"糊涂涂""常有理"夫妇而言，虽然失去了对于家族的控制力，但是生活条件明显提高了。正如王玉梅所言："有翼和我两个劳动力，完全能养活他们老两口子。只要他们老两口子愿意跟我们过，管保能比他们现在吃得好!"② 赵树理并不主张用强迫的方式让马家加入合作社，而是用"算账"的方式，让马多寿心悦诚服地认为分家入社对自己有好处，"要是入社的话，自己的养老地连有余的一份地，一共二十九亩，平均按两石产量计算，土地分红可得二十二石四斗，他和有余算一个半劳力，做三百个工，可得四十五石，共可得六十七石四斗。要是不入社的话，一共也不过收上五十八石粮，比入社要少得九石四斗"③。

因此，《三里湾》的一个主要的叙事动力是劝说、说服的过程。在赵树理的想象中，农业合作化不是依靠政府强有力的执政手段来完成的，而是政府作为帮助者、组织者，循循善诱、不断说服旧式农民的过程。对于落后党员（如范登高），通过党的组织（如民主生活会、整党会），采用批评与自我批评的方式，进行强有力的教育。而对于落后的人民群众，只能采用细致的思想改造工作方式，这大概也是一种"细腻革命"的特点吧！张炼红提出"细腻革命"，意思是政府通过一套意识形态的宣传，以一种细腻化的组织程序，获取人民认同的过程。张炼红认为，"所谓的'细腻革命'，不妨说是一种看似并非日常而习见的精神信念与政治理念"，以常态的形式体现在普通民众的生命实践中。④ 因此，《三里湾》中的"拆"字，似乎也太过强势，改成"分"字，才更为细致。

二、户与家：农业合作化家庭关系的辩证法

户是生产分配的一个基本单位。赵树理曾经论述过户的重要性，甚至受到

---

① 赵树理. 三里湾 [M]//赵树理. 赵树理全集：第4卷. 北京：大众文艺出版社，2006：345.

② 赵树理. 三里湾 [M]//赵树理. 赵树理全集：第4卷. 北京：大众文艺出版社，2006：345.

③ 赵树理. 三里湾 [M]//赵树理. 赵树理全集：第2卷. 太原：山西出版传媒集团，北岳文艺出版社，1986：242.

④ 张炼红. 历炼精魂：新中国戏曲改造考论 [M]. 上海：上海书店出版社，2019：20.

巴金《家》的影响，写过一篇以《户》为名的小说，① 以强调"户"的重要性，"人和人的关系，户是生产队的核心单位，分配是按户论的。生产上是队和大队；生活上，经济核算单位是户"②。赵树理认为在农业合作化时期，"户"担负着组织生产的重要功能，"生产队就是以户为单位。按人记工分，但生产队的账目不是以人而是以户为单位的。结算、分配都是以户为单位的。在养老没有社会化以前，户还不能撤了，这对社会主义生产还是有利的"③。

与传统的农业社会相比较，合作化对于"户"有着保障功能，从而显示出社会主义的优越性。首先，"户"最大限度地保护人民群众的支配生活的权利，"没有按工分分配的时候，劳力足的户，按劳分配，劳力少的户，有困难，国家负担了。现在以户为核算单位，你要来找队里了，你这个户的所得部分给你了，生活自己去安排"④。其次，集体所有制对家庭困难的"户"有帮助的义务。对于那些劳动力差（如体弱多病）的户，集体也要有救济制度，"这样也会发生一些问题。例如，有的户，只有一个劳动力，他要负担三口人，生活就很困难。这种情况在土改以前，是不管的，土改以后，有社会救济。现在适当可以动一动公积金部分，帮着解决一下"⑤。

然而，在一定的情形下，"户"也会产生一些弊端。一般而言，户和家是相等的，一户一家，但是，当家庭成员较多，且子女已经成家，还没有分家时，就成了所谓的大户。我们应当注意到，大户曾经是中国传统家庭的主要形态，而且也在战时起到积极作用。迪莉娅·戴维（Delia David）指出："家庭是基本的经济单位。这种家庭并不是资本主义社会的那种小的（纯婚姻上的）家庭，而是乡村中的'大家庭'，它的目的在于有效地利用劳动力。这种大家庭是正在支持抗战的农村经济的基础。所以，作为行动的基点，应该重新构造和巩固这

---

① 赵树理. 文艺与生活 [M]//赵树理. 赵树理全集：第 6 卷. 北京：大众文艺出版社，2006：64-65.

② 赵树理. 在大连"农村题材短篇小说创作座谈会"上的发言 [M]//赵树理. 赵树理全集：第 6 卷. 北京：大众文艺出版社，2006：80.

③ 赵树理. 文艺与生活 [M]//赵树理. 赵树理全集：第 6 卷. 北京：大众文艺出版社，2006：64-65.

④ 赵树理. 文艺与生活 [M]//赵树理. 赵树理全集：第 6 卷. 北京：大众文艺出版社，2006：64-65.

⑤ 赵树理. 文艺与生活 [M]//赵树理. 赵树理全集：第 6 卷. 北京：大众文艺出版社，2006：64-65.

类家庭。"① 但是，这种大户家庭对于农业合作化的推进起到不小的阻碍作用。《三里湾》中的马家由于人员众多，一旦成为落后分子，要改造他们，就需要细致而又艰难的努力。

"户"的另一大弊端在于它是滋生于封建家长制的土壤。几千年来，家族制度一直是中国传统社会的基础，自五四运动以后，家族制度成为新文化运动者批判的对象，其最大的罪名莫过于封建家长制对青年的压制。巴金的《家》就是反对封建家族制度的血泪控诉书。这种对于家族制度的贬斥持续到了新中国成立以后，"1949 以后家庭、宗族丧失了其经济基础，家庭被归入'私'的范畴，儒家的家族主义遭到了否定"②。赵树理认为大的家户容易导致专制的思想，进而导致分配不公，严重影响家庭和睦："一家一户的情况很不同，尤其历史久、人口多的大家庭，几世同堂到现在的，更为复杂。有经济的牵涉，有思想的分歧，有关系的亲疏，有性格的差异，等等，明争暗斗算小账。所谓当家人，很不易对付。当老爷爷的多有特权思想；当公婆的有了自我尊严；大媳妇养老拖小有思想包袱；二媳妇不会生养觉得吃亏；三媳妇是个城镇中学生，光会讲道理，不会做饭做衣服；弟兄们童年的好感渐渐淡薄，慢慢地产生了你争我夺的心思；小孩子吵嘴，带出了爹妈议论对方的话；再加院邻街坊有个坏婆娘从中挑拨离间，幸灾乐祸；守旧派老说具体事打动不了人心，先进派光讲空话没人相信。这样的家庭斗争会持续不断。"③

大户对于农业合作化的另一害处还在于提供落后的封建思想。在农业合作社，社员们之间的地位是公开、透明的，从而形成工友、同志之间的新型关系。而在大户里，户主经常灌输给家庭成员的是封建思想（如愚忠愚孝、封建迷信等），从而形成了各种自我小"王国"，危害不浅。赵树理说："由于户还存在，也有问题，公社、大队、小队都是社会主义所有，户可不是，在生活上往往还带有封建性。在一个户里，总是教育要为自己家里好。有时也说为集体，也是因为多干可以多挣工分，拿这思想来教育孩子。所以爱队如家的教育是一套，

---

① 戴维：妇女工作：革命中国的妇女和党［M］//达各芬．嘉图：走向革命：华北的战争、社会变革和中国共产党 1937-1945. 杨建立，等译．北京：中国党史资料出版社，1987：281.

② 陈映芳．"青年"与中国的社会变迁［M］．北京：社会科学文献出版社，2007：206.

③ 赵树理．在晋东南"四清"会议期间的三次讲话［M］//赵树理．赵树理全集：第6卷．北京：大众文艺出版社，2006：415.

在家里受的教育又是一套。孩子们要听两套教育。"①

赵树理认为应当将大的家户进行分家，"我认为农村现在急需要一种伦理性的法律，对一个家的生产、生活诸种方面都做出规定。如男女成丁，原则上就分家；分家不一定完全另过，只是另外分一户，对外出面；当然可以在一起起灶。子女对父母的供养也有规定。成丁的男女自立户口，结婚后就可以合并户口。首先，从经济上明确，这对老人也有好处；婆婆也不会有意见，因为这是国家法律。灶可以在一起，但可以计算钱。这样一处理，关系会好得多"②。这种拆散大户的看法在赵树理心里已经根深蒂固，后来他不断重复分家的必要性，"我是倾向于分家的。分得太小也有些毛病，做饭占劳力。但牵扯太大，统制太多，还不如分了，积极性更大一些"③。在《三里湾》中，作者借王玉梅之口，道出分家的必要性："分开了，各家都在社里劳动，自然都走的是社会主义道路；要不分开，给他们留下个封建老窝，让年轻人到了社里走社会主义道路，回到家里受封建管制，难道是合理的吗？"④

赵树理想象新的家庭关系，分家但不一定要单独立户，在小说的结尾，范灵芝和王玉生的对话，呈现出另一种可能：

> 灵芝问："咱们是不是也要另立户口呢？""我没有想过这个问题！""我也没有想过，还是因为别人来立户口引起来的！""我不愿意另立户口——多少麻烦？谁给咱们做饭吃呢？""我也没有想过这问题！"她又想了想说，"这样子好不好？咱们都回去和家里商量一下，最好是不用另立户口，你作的工还记在你家，我作的工还在我家，只是晚上住在一块；这办法要行不通的话，后天食堂就开门了，咱们就立上个户口，到食堂吃饭去！""穿衣服呢？""靠临河镇的裁缝铺！""那不成个特殊户了吗？""特殊

---

① 赵树理. 文艺与生活［M］//赵树理. 赵树理全集：第6卷. 北京：大众文艺出版社，2006：64-65.
② 赵树理. 在长春电影制片厂电影剧作讲席班的讲话［M］//赵树理. 赵树理全集：第6卷. 北京：大众文艺出版社，2006：38.
③ 赵树理. 在"农村题材短篇小说创作座谈会"上的发言［M］//赵树理. 赵树理全集：第6卷. 北京：大众文艺出版社，2006：80.
④ 赵树理. 三里湾［M］//赵树理. 赵树理全集：第4卷. 北京：大众文艺出版社，2006：345.

就特殊一点！这又不是走资本主义道路！"①

　　赵树理在农业合作化家庭关系的想象上有着极大的灵活性——只要能释放青年人的劳动热情，更有利于参加农业合作社，激发他们社会主义建设的积极性，家庭革命不一定要固守一种模式。马家分家对农业合作化有利，就必须化整为零。而王家，本身就是农业合作化的骨干，王金生是党的领导，是三里湾农业合作化的设计师；王玉生是技术骨干，一心扑在农业合作化劳动工具的研发上；父亲王宝全则是劳动标兵，天天在家里为农业合作社打铁；妹妹王玉梅是劳动能手，妇女能顶半边天。因此，这样的家庭最大的特点是以农业合作社为家。这大概是赵树理想象出来的最高级的家庭形态。试想一下，一旦所有的人将劳动热情都投入农业合作化进程中，以社为家，分家分户还有什么意义。对于范灵芝、王玉生这对先进的劳动青年而言，献身农业合作化是最大的幸福。思想的先进程度与家的繁复程度成反比，思想越落后，越注重家庭的享受，如《红岩》中的甫志高，很有"中产阶级的审美趣味"，懂得享受生活，讲究艺术品位，最终背叛革命。而对于革命者和建设者来说，"家"可以简化到只是吃饭和睡觉的地方。甚至再简化，公共食堂解决了吃饭问题，裁缝铺解决了穿衣问题，家就只是睡觉的地方，这个家还有分的必要吗？

第二节　劳动关系

　　中国传统少有歌颂劳动的文学。陶渊明在《归田园居》中写道："种豆南山下，草盛豆苗稀。晨兴理荒秽，带月荷锄归。"虽然写出了劳动的过程，却充满了知识分子的闲适与逍遥；他所表达的与其说是对劳动过程的描绘，毋宁说是对一种精神状态的描绘："道狭草木长，夕露沾我衣。衣沾不足惜，但使愿无违。"而李绅的《悯农二首》，虽然写出了农民耕作的辛苦（锄禾日当午，汗滴禾下土）、农民生活的悲惨（四海无闲田，农夫犹饿死），然而，一个"悯"字依然不经意流露出知识分子高高在上的心理状态。因此，在中国文学史上，农

---

　　①　赵树理．三里湾［M］//赵树理．赵树理全集：第4卷．北京：大众文艺出版社，2006：36.

民的形象一直是缺失的。

　　马克思对劳动有两个观点，影响深远：其一，劳动创造价值；其二，工人在劳动过程中的剩余价值是资本家利润的唯一源泉。由此得出结论，资产阶级天生带有剥削的基因，而无产阶级是资本主义的掘墓人。马克思的政治经济学改变了整个世界的版图，为社会主义在 20 世纪的燎原之势提供了革命的火种。值得注意的是，虽然马克思阶级斗争理论已经产生广泛的影响，但是，在五四时期，知识分子阶层提出"劳工神圣"的口号时，已经将劳工泛化了，与其说是无产阶级，毋宁说是下层劳动人民。李大钊说"劳工主义的战胜，也是庶民的胜利"，因为"劳工的能力，是人人都有的，劳工的事情，是人人都可以作的"①。蔡元培则断言："此后的世界，是劳工的世界。"但是，在蔡元培那里，这一"劳工"的内涵异常宽泛，"我说的劳工，不但是金工、木工等，凡用自己的劳力作成有益他人的事业，不管他用的是体力、还是脑力，都是劳工"②。陈独秀则将"劳工"概括为一切的体力劳动者，即中国的下层民众——"种田的、裁缝、木匠、瓦匠、小工、铁匠、漆匠、机器匠、驾船工人、掌车工人、水手、搬运工人等"，不仅给予高度的价值肯定，"我以为只有做工的人最有用、最贵重"，而且颠覆了传统中国的劳动观念，中国古人说："劳心者治人，劳力者治于人"，现在我们要将这句话倒过来说："劳力者治人，劳心者治于人"③。

　　将劳工神圣这一五四遗产推向极致，并且整合到整个革命话语机制中的当属毛泽东。在《青年运动的方向》中，毛泽东认为革命的主力军是"工农大众"④。而在《在延安文艺座谈会上的讲话》中，毛泽东将对劳工的赞美推向极致：

　　　　那时，我觉得世界上干净的人只有知识分子，工人农民总是比较脏的。知识分子的衣服，别人的我可以穿，以为是干净的；工人农民的衣服，我

---

①　李大钊．庶民的胜利［M］//中国社会科学院近代史研究所．五四运动文选．北京：生活·读书·新知三联书店，1979：176.

②　李大钊．庶民的胜利［M］//中国社会科学院近代史研究所．五四运动文选．北京：生活·读书·新知三联书店，1979：185.

③　陈独秀．劳动者底觉悟［M］//中国社会科学院近代史研究所．五四运动文选．北京：生活·读书·新知三联书店，1979：356-357.

④　毛泽东．青年运动的方向［M］//毛泽东．毛泽东选集：第二卷．北京：人民出版社，1991：529-530.

就不愿意穿，以为是脏的。革命了，同工人农民和革命军的战士在一起了，我逐渐熟悉他们，他们也逐渐熟悉了我。这时，只是在这时，我才根本地改变了资产阶级学校所教给我的那种资产阶级的和小资产阶级的感情。这时，拿未曾改造的知识分子和工人农民比较，就觉得知识分子不干净了，最干净的还是工人农民，尽管他们手是黑的，脚上有牛屎，还是比资产阶级和小资产阶级知识分子都干净，这就叫作感情起了变化，由一个阶级变到另一个阶级。①

毛泽东不仅将劳工神圣推到了极致，而且将马克思的阶级斗争观念重新整理，焕发活力。知识分子的改造与歌颂工农兵就成了延安时期——社会主义时期一个非常重要的命题。新中国成立后，劳动的观点已经成为一种意识形态，被编入教科书。党内著名的马克思主义理论家艾思奇的讲义便是传播这种劳动观点的典型教材。1950 年 2 月，艾思奇讲授历史唯物论，认为"社会发展的程度基本上是由生产力发展的水平来决定的，这是劳动创造人类世界的思想的一个主要点"。劳动创造了人类，那么劳动人民自然就是社会的主体。因此，劳动成为革命创造主体的必经之路。②

一、《孟祥英翻身》：女性的解放与劳动的辩证法

延安时期，对于劳动的赞美是通过对劳模的挖掘而出现的。吴满有很快被发现，成为劳模。"劳动模范"第一次为"劳动"正名。在"大生产运动"之前的延安边区，"劳动"一直被视为"受苦"的行为，"有许多群众，直到现在，不但在语言上把劳动叫作受苦，而且在实际上也确实认为劳动是苦事"③。而在延安边区，劳动是为了自己谋幸福，"劳动是为了劳动者自己的享用，劳动的果实主要是为劳动者自己所有"，因此，"在这里，劳动就不是苦事，劳动的结果，对于自己，是丰衣足食，过好光景，对于民族，对于全国人民，是争取

---

① 毛泽东. 在延安文艺座谈会上的讲话 [M]//毛泽东. 毛泽东选集：第三卷. 北京：人民出版社，1991：808.
② 艾思奇. 历史唯物论：社会发展史讲义 [M]//艾思奇. 艾思奇全书：第 4 卷. 北京：人民出版社，2006：141-151.
③ 解放日报社论. 建立新的劳动观念 [M]//孙晓忠，高明. 延安乡村建设资料：二. 上海：上海大学出版社，2012：400.

抗战的胜利与民族的解放。劳动应该被看作愉快的，以至于光荣的"①。

赵树理受"写真人真事"运动的感召，写出了报告文学《孟祥英翻身》。"这一时期妇女翻身被理解为一个经过共产党的政治动员由传统宗法社会进入公共领域变身为'公家人'的过程。"② 与此同时，解放区还有孔厥的《一个女人翻身的故事》广为流传。解放区女性翻身的叙事也已形成一种较为固定的叙事模式：女性受难（惨遭家庭折磨）——共产党帮助——走出家庭——努力工作——英雄大会。折聚英与孟祥英都有过一段不堪回首的悲惨岁月，折聚英因家贫被卖，成为童养媳，惨遭公公与丈夫的殴打；孟祥英同样每天被婆婆和丈夫虐待。在党的帮助下，折聚英努力工作，不但与前夫离了婚，而且找到了自己的真爱；孟祥英积极参加公益事业，成了劳动模范。然而，在脱离苦海的过程中，两部小说的处理却不相同。折聚英是通过学习来完成自己转变的，她跟着女红军池莲花逃离旧家庭之后，担心自己不会工作，池莲花教育她："那不怕！只要学习，学习，再学习呀！"在池莲花的教育中，"学习"是妇女解放的基本手段。"'学习'意味着乡土社会中出现了新规矩。学习这些新规矩，才能进入新世界，变身为'公家人'，最终获得解放。可以说，学习是转化为'公家人'的资格考试。"③ 孟祥英则通过帮助渡荒，带领大家一起劳动，为自我解放开辟了一条道路。"就《孟祥英翻身》而言，同样由访谈而来，同样选择讲述翻身故事，但赵树理的选择背后紧扣着的是生产问题。换言之，生产是打开翻身故事的一把钥匙，生产刻画出了翻身的可能前景。"④

饶有趣味的是，赵树理并没有着力描写孟祥英如何渡荒的具体场景，反而着重于孟祥英受苦的描写：

> 娘既然管不了小奶奶，梅妮就得回来摆一摆小爷爷的威风。他一回来，按"老规矩"自然用不着问什么理由，拉了一根棍子便向孟祥英打来。不

① 解放日报社论.建立新的劳动观念［M］//孙晓忠，高明.延安乡村建设资料：二.上海：上海大学出版社，2012：401.
② 黄锐杰."翻身"与"生产"：细读1943年前后边区妇女的"翻身书"［J］.北京大学学报，2019，56（2）：99-106.
③ 黄锐杰."翻身"与"生产"：细读1943年前后边区妇女的"翻身书"［J］.北京大学学报，2019，56（2）：99-106.
④ 黄锐杰."翻身"与"生产"：细读1943年前后边区妇女的"翻身书"［J］.北京大学学报，2019，56（2）：99-106.

过梅妮的威风却也有限——一十六七岁个小孩子，比孟祥英还小一岁——孟祥英便把棍子夺过来。这一下可夺出祸来了：按"老规矩"，丈夫打老婆，老婆只能挨几下躲开，再经别人一拉，作为了事。孟祥英不只不挨，不躲，又缴了他的械，他认为这是天大一件丢人事。他气极了，拿了一把镰，劈头一下，把孟祥英的眉上打了个血窟窿，经人拉开以后还是血流不止。①

婆婆与丈夫共同虐待孟祥英，使得她生无可恋，吞鸦片烟自尽。若非鸦片量不够，孟祥英已不在人世。于是小说出现了最令人心动的场景：

> 又一次，孟祥英在地里做活，回来天黑了，婆婆不让吃饭，丈夫不让回家。院门关了，婆婆的屋门关了，丈夫把自己的屋门也关了，孟祥英独自站在院里。邻家媳妇常贞来看她，姐姐也来看她，在院门外说了几句悄悄话，她也不敢开门。常贞和姐姐在门外低声哭，她在门里低声哭，后来她坐在屋檐下，哭着哭着就瞌睡了，一觉醒来，婆婆睡得呼啦啦的，丈夫睡得呼啦啦的，院里静静的，一天星斗明明的，衣服潮湿潮湿的。②

很明显，叙事者极力控诉的是父权制度的恶，陈顺馨在《孟祥英翻身》中读出了赵树理小说所经常出现的"恶婆婆"叙事模式。而这正是赵树理有意为之的。多年以后，孟祥英回忆起赵树理采访她的情景，依然历历在目：

> 大会在黎城县南委泉举行。会上，老赵找我谈过两次话，像唠家常一样。我把自己怎样组织全村妇女和带动邻村妇女进行生产度荒活动的情况谈得很细，他默默听着，似乎不太感兴趣。他反复打听的倒是我怎样受婆婆气，又怎样不屈服、闹翻身等方面的详情。我像一个受屈的女娃，遇到

---

① 赵树理. 孟祥英翻身［M］//赵树理. 赵树理全集：第 2 卷. 北京：大众文艺出版社，2006：378.
② 赵树理. 孟祥英翻身［M］//赵树理. 赵树理全集：第 2 卷. 北京：大众文艺出版社，2006：381.

了亲人，向他吐了全部的苦水。①

　　在孟祥英看来，赵树理感兴趣的不是孟祥英如何劳动本身，而是她如何受气的细节，赵树理自己在小说的序言中也透露出端倪：

　　　　因为要写生产度荒英雄孟祥英传，就得去找知道孟祥英的人。后来人也找到了，可是得到的材料，不是孟祥英怎样生产度荒，而是孟祥英怎样从旧势力压迫下解放出来。我想一个人从不英雄怎样变成英雄，也是大家愿意知道的，因此就写成这本小书，书名就叫《孟祥英翻身》。至于她生产度荒的英雄事迹，报上登载得很多，我就不详谈了。②

　　这里不得不提的是延安时期颁布的妇女解放运动的文件。1943 年 2 月，由中央妇女委员会起草，经毛泽东修改后公布的《中国共产党中央委员会关于各抗日根据地目前妇女工作方针的决定》③，简称"四三决定"。"四三决定"带来的重要偏向之一，是把组织农村妇女参加生产作为"首要任务"和唯一的衡量"尺度"④。"四三决定"强调的重点在于妇女积极投入生产劳动中去。新决定说："多生产、多积蓄，妇女及其家庭的生活都过得好，这不仅对根据地的经济建设起重大的作用，而且依此物质条件，她们也就能逐渐挣脱封建的压迫了。"这事实上也形成了毛泽东时代妇女工作的重要特征，即强调妇女作为生产劳动力，并把动员农村妇女参加生产作为核心任务。⑤

　　毛泽东在阐述新妇女政策的必要时，明确地提到需要得到乡村男性的认可："提高妇女在经济、生产上的作用，这是能取得男子同情的，这是与男子利益不

———————————

①　李士德. 太行山麓忆华年：孟祥英同志采访录 [M]//李士德. 赵树理忆念录. 长春：长春出版社，1990：107.
②　赵树理. 孟祥英翻身 [M]//赵树理. 赵树理全集：第 2 卷. 北京：大众文艺出版社，2006：375.
③　中华全国妇女联合会. 中国妇女运动史：新民主主义时期 [M]. 北京：春秋出版社，1989：508-519.
④　贺桂梅. 女性文学与性别政治的变迁 [M]. 北京：北京大学出版社，2014：103.
⑤　贺桂梅. 女性文学与性别政治的变迁 [M]. 北京：北京大学出版社，2014：103.

冲突的。从这里出发，引导到政治上、文化上的活动，男子们也就可以逐渐同意了。"① 这种对男性利益的妥协，某种程度上也是对妇女利益的让渡。"通过从妇女新中国成立后撤到保障妇女的工作、劳动权利，达到了既开发剩余劳动力，又能维护乡村稳定的目的。而从当时的历史处境来看，鼓励由农村妇女参与生产、在一定限度内提高她们的社会活动范围，也是为了解决因乡村男性被大量征调到军队而造成的乡村劳动力短缺和乡村生活结构的失衡。"②

"四三决定"列举的关于妇女参与经济生产能力的描述，主要是"农村妇女能纺织、能养蚕、能种地、能煮饭、能喂猪、能理家"。一些劳动方式既包括传统家庭女性的活动，"能煮饭、能喂猪"以及能"把孩子养好，保护了革命后代"，③ 也包括此前不允许女性（尤其是年轻女性）参与的种地、理家等活动。尼姆·威尔斯（Nym, Wales）在描述陕甘宁边区的妇女状况时提道："红军初到西北时，在几周内竟在这个人口稀少的地区补充了 2 万名新战士，原因不外乎由于妇女组织起来了，可以在后方顶替男子劳动。"④ 事实上，在"四三决定"及其多种阐发、说明文件中，始终闭口不谈乡村伦理、宗族、家庭关系结构对于妇女的特殊压迫，尤其是农村女性在婆媳关系、夫妻关系上面临的矛盾。相反，特别强调的是"婆姨汉一条心，沙土变黄金"，强调家庭和睦。⑤

虽然经济生产能够把妇女从家庭中解放出来，却不能改变由于资本的引入而导致的农村女性内部在年龄、经济地位、技术掌握等方面形成的新的控制等级。⑥

　　　　共产党人……知道在陕北的农业环境，家庭依然是生产的堡垒，破坏了家庭，也就妨碍到生产，从前那些女同志下乡工作，将经济独立男女平等等一套理论搬到农村去，所得"报酬"是夫妻反目，姑媳失和，深深地

①　中华全国妇女联合会编. 毛泽东周恩来刘少奇朱德论妇女解放［M］. 北京：人民出版社，1988：46.

②　贺桂梅. 女性文学与性别政治的变迁［M］. 北京：北京大学出版社，2014：103.

③　解放日报社论. 更进一步发动解放区妇女参加生产卫生文化运动［N］. 解放日报，1945-03-18（1）.

④　威尔斯. 续西行漫记(1939)［M］. 陶宜，徐复，译. 北京：解放军文艺出版社，2002：272.

⑤　贺桂梅. 女性文学与性别政治的变迁［M］. 北京：北京大学出版社，2014：107-108.

⑥　贺桂梅. 女性文学与性别政治的变迁［M］. 北京：北京大学出版社，2014：109.

引起民间的仇恨。现在呢？决不再提这一切，尊重民间的传统感情，家庭仍是神圣的。妇运的"同志"，决不再把那农村少妇拖出来，或者挑拨婆媳夫妻间的是非了，而只是教她们纺线，赚钱，养胖娃娃。一句话，是新型的良妻贤母主义……她们群众妇运的特色，是折中于良妻贤母与社会主义之间的改组派主义，是由农村出身并且熟悉农妇生活的干部来干事的。她们不需要"摩登"的女权论者。①

因此，赵树理对于孟祥英的故事讲述并不符合"四三决议"的精神，小说与其说是对孟祥英先进性的描写，毋宁说是对封建家族（父权）制度的强烈控诉，小说对于孟祥英生长环境的揭露触目惊心。当孟祥英被丈夫用镰刀砍得头破血流时，邻居们的反应却饶有趣味："拉架的人似乎也说梅妮不对，差不多都说：'要打打别处，为什么打头哩？'这不过只是说打的地方不对罢了，至于究竟为什么打，却没人问，按'老规矩'，丈夫打老婆是用不着问理由的。"② 可以说赵树理依然站在五四启蒙的立场上，对农村女性生存的苦难进行强烈的控诉。当然，共产党引导、鼓励孟祥英当上了村干部（农救会妇女主任），积极带领大家一起劳动，成为孟祥英解脱苦难、奔向自由的必走之路。在赵树理看来，妇女只有走出小家庭，加入集体组织，才能够实现"翻身"的梦想。但是，"翻身"之后，"恶婆婆"们该如何改造，小说留下了空白，叙事者写道：

　　有人问：直到现在，孟祥英的丈夫和婆婆还跟孟祥英不对劲，究竟是为什么？怕她脚大了走路太稳当吗？怕她做活太多了他们没有做的吗？怕她把地刨虚了吗？怕她把蝗虫打断了种吗？怕她把树叶采光吗？……

　　答：这些还没有见他们母子宣布。

　　有人问：你对牛差差和孟祥英的婆婆、丈夫，都写得好像有点不敬，难道不许人家以后再转变吗？

　　答：孟祥英今年才二十三岁，以后每年开劳动英雄会都要续写一回，谁变好谁变坏，你怕明年续写不上去吗？

---

① 赵超构. 延安一月［M］. 上海：上海书店，1992：171–174.
② 赵树理. 孟祥英翻身［M］//赵树理. 赵树理全集：第 2 卷. 北京：大众文艺出版社，2006：381.

也许赵树理自己也觉得改造得艰难，无法自圆其说，最终在文本结束时，留下了一段大大的空白。当然，现实中孟祥英和梅尼离了婚，找到了自己的挚爱，重新开启了一段美满的新生活。赵树理留下的难题是恶婆婆们能够在新政权建立后销声匿迹吗？①

二、农业合作化：集体劳动的欢悦及人格塑造

当然，恶婆婆们并不会随着新中国的建立而立刻消失殆尽。封建思想文化的生存能力绝非一朝一夕能够改变的，要对之进行完全的剿灭需要一个漫长的过程。《三里湾》中的"恶婆婆"的形象当属"能不够"和"常有理"。小说这样形容"能不够"：

> 当她初嫁到袁天成家的时候，因为袁天成家是个下降的中农户，她便对袁家全家的人都看不起，成天闹气，村里人对她的评论是"骂死公公缠死婆，拉着丈夫跳大河"。到小俊初结了婚的时候，她把她做媳妇的经验总结成一套理论讲给小俊。她说："对家里人要尖，对外边人要圆——在家里半点亏也不要吃，总得叫家里大小人觉着你不是好说话的；对外边人说话要圆滑一点，叫人人觉得你是个好心肠的人。"她说："对男人要先折磨得他哭笑不得，以后他才能好好听你的话。"从前那些爱使刁的女人们常用的"一哭二饿三上吊"的办法她不完全赞成。她告小俊说："千万不要提上吊——上吊有时候能耽搁了自己的性命，哭的时候也不要真哭——最好是在夜里吹了灯以后装着哭；要是过年过节存了一些干粮的话，也可以装成生气的样子隔几天不吃饭。"②

她的这些所谓的"驭夫术"并没有给女儿袁小俊带来成功，恰恰相反，正所谓"机关算尽太聪明，反误了卿卿性命"，袁小俊婚姻的失败，恰恰证明了恶婆婆这套算计术在新社会已经面临穷途末路。"常有理"最大的本事则是对儿子马有翼的控制，她教唆袁小俊离婚，其目的在于想让马有翼娶了小俊，以便亲

---

① 赵树理. 孟祥英翻身［M］//赵树理. 赵树理全集：第2卷. 北京：大众文艺出版社，2006：390.
② 赵树理. 三里湾［M］//赵树理. 赵树理全集：第4卷. 北京：大众文艺出版社，2006：181.

上加亲。她和丈夫"糊涂涂"、大儿子"铁算盘"、大儿媳妇"惹不起"一起欺负、算计三儿媳妇陈菊英，与丈夫"糊涂涂"一起拖农业合作化的后腿。在《"锻炼锻炼"》中，"小腿疼"同样是一个恶婆婆的形象："小腿疼是五十来岁一个老太婆，家里有一个儿子一个儿媳还有个小孙孙。本来她瞧着孙孙做住饭，媳妇是可以上地的，可是她不，一定要让媳妇照住她当日伺候婆婆那个样子伺候她——给她打水、送尿盆、扫地、抹灰尘、做饭、端饭……"①

　　这些恶婆婆们还有一个共同缺点：都不爱集体劳动。看来，赵树理将是否热爱劳动当作衡量一个人品行的重要标准。热爱劳动代表着热爱集体、勇于奉献、公而忘私、关爱他人等优良品质，而这些恰恰就是社会主义好公民所必备的素质。不爱劳动则成了一个人品行坏的主要证据，其背后是贪图享受、精于算计、爱占小便宜、损人利己。我们可以很轻易地对赵树理小说中的人物进行如此分类。正面人物有王金生、王玉梅（《三里湾》）、陈秉正（《套不住的手》）、潘有福（《实干家潘有福》）等。反面人物最明显的当属"小腿疼"，她就是爱占便宜的典型：

　　　　不过要是地里有点便宜活的话也不放过机会。例如，夏天拾麦子，在麦子没有割完的时候她可去，一到割完了她就不去了。按她的说法是"拾东西全凭偷，光凭拾能有多大出息"②。

　　将劳动当作个人的美德是社会主义精神文明的一个重要内涵，历史上"五爱"的两个版本——1949年《中国人民政治协商会议共同纲领》提出的"爱祖国、爱人民、爱劳动、爱科学、爱护公共财物"与1982年《中华人民共和国宪法》提出的"爱祖国、爱人民、爱劳动、爱科学、爱社会主义"——都将爱劳动当作衡量公民素质的一个指标。在中国传统社会中，农民虽然地位低下，但并不妨碍"劳动"的崇高地位。"实际上，在中国的乡土社会中，'劳动'一直被视为个人的一种'美德'。个人通过自己的劳动获得相应生活资料，不仅受人尊重，而且在根本上维持了费孝通所谓的中国乡土社会的'礼治秩序'，也是所

---

① 赵树理."锻炼锻炼"［M］//赵树理.赵树理全集：第5卷.北京：大众文艺出版社，2006：221.

② 赵树理."锻炼锻炼"［M］//赵树理.赵树理全集：第5卷.北京：大众文艺出版社，2006：221-222.

谓'内足于己'的德性政治的生活化表征。"① 而这种"德性政治"的表征"有所谓'亲力亲为'的认知倾向，也包含着'自食其力'的生活态度"②。

赵树理认为劳动是生活的根本，"劳动是根本。文化与科学的发展，同样是通过艰苦的劳动，才能逐步提高。只是脑力劳动与体力劳动的外表形式不同罢了。我们也一样，穿的衣住的房，是工人做的；吃的饭吃的菜，是农民种的；能够在和平环境里安居乐业生活、工作，靠的是解放军的保卫。毛主席说文艺要为工农兵服务，这是至理名言。我看，工农兵天天都为我们服务哩！人家的服务很实在，供给我们吃喝穿住。劳动人民是靠山，是奶娘，是人群的大多数，是主人。我们写书、编剧、演戏，要想他们的爱和恨，喜乐和忧苦，传播他们的思想感情、高尚情操。让他们通过书画、舞台、银幕，看到自身思想和形体的再现"③。因此，在赵树理的农业合作化小说中，有很多劳动场面的描写。这种描写不仅是描绘出热火朝天的社会主义集体劳动的场景，更是对这种生活方式的期许和赞美：

　　最明显的是社里的大场，一块就有邻近那些小场子的七八块大多谷垛子垛在一边像一堵墙；三十来个妇女拖着一捆一捆的带秆谷子各自找自己坐的地方，满满散了一场，要等削完了的时候，差不多像已经摊好了一样。社长张乐意一边从垛子上往下推捆，一边指挥她们往什么地方拖，得空儿就桑杈来匀她们削下来的谷穗；小孩们在场里场外跑来跑去闹翻天；宝全老汉和玉生把两个石磙早已转到场外空地里去洗。社长"这里""那里""远点""近点"的喊嚷，妇女们咭咕呱呱聒噪，小孩们在谷穗堆里翻着筋斗打闹，场外有宝全和玉生两人"叮硼叮硼"的锤钻声好像给他们大伙儿打板眼，画家老梁站在邻近小场里一个竖起来的废石磙上对着他们画着一幅削谷穗的图。互助组的场上虽说也是集体干，可是不论场子的大小、谷垛子的长短、人数的多少，比起社里的派头来都比不上。单干户更都是一

① 蔡翔. 革命/叙述：中国社会主义文学——文化想象（1949—1966）［M］. 北京：北京大学出版社，2010：244.

② 蔡翔. 革命/叙述：中国社会主义文学——文化想象（1949—1966）［M］. 北京：北京大学出版社，2010：243.

③ 赵树理. 在晋东南"四清"汇演期间的三次讲话［M］//赵树理：赵树理全集：第6卷. 北京：大众文艺出版社，2006：409.

两个人冷冷清清地削，一场谷子要削大半个上午，并且连个打打闹闹的孩子也没有——因为孩子们不受经济单位的限制，早被社里的小孩队伍吸收去了。①

劳动在这里形成了高下之分，社里的劳动场面红红火火，互助组的劳动很明显就稍逊一筹，至于单干户，则一两个人冷冷清清。要知道，《三里湾》并不是主动跟风之作，"赵树理一开始便旗帜鲜明地支持试办土改。长治地区试办合作社是没有政策依据的"②。1951 年，毛泽东支持农业合作化，同年 12 月 15日，由中共中央颁发给各级党委的《关于农业生产互助合作的决议（草案）》，成为正式确认合作化的文件，证明了赵树理的农业合作化的设想是正确的。这也充分地说明了赵树理对于集体劳动的描写是发自内心地赞美，不是跟风之作。

然而，一个很有意思的话题是，在赵树理后来的一系列小说中，劳动的场景逐步变味，这也映射出农业合作化发展的曲折。到了《"锻炼锻炼"》中，我们所看到的是农民消极怠工、人浮于事的场景，正如杨小四所言："现在的生产问题，大家都看得很清楚：棉花摘不下来，花秆拔不了，牲口闲站着，地不能犁，再过几天地一冻，秋杀地就算误了。"③ 这正是"大跃进"浮夸风对农民生活的伤害，而所谓的劳动场景也变成了惩罚落后农民的一场算计，这正是赵树理发出的难言之隐。而后来赵树理写作《实干家潘永福》《套不住的手》正是对浮夸风的侧面回应——做人要踏踏实实，本本分分，靠自己的双手劳动，才是人生的根本。当然，这并不意味赵树理对集体劳动已经丧失信心，在根本问题上，赵树理从未动摇，那就是集体劳动"停止了土改后农村的重新分化"④。正如蔡翔所说："赵树理和那些浅薄的浪漫主义者的区别在于他在坚持社会主义的正当性的同时，却在思考这一正当性如何生产出无理性；而和那些所谓的经验主义者的区别则在于，他在批评这一无理性的时候，并未彻底驱逐

① 赵树理. 三里湾 [M]//赵树理. 赵树理全集：第 4 卷. 北京：大众文艺出版社，2006：217.

② 郭帅. 分裂于"中国故事"与"地方故事"之间 [J]. 第五届赵树理研讨会论文集，2020：46.

③ 赵树理. 锻炼锻炼 [M]//赵树理. 赵树理全集：第 5 卷. 北京：大众文艺出版社，2006：230.

④ 赵树理. 写给中央负责同志的两封信 [M]//赵树理. 赵树理全集：第 5 卷. 北京：大众文艺出版社，2006：323.

社会主义的正当性。"①

第三节 干群关系

官员（干部）是 20 世纪中国文学中非常重要的一类形象，在某种程度上，它反映的是政治系统的问题。官员（干部）的德行与能力直接关系到现有政治系统的运转能力，与百姓（人民群众）的利益息息相关。晚清四大谴责小说（《官场现形记》《二十年目睹之怪现状》《老残游记》《孽海花》）都不约而同地揭露了官员腐败、贪污，民众因此而受苦受难的惨状。因此，官员的清廉程度是政府治理能力的晴雨表。晚清官场的大面积塌方预示着清政府的病入膏肓。五四运动之后，官员形象在文学中大面积消退，知识分子形象骤然增长，反映了社会结构发生重大变化——知识分子作为新型的力量开始登上历史舞台。延安文学之后，干部形象出现于文坛。"如果说，传统中国确实将所有人置于一种等级制度中（政治或宗法），那么，革命所要首先摧毁的，正是这样一种政治或宗法制度，同时，为了防止一种新的官僚制度的复活，就必须对'干部'进行重新想象。而在这一想象中，文学也必须相应地重新编码乃至进一步的虚构。"② 干部与官员想象的最大差别在于与人民群众的关系上。很明显，官员地位高于人民群众，很大程度上，官员只是一份职业（清代有捐官和考官两条路，在某种程度上是投资的产物，因此晚清官员的腐败与其资历取得的投资成本有关），而干部来自人民群众，他有明确的信仰——"为人民服务"。干部与官员的区别在于是否脱离人民群众。1950 年，冯友兰曾用"领头人"来形容领导干部与人民群众的关系："'领头人'这个名词很能表示出来领袖与群众的关系。领袖一方面是群众中的一员，一方面也是领导群众的……领头人则恰好正表示这两方面的意思。"③ 因此，在社会主义文学系统中，干部的形象往往是勤奋、

---

① 蔡翔. 革命/叙述：中国社会主义文学——文化想象（1949—1966）［M］. 北京：北京大学出版社，2010：256.

② 蔡翔. 革命/叙述：中国社会主义文学——文化想象（1949—1966）［M］. 北京：北京大学出版社，2010：100.

③ 冯友兰. 参加土改的收获［M］//冯友兰. 三松堂全集：第 14 卷. 郑州：河南人民出版社，2001：408.

清廉、身先士卒的。只是到了 20 世纪 90 年代，才出现了反映官场内幕的官场小说（如王跃文的《国画》、周梅森的《人间正道》等）。

　　赵树理长期工作于基层，对农村的干部有着非常深入的了解，为文坛贡献了许多丰富的干部形象。从赵树理的成名之作《小二黑结婚》到他晚年的戏剧《十里店》中可以看出，他对干部与群众关系的思考，贯穿了他的艺术生涯。

一、根据地时期赵树理小说的干群关系

　　赵树理有着长期基层工作的经验，能够在琐碎的日常工作中发现干部工作的问题，从而用小说的形式表现出来。赵树理最大的发现莫过于揭露出混在革命干部中的坏分子。最为典型的是《小二黑结婚》中的金旺、兴旺兄弟。这两个恶霸在刘家峧横行霸道、无恶不作：

　　　　抗战初年，汉奸敌探溃兵土匪到处横行，那时金旺他爹已经死了，金旺兴旺弟兄两个，给一支溃兵做了内线工作，引路绑票，讲价赎人，又做巫婆又做鬼，两头出面装好人，后来八路军，打垮溃兵土匪，他两人才又回到刘家峧。①

　　金旺、兴旺兄弟是小二黑结婚的主要阻力。金旺企图调戏小芹，被严词拒绝，于是怀恨在心，以捉奸的罪名将小二黑和小芹捆起来，扭送到村公所。若非区长深明大义，小二黑和小芹可能就成了悲剧，正如小二黑的原型岳冬至因为与居英贤谈恋爱，被干部嫉妒，最终被打死。问题在于这两个恶霸为何能够如此横行霸道，其根本原因在于村里的组织机构不健全，党还没有足够的时间来号召农民干革命：

　　　　山里人本来就胆子小，经过几个月大混乱，死了许多人，弄得大家更不敢出头了。别的大村子都成立了村公所、各救会、武委会，刘家峧却除了县来个村长以外，谁也不愿意当干部。不久，县里派人来刘家峧工作，要选举村干部，金旺跟兴旺两个人看出这又是掌权的机会，大家也巴不得

---

① 赵树理. 小二黑结婚［M］//赵树理. 赵树理全集：第 2 卷. 北京：大众文艺出版社，2006：217-218.

有人愿干，就把兴旺选为武委会主任，把金旺选为村政委员，连金旺老婆也被选为妇救会主席，其他各干部，硬捏了几个老头子出来充数。只有青抗先队长，老头子充不得。兴旺看小二黑这个小孩子漂亮好玩，随便提了一下名就通过了，他爹二诸葛虽然不愿，可是惹不起金旺，也没有敢说什么。①

从中可以看出，偏远山艹党的组织并不强，没有充分发动群众参与到新政权的建设中，民众对新政权持观望态度。大家都不敢出头做干部，害怕敌人反攻专门残害干部，反而给地痞恶霸以可乘之机。这些地痞恶霸上台后鱼肉百姓，使得干群关系格外紧张，村级政府成了乌烟瘴气之地。赵树理对这种极端专制的所谓干部的粗暴作风深恶痛绝，他痛心疾首道："干部通，群众过，不通也得通；完全是专制做法，国民党老爷派头。这种作风，有的地方，已经发展成一全套，结果把咱们党和政府的政策法令，弄走了样。本来对群众十分有利的事，经他们强迫命令一下子，反转成了群众的负担，引起很多不满，坏了老大事情。"② 赵树理的担忧在后来的学者调查报告中得到印证："当村庄里的阶级差异成为'日常'后，共产党的支持者和反对者——穷人和富人共同关注正在发生的另一种不公平：村干部的特权。没有权力制约的权力必然腐败，没有道德制约的权力更容易腐败。共产党在村子里的阶级斗争把以往制约村民的'旧道德'破坏了。当年的村长（社头）大多受不同村中势力的制约，几乎无人敢肆无忌惮地把意志强加于他人，而如今不同了，当年连衣食都难以为继的穷人一旦拥有了村子里的权力，他们中许多人比之前旧的统治者更谋求行使特权。"③

这种干部操纵权术，迫使老百姓服从的情形在《邪不压正》中得到详细揭露。小昌本是地主刘锡元的长工，因为在斗地主时表现得积极，摇身一变，成了干部：

---

① 赵树理. 小二黑结婚［M］//赵树理. 赵树理全集：第 2 卷. 北京：大众文艺出版社，2006：2006：218.
② 赵树理. 再谈"行政命令"［M］//赵树理. 赵树理全集：第 3 卷. 北京：大众文艺出版社，2006：252.
③ 孙江. 文本中的虚构：关于黎城离卦道事件调查报告［J］. 开放时代，2011（4）：5-27.

第二天开了群众大会，是小昌的主席。开会以后，先讲了一遍挤封建和填平补齐的话，接着就叫大家提户。村里群众早有经验，知道已经是布置好了的，来大会上提出不过是做个样子，因此都等着积极分子提，自己都不说话。有个积极分子先提出刘忠，说出他是封建尾巴的条件，别的积极分子喊了些打倒的口号，然后就说"该怎么办？"又有个积极分子提出"扫地出门"，照样又有人喊了些"赞成"，就举手表决……这时候，干部积极分子自然还是那股劲，别的群众，也有赞成的，也有连拳头也懒得举的，反正举起手来又没有人来数，多多少少都能通过……①

在填平补齐中，下河村群众触犯了小昌的利益，小宝就遭到报复被开除出党。赵树理认为农村干群关系的问题已经严峻到了非解决不可的地步。有的农村，干部因为本村的光棍汉比较多，以"肥水不流外人田"为理由，禁止本村寡妇外嫁，赵树理称之为"封建统治"，要求干部"学正派人，扭正村风"②。

只有参加土改工作，有着丰富的生活经验，才能发现农村干部的作风问题。赵树理在《新大众报》工作时，经常深入群众，帮助百姓解决问题，他就是能够密切联系群众的好干部。1948年，《新大众报》登载了《本报派赵树理同志参加解决野河干群关系》的专题报道：

我们报社觉着如果真要把事实弄错了，就应该负责，便派赵树理同志，会同武安县委会办公室张一英同志，三区工作员张存秀同志到野河召集村干部和贫雇代表开了个调查会……在这次调查时候，赵同志帮着县上两位张同志，共同向村干部和贫雇代表们说明不合乎手续的贫农团停止活动是防备出乱子；说明整党，民主，抽补工作一定还要做，村干部应该在领导生产中老老实实改正自己的错误，不许再去找群众的麻烦，免得再给自己制造材料，说明将来到整党时候群众给干部提意见应该是为着治病救人，再不要提什么扣打吊，干部对群众更应该如此，实行民主，先得证"人不

---

① 赵树理. 邪不压正 [M]// 赵树理. 赵树理全集：第3卷. 北京：大众文艺出版社，2006：305-306.
② 赵树理. 从寡妇改嫁说到扭正村风 [M]// 赵树理. 赵树理全集：第3卷. 北京：大众文艺出版社，2006：271.

许打人"……①

　　那么，赵树理认为在基层组织薄弱的农村，亟须什么样的干部呢？"只要党员、干部主动想解决问题，群众是拥护的。"②《李家庄变迁》中的小常给了我们很大的启示。这位来自牺盟会的共产党员干部来到李家庄，帮助李家庄村民闹革命。他有很高的理论水平，能够三言两语将革命的道理讲清楚：

　　这种空头组织一点也没有用处，总得叫大家都干起实事来，才能算有力组织。为什么大家都不干实事啦？这有两个原因，是大多数人，没有钱，没有权。没有钱，吃穿还顾不住，哪里还能救国？像铁锁吧：你们看他那裤子上的窟窿！抗日要紧，可是也不能说穿裤就不要紧，想动员去抗日，总得先想法叫他有裤穿。没有权，看见国家大事不是自己的事，那里还有心思救国？我对别人不熟悉，还说铁锁吧：他因为说了几句闲话，公家就关起他来做了一年多苦工。怎么能叫他爱这个国家呢？本来一个国家，跟合伙开店一样，人人都是主人，要是有几个人把这家店把持了，不承认大家是主人，大家还有什么心思爱护这家店啦？没钱的人，不是因为懒，他们一年到头不得闲，可是辛辛苦苦一年，弄下的钱都给人家进了贡——完粮、出款、缴租、纳利、被人讹诈，项目很多，剩下的就不够穿裤；没权的人，不是因为没出息，是因为被那些专权的人打、罚、杀、捉、圈起来做苦工，压得大家都抬不起头来了。想要动员大家抗日，就得叫大家都有钱，都有权，改善群众生活；想叫大家都有权，就要取消少数人的特别权力，保障人民自由，实行民主：这些就是我们牺盟会的主张，我们组织牺盟会就是要做这些事。③

　　整段演讲深入浅出，有情有理，人民群众受益无穷，他们从此懂得了为什么会受穷，为什么需要民主，为什么需要抗日，小常用合伙开店形容民众与国

①　董大中. 赵树理年谱［M］. 太原：山西出版传媒集团，北岳文艺出版社，1993：313.
②　赵树理. 躺倒不对，起来怎干？［M］//赵树理. 赵树理全集：第3卷. 北京：大众文艺出版社，2006：273.
③　赵树理. 李家庄的变迁［M］//赵树理. 赵树理全集：第3卷. 北京：大众文艺出版社，2006：61-62.

家的关系，让大家明白每个人都是国家的主人，而不是奴隶，启发他们为实现民主、公平而斗争。因为能够说到百姓的心里，大家心悦诚服，"不过就听了这一点大家也很满意，散了以后，彼此都说'人家认理就是很直'，'就是跟从前衙门派出那些人来说话不同'"。赵树理曾经加入过牺盟会，在小常的讲话中我们看到了赵树理在牺盟会工作的经验总结。唯有如此，才能有如此良好的干群关系，小常才能得到大家的拥护。可惜这样的革命干部最终却丧身革命，小常最终被敌人活埋，英勇牺牲。

第二位理想的干部当属老杨同志。老杨同志长工出身，懂得民间疾苦，他身上有着与民共甘苦的优秀品质。他刚到阎家山，就深入群众，发现农村工作的问题后他又心细如发，从五岁小女孩的歌谣（"模范不模范，从西往东看；西头吃烙饼，东头喝稀饭"）中洞悉阎家山的干群情况之恶劣，顺藤摸瓜，找到李有才，得知了穷人们生活的知心话，为后来扳倒阎恒元打下了坚实的基础。

在赵树理看来，真正能够清除腐败（地主培养亲信，把控全村资源，自己做土皇帝，如李如珍、阎恒元一般）根源的，不会是来自乡村内部的人民群众，他们与当权者有着各种各样的纠葛，很容易被当权者所买通（如《李有才板话》中的小元、马凤鸣。他们本是贫苦农民的一员，也有反抗地主的觉悟。但是，很快就被地主阎恒元所收买，变了质），因此，迫切需要从上级空降一位没有任何利益关系、根正苗红的领导干部，才有可能完全清除乡村的黑暗势力。

二、农业合作化时期赵树理小说的干群关系

进入农业合作化时期，干群关系得到了很大的改善。之前，由于基层组织不健全，导致坏分子混进干部队伍里的情形逐渐消除，农业合作化得到了大部分群众（除了极少数中农和生产率高的单干户）的支持，出现了干部和农民和谐相处的局面。《三里湾》伊始，专署何科长调来三里湾工作，却苦于没有地方住，王玉梅设计圈套，想方设法让何科长住在"常有理"的家里。干部在人民群众面前并没有特权，这说明了相对于根据地刚刚创立阶段，此时的干群关系已经得到了很大的改善。小说中，有不少干部向农民赔情的情节，足可见出干群关系相处的融洽程度：

> 常有理经常向干部告副村长张永清的状，何科长劝说张永清："人家说你说过：'在刀把地上开渠是一定得开的，不论你的思想通不通——通也得

开，不通也得开！告状也没有用！我们一边开渠一边和你打官司！告到毛
主席那里也挡不住！'"互助组的组员（人民群众）赞成张永清的办法：
"我说她那种像茅厕里的石头一样的又臭又硬的脑子，只有拿永清那个大炮
才崩得开！"何科长加以劝导："问题是崩了一阵除没有崩开，反把人家崩
得硬了！要是已经崩开了的话，人家还告他的状吗？为了公共事业征购私
人的土地是可以的，但是在一个村子里过日子，如果不把思想打通，以后
的麻烦就更多了。她是干属，是军属——是县级干部和志愿军的妈妈，难
道不能和我们一道走向社会主义吗？大家要和他对立起来，将来准备把她
怎么样？渠可以开，但是说服工作一定还得做！再不要用大炮崩！"①

　　小说讨论了一个重要的问题：当公共权益的事业推行遭到落后顽固分子的
无理抵抗时，是否可以用强硬的手段（小说里用"大炮崩"形象的比喻）来执
行。很明显，赵树理是坚决反对的。在小说中，他通过马家在县里工作的马有
福献出刀把地的方式来解决开渠问题。对于像"常有理"这样的顽固落后分子，
只能通过晓之以理、动之以情的方式来加以解决。良好的干群关系必须建立在
合法化、合理化、合情化的政策推行的基础上，任何强制、野蛮的手段，即便
是出于公心（如张永清所言的"炮轰"），也会给干群关系带来无法估量的伤
害。小说结尾开大会，张永清向落后分子"常有理"道歉："嫂子！从前我得罪
了你，今天吹喇叭来给你赔个情。你在县人民法院告我的状子，法院里又要我
们的村调解委员会再调解一下，假如调解不了，他们再受理。我想过一两天再
请你老嫂子谈谈！"一个干部勇于承认自己工作上的失误，有错必改，善莫大
焉，由此，当时干群关系之良好可见一斑。
　　《三里湾》一个非常重要的贡献在于塑造了范登高这一思想落后于时代的干
部形象。范登高曾经是一名得力的干部，因为土改中作风硬朗，敢于斗地主，
被推选为干部。然而，在农业合作化时期，他却做上了"发家致富"的美
梦——雇人做小买卖，反对扩社工作。范登高外号"翻得高"——"就是因为
翻身翻得太高了，人家才叫他翻得高"。（范登高老婆"常有理"强词夺理：
"其实也没有高了些什么，只是分的地有几亩好些的，人们就都瞎叫起来了"）。

---

① 赵树理.三里湾［M］//赵树理.赵树理全集：第4卷.北京：大众文艺出版社，2006：
231.

早在《邪不压正》中，赵树理已经深刻地揭露出中国乡村革命中存在着既得利益的"干部"群体，他们极有可能成为乡村中的新的权力压迫者。而在《三里湾》中，这一"既得利益"实际上帮助了范登高完成了"原始资本"的积累，马有翼说，范登高用以商业活动的那两头骡子，"那时候不是没人要，是谁也找补不起价钱。登高叔为什么找补得起呢？还不是因为种了几年好地积下了底子吗"？"原始资本"的积累，可能使这一群体形成乡村中新的利益集团，与社会主义革命目标背道而驰，就是"人们都该打自个人过光景的主意了"。这一新的利益群体的出现，在某种意义上，使得"动员"结构开始出现断裂现象。柳青在《创业史》中反复描写了在郭振山那里"政令"如何不畅，而其根本原因正在于郭振山"自个人过光景"，逐渐失去了乡村社会的信任。

赵树理凭借多年的乡村基层工作经验敏锐地发现了部分曾经先进的干部思想变质的问题，并用文学的形象加以揭露。当时确实存在干部中的资本主义化倾向，早在 1940 年后期，我们党内就出现党员雇工剥削的现象，党内高层也对党员致富的问题进行过讨论。① 讨论的核心问题在于"党员'雇工剥削'的资本究竟来自何处？这就涉及'土改'的分配问题。周立波在《暴风骤雨》中也已涉及这一问题，也就是说，在分配土改'胜利果实'的时候，干部、党员和积极分子常常具有优先选择的权力。"②

赵树理是第一位在文学作品中反映农业合作化中干部变质问题的作家。当然，这不是农业合作化的偶然现象。《三里湾》中对范登高的批判往往集中在支部整党大会上，从中可以看出干群关系的另一面：

> 隔了一阵，他找到些理由，便说："当初在开辟工作时候……"有老党员站起来说："你拉短一点行不行……！在开辟工作时候，我知道你有功劳，不过现在不是夸功的时候，是要你检查你的资本主义思想！"范登高已经没有那么神气了，便带着一点乞求的口气说："可是你也得叫我说话呀！"主席金生说："好！不要打岔！让他说下去！"范登高得了保证便接着说："……"。当他这样气势汹汹往下说的时候，好多人早就都听不下去，

---

① 罗平汉. 当代历史问题札记二集 [M]. 桂林：广西师范大学出版社，2006：21.
② 蔡翔. 革命/叙述：中国社会主义文学——文化想象（1949—1966）[M]. 北京：北京大学出版社，2010：107.

所以一到他的话停住了，有十来个人不问他说完了没有就一齐站起来。①

整党会是对党员进行批评与自我批评的会议，是实现党内民主的重要手段。范登高走资本主义道路不得人心，以自我批评之名，行自我表功之实，从而引发众怒，不仅受到其他干部们的批判，还受到群众的抗议，很多人早已听不下去，不等他说完就都站起来开始质问。整党会上对党员展开批评，群众起到监督作用，充分发扬党内民主的职能，实现党员的精神净化功能：

> 张永清反驳着说："一个共产党员暂且发展着资本主义生产，等群众给你把社会主义社会建设好了以后，再把财产缴出来！你想想这像话吗？这是党领导群众呀还是群众领导党？"金生补充了两句说："就是群众，也是接受了党的领导来共同建设社会主义社会，并不是等到别人把社会主义社会建设好了以后再缴出财产来。大家都发展资本主义，还等谁先来建设社会主义社会呢？"另外一个人说："范登高，你不要胡扯淡！干脆一句话：你愿不愿马上走社会主义道路？""我没有说过我不愿意！""那么你马上愿不愿入社？""中央说过要以自愿为原则，你们不能强迫我！""自愿的原则是说要等待群众的觉悟。""你究竟是个党员呀还是个不觉悟的群众？要是你情愿去当个不觉悟的群众，党可以等待你，不过这个党员的招牌可不能再让你挂！"②

对于走资本主义道路的批判，赵树理态度是最为缓和的。他相信，通过整党会，通过批评的方式，就可以帮助范登高纠错，充分说明赵树理对于农业合作化道路充满自信。

三、20 世纪 50 年代后期赵树理小说的干群关系

20 世纪 50 年代后期，人民公社运动如火如荼。然而，在农村基层，干群关系不复农业合作化初期和谐，反而是比较尖锐。在《"锻炼锻炼"》中，干群

---

① 赵树理 . 三里湾 [M]//赵树理 . 赵树理全集：第 4 卷 . 北京：大众文艺出版社，2006：290-291.

② 赵树理 . 三里湾 [M]//赵树理 . 赵树理全集：第 4 卷 . 北京：大众文艺出版社，2006：295-296.

关系的紧张是在杨小四和王聚海两类干部与人民群众之间展开的。小说发表后，赵树理立刻受到了严厉的批判，武养发表《一篇歪曲现实的小说——〈"锻炼锻炼"〉读后感》一文，认为作品没有真实地反映农村生活生产的现实状况。首先，小说歪曲了人民群众的形象："在作者的笔下，除了高秀兰这个理想进步的妇女外，读者看不到农村贫下和下中农劳动阶层的妇女形象，所看到的只是一大群不分阶层的、落后的、自私到干小偷的懒婆娘。难道这就符合农村现实吗？难道这就是农村妇女的真实写照吗？"其次，干部形象不真实：争先社的主要领导人本来应该是"党的化身"和"党的政策的具体执行者"，"然而在作者的笔下，他们却成了作风恶劣的蛮汉，至少是严重脱离群众的坏干部"。当杨小四动不动就拿"送到法院去改造"威胁劳动妇女时，"它给予读者的印象不是社干部与社员的关系，而是民警与劳改犯的关系，所不同的只是这些干部没有武器罢了"。对于这些"惯用捉弄、恐吓、强迫命令"的领导干部，作者却"给予极大的支持和同情"，"与其说作者在歌颂这种类型的社干部，倒不如说是对整个社干部的歪曲和诬蔑"①。

《"锻炼锻炼"》主要讲述了三层叙事：第一层：干部之间的叙事；第二层：干部与群众之间的叙事；第三层：群众内部的叙事。整部小说的主旨要从这三层关系的对照中才能得到客观、公正的评估，仅讨论任何一层叙事都会有以偏概全之嫌。

首先，要对干部之间进行考察。整部小说主要分为两类干部，分别为以王聚海为代表的"和稀泥"型（"和事不表理"）的干部与以支书、杨小四、高秀兰为代表的"实干"型（"以理论事"）的干部。很明显，所谓的"锻炼锻炼"是王聚海的口头禅，在他看来凡事不能按照他这一套来办事的人都得"锻炼锻炼"。而通过杨小四对"小腿疼""吃不饱"的"规训"，证明王聚海的做事方式已经严重落伍，正如小说结尾，支书走在路上对主任说："你说那两个人'吃软不吃硬'，你可算没有摸透她们的'性格'吧？要不是你的认识给她们撑了腰，她们早就不敢那么猖狂了！所以我说你还是得'锻炼锻炼'！"② 因此，《"锻炼锻炼"》这部小说之所以加引号，就是要提醒我们，这句话的来由以及

---

① 武养．一篇歪曲现实的小说：《"锻炼锻炼"》读后感［M］//复旦大学中文系．赵树理专辑．福州：福建人民出版社，1981：475-476.

② 赵树理．"锻炼锻炼"［M］//赵树理．赵树理全集：第2卷．太原：山西出版传媒集团，北岳文艺出版社，1986：422.

最后的反转，从而揭示主题：隐含作者站在杨小四的一边，支持他雷厉风行的做事方法，反对的是王聚海的"和稀泥"的行为。小说中有两张大字报值得注意，第一是杨小四给"小腿疼""吃不饱"贴大字报，第二是高秀兰给"王聚海"贴大字报。必须注意的是，需要将"大跃进"时期的"大字报"与"十年动乱"时期的"大字报"区分开来，前者是进行民主批评的有效方式，而后者是人身攻击的恶劣手段。这两张大字报意蕴丰富，前者是干部批评群众，后者是下级批评上级，由此可以看出，在赵树理的眼中，社会主义农村的民主是可以互相批评、互相监督的。

其次，再来看干部和群众之间关系。主要体现在两个方面：其一，王聚海与"小腿疼""吃不饱"的关系。很明显，作为"小腿疼"的本家，王聚海是她的保护伞，无形之中纵容了"小腿疼"的撒泼行为，"'小腿疼'一进门一句话也没有说，就伸开两条胳膊去扑杨小四⋯⋯"一个"扑"字将"小腿疼"凶悍的性格刻画得淋漓尽致，同时也彰显了隐含作者的态度——对"小腿疼"的厌恶之情。其二，杨小四与"小腿疼""吃不饱"的关系。这也是学术界历来争议的焦点，即杨小四通过"送法院"的方式吓唬"小腿疼"，是否有滥用职权的嫌疑；而且，杨小四挖了个陷阱让"小腿疼"等就范，是否有欺诈的过错。毫无疑问，杨小四对待"小腿疼"的方式用现代法律的标准来看，有点"过火"。但是，整个过程除了言语的激烈交锋外，似乎也没有什么"过激"行为。而且，在当时的环境中，要想让这些贪图享乐、不愿意劳动的落后分子完成改造自我，还有更"文明"且有效的办法吗？

最后，群众之间的关系。这一层也是最容易被许多批评家所忽略的。杨小四的设计让不少懒散群众上当后，有一段群众的议论：

> 在散会中间又有些小议论："小四比聚海有办法！""想得来干得出来！""这伙懒婆娘可叫小四给整住了！""也不止小四一个，他们三个人早就套好了！""聚海只学过内科，这些年轻人能动手术！""聚海的内科也不行，根本治不了病！""可惜小腿疼和吃不饱没有来！"⋯⋯说着就都走开了。①

---

① 赵树理."锻炼锻炼"［M］//赵树理.赵树理全集：第2卷.太原：山西出版传媒集团，北岳文艺出版社，1986：414.

"群众的眼睛是雪亮的"，这些不知名的群众在议论透露出如此信息：他们都赞成杨小四的处理办法，佩服杨小四的计谋。在他们看来，这些懒婆娘需要"动一次手术"。在"内科"（慢性调理）与"手术"（暴风骤雨式的治理术）之间，谁的疗效好，人民群众说了算！

"小腿疼"最后的交代，群众的反应再一次表明了态度：

> 她一骂出来，没等小四答话，群众就由一半以上的人"哗"地一下站起来："你要造反！""叫你坦白呀叫你骂人？""……"三队长张太和说："我提议：想坦白也不让她坦白了！干脆送法院！"大家一起喊"赞成"。……小四问大家说："怎么样？就让她交代交代看吧？""好吧！"大家答应着又都坐下了。①

将"小腿疼""吃不饱"放在杨小四与人民群众之间，很明显可以看出，隐含作者是赞成杨小四的设计"圈套"来改造这些落后分子的，他们积极拥护这位敢作敢为的领导。群众之所以拥护杨小四，是因为杨小四占住了理，而"小腿疼""吃不饱"是无理取闹。"没理占三分"，"老嫂你是说理不说理？要说理，等到辩论会上找个人把大字报一句一句念给你听"，"有理没理常常敢到社房去闹，所以比吃不饱的牌子硬"，"有理没理总想争个盛气"等话语，意味着这是一个说理的世界，正如李国华所言："赵树理小说中重复出现最频繁的主题是'理'与'势'的关系以及如何'说理'的问题……'理'是什么，或者是否有'理'，'把得住理'，合'理'，则是赵树理小说情节的落脚点。"②

我们通过对三层关系的分析，总结如下：隐含作者并无谴责杨小四之意，更无怜悯"小腿疼""吃不饱"处境困难的想法。总之，对于"大跃进"，至少在这篇小说中，没有看出隐含作者有反思的"主观故意"。正如赵树理后来所说："农村大队是把'吃不饱''小腿疼'当作讽刺教育的对象，说自己队里哪

---

① 赵树理."锻炼锻炼"[M]//赵树理.赵树理全集：第2卷.太原：山西出版传媒集团，北岳文艺出版社，1986：418-419.
② 李国华.农民说理的世界：赵树理小说的形式与政治上[M].上海：上海书店出版社，2016：29.

些人是'小腿疼'等，说明这样写还是有作用的。"① 赵树理曾经旗帜鲜明地点
明主题："再如《"锻炼锻炼"》这篇小说，也是因为有这么个问题，就是我想
批评中农干部中的和事佬的思想问题。中农当了领导干部，不解决他们这种是
非不明的思想问题，就会对有落后思想的人进行庇护，对新生力量进行压制。
这种现象虽然不是太普遍的，但在过去游击区和后解放的地区却还不太少。这
是一个人民内部矛盾问题，王聚海式的、"小腿疼"式的人，狠狠整他们一顿，
犯不着，他们没有犯了什么法。可是他们思想、观点不明确，又无是无非，确
实影响了工作进展。对于他们这一类型的人，我觉得最好的办法是把事实摆出
来，让他们看看，使他们的思想提高一步。现在各地虽然都已经公社化了，但
这类思想还是存在的，我认为写写还有用处。"②

　　而对于《"锻炼锻炼"》的争论，赵树理的观点很明确："基本观点是两
种，一种是实事求是，一种是用概念。从概念出发，他就会提出'这像社会主
义的新农村吗？'这样的问题。其实，这不是像不像的问题。你跑去看一看吧，
你跟我到一个大队去住几个月吧，你就不会这样提问题了。如果凭空去想：既
然合作化这么久了，农村还有这种情况？这就没法说了。因为从概念出发和从
事实出发，结论不常是一样的。1955年以前，农村一半还是单干户，合作化到
今天，才五年多时间，怎么会没有'小腿疼''吃不饱'呢？所以，这种争论
首先得有根据，没有根据就是瞎说。"③

四、20世纪60年代赵树理小说的干群关系

　　20世纪60年代，干群矛盾日益复杂化。赵树理一直向上级反映农村基层的
问题。但是，赵树理一直坚持将反映的渠道限制在党组织之内："一个共产党员
在工作中看出问题不说是自由主义，到处乱说更是自由主义，所以只好找领
导。"④ 赵树理认为："当时接近基层的干部缺乏调查研究的精神和向党说老实

---

① 赵树理.在长春电影制片厂电影剧作讲习班的讲话 [M]//赵树理.赵树理全集：第6
卷.北京：大众文艺出版社，2006：41.
② 赵树理.当前创作中的几个问题 [M]//赵树理.赵树理全集：第5卷.北京：大众文
艺出版社，2006：304.
③ 赵树理.在长春电影制片厂电影剧作讲习班的讲话 [M]//赵树理.赵树理全集：第4
卷.太原：山西出版传媒集团，北岳文艺出版社，1986：503.
④ 赵树理.回忆历史 认识自己 [M]//赵树理.赵树理全集：第6卷.北京：大众文艺出
版社，2006：471.

话的精神，好多重要问题很不容易上达。"赵树理觉得自己是"通天彻底而又无固定岗位"的干部，容易了解下面情况，又可以利用自己的职位便利，毫无保留地向上反映。在"四清"运动时，他终于认为"农村的阶级矛盾仍以国家与集体的矛盾以及'投机'与'灭机'的两条路线的斗争"①。在听取几次政治报告，看了《夺印》等反映两条路段斗争的戏以后，赵树理"逐渐认识了地富篡夺领导权的可怕"，于是回到晋东南黄碾村参加四清运动。

戏剧《十里店》就是赵树理在对四清运动进行详细调查以后，写出的反映农村阶级斗争的戏剧。在这部戏剧中，赵树理将农村两条路线斗争推向了极端，积极投身到时代洪流中。

十七年文学反映农村阶级斗争的作品大都有"腐化堕落的干部+隐蔽其后的阶级敌人"② 这一叙事结构模式。所谓的阶级敌人，要么是历史遗留的地主阶级的残余力量（如《艳阳天》中的马小辫），要么是混进党内的阶级异己分子（如《艳阳天》中的马之悦）。赵树理在《十里店》中设计了三类干部：第一类，根正苗红、立场分明的正面形象干部（以马红英、王得胜、高志新为代表）；第二类，摇摆不定的中间人物干部（以王瑞为代表）；第三类，走资本主义道路的反面人物干部（以刘宏建、李天泰、陈焕彩、李玉屏为代表）。第一类干部是农村未来希望所在，他们立场坚定、爱憎分明，有着鲜明的阶级立场，是人民群众拥戴的对象。当王东方母亲病重，因为家贫买不起棺材，而陈焕彩却坐地要高价时，高志新挺身而出，帮助王东方维护基本权益，让他得以买下平价棺材。第二类是改造的对象。王瑞昔日是人民英雄，曾带领民夫随刘邓大军南下大别山，而今却失去了继续斗争的魄力，纵容刘宏建私自牟利，正如戏词所言，"他好比沙滩上一只懒雁，撵起去落下来三番五次。落一次撵一次一落就撵，撵得他落不下就得飞天"③。第三类干部完全符合"腐化堕落的干部+隐蔽其后的阶级敌人"的叙事模式。在农村已经形成了以刘宏建为中心的副业利益集团。刘宏建利用职权将属于集体的粉坊承包给亲家李天泰，将儿媳妇李玉

① 赵树理. 回忆历史 认识自己 [M]//赵树理. 赵树理全集：第6卷. 北京：大众文艺出版社，2006：472.

② 蔡翔. 革命/叙述：中国社会主义文学——文化想象（1949—1966）[M]. 北京：北京大学出版社，2010：110.

③ 赵树理. 十里店 [M]//赵树理. 赵树理全集：第3卷. 太原：山西出版传媒集团，北岳文艺出版社，1986：347.

屏任命为妇联主任，将木工厂承包给陈焕彩，将饭店承包给胡宗文。刘宏建假公济私，抽取企业25%的利润，中饱私囊。经济上贪污腐化导致政治上集权专制，这类干部早已成了资本主义的代言人，哄抬物价（将六十元的棺材以一百八十元的价格卖给王东方），欺压百姓。他们已经站在了人民群众的对立面，干群关系演绎成敌我关系。李玉屏借查卫生之机恶意羞辱王东方的母亲，东方母控诉道："造反的是你这仗势的青年！到我家就好像查抄家产，又好像捉住贼来把赃翻。我母子又不是贪污罪犯，也不曾给地主藏过银钱，平白地搜查我是谁造反？这不是仗势力欺我贫寒？"王得胜见此情形，气愤不已，说"这（查卫生）和抗战时期日军来过一趟差不多"。回首赵树理整个近三十年的写作生涯，对农村基层干部的变质问题一直是他念兹在兹的大问题。从早期金旺、兴旺兄弟一手遮天，到小昌得势后仗势欺人，再到范登高一心为自己发家致富，最终结束于刘宏建结党营私、贪污腐败〔正如东方母所言"都说他（刘宏建）与地主不共戴天，谁知他近几年坏了心眼，同一剥削鬼滚成一团"。〕农村干部的民主、廉洁问题一直是赵树理心中的一个结，在他看来，建立和谐有序的干群关系任重而道远。

戏剧所反映的矛盾来自赵树理扎扎实实的乡村调查。赵树理认为农村干部存在三种情形，"属于民主革命运动所产生的基干，到社会主义革命运动时期，不是人人都能跟上来的。在后一革命中，前一革命所涌现出来的基干化为三种思想：一是革命到底派，二是退坡派，三是不愿进步又不愿让权的表面积极派。弄虚作假、瞒上欺下、指手画脚、贪污多占等行为，往往出自第三派人"①。在《十里店》中，王瑞是退坡派，而刘宏建属于表面积极派。但是，戏剧对于刘宏建的处理，却耐人寻味。刘宏建利用公共权力为自己牟利，贪污腐败，但是对他的处理，却过分宽大。刘宏建说："不如我巧辩解态度和缓，表面上认错误实际推翻。"很明显，他想蒙混过关，自己的检讨只不过是保全自己的一种手段。然而，最终逮捕的只是奸商胡宗文。赵树理总是在关键时刻缺乏对变质干部的致命一击。在《三里湾》中，范登高的转变就实属勉强，仅仅靠支部大会的批评就能够轻易让他放弃发家致富，很难让读者心服口服。后来，赵树理也意识到自己的失误，在谈到人物处理时，这位大作家还自我批评道："范登高的转变，小说里没有解决，他变是变了，会上大家说服了他，他在发言时还说要带

---

① 戴光中. 赵树理传〔M〕. 北京：北京十月文艺出版社，1987：411-412.

头，有些丑表功，那个转变不是怎么好。"① 这种处理干部问题的无能为力，表现出了赵树理对于干部问题的敏感。赵树理将干部当作人民内部问题，尽量从轻处理。他说："曲里大队有个老贫农党员，在洗手洗脚时，还交代他去偷过枕木，有的干部、社员偶尔为之，又检查彻底，这是好的。他们和惯偷不同，更不能写进剧本。打击的对象，是不法分子。由他们我想到过去的奸商、管家、工头，对谁都是认钱不认人、欺下瞒上、投机倒把，贿赂干部为他服务。对这号东西，我恨之入骨。久而久之，这号东西就在他的脑海中化为《十里店》中的李天泰、陈焕彩和胡宗文。"② 从中可以看出，赵树理对待干部和商人，处理的态度完全不同。有的干部参与偷盗，作者认为他们和小偷不一样，更不能写进剧本。而对于不法商人，作者恨之入骨，认为正是这些奸商将干部拉下水，因此，要绳之以法。赵树理在文学作品中将干部当作人民内部矛盾来处理，处处留情，可谓用心良苦。可能在《十里店》一稿中赵树理觉得这样处理刘宏建还是失当，因此，在第三稿结尾，将所有的罪恶都推到陈焕彩身上，似乎刘宏建一直被奸商蒙蔽，然而从开始他抽取盈利私自占有的行为来看，后来的美化更显示出这一形象的分裂，赵树理的修补属实失败。一种意识形态制约了作家的写作，在现实中，对干部的严格处理方式（"四清"运动，本身就是针对干部廉洁问题，因而异常严厉）不能在文学作品中出现。文学作品毕竟要宣传正面形象，正如赵树理所言："我们的作家要对向上的、向幸福方向发展的社会负责，对党负责、对人民负责。'咱的江山，咱的社稷'遇上了尚未达到理想的事物，只许打积极改进的主意，不许乱踢摊子。"③

另一方面，戏剧将主业和副业之争当作主要矛盾也具有时代特点。"四清"运动反对农民从事副业，认为副业容易产生贪污腐败、投机倒把的问题。因此，戏剧将刘宏建从事副业管理当作走上邪路的标志，"当时流行着这样一种不符合事实的阶级斗争学说：地富不甘灭亡、要想变天，腐蚀党内干部同流合污，破坏集体经济，遂使农村贫富悬殊、两极分化，政权变色、红旗落地。而作者正是遵循着这一概念来设计剧中人物、结构矛盾冲突，剪裁运用素材的"④。然

① 戴光中. 赵树理传［M］. 北京：北京十月文艺出版社，1987：394.
② 戴光中. 赵树理传［M］. 北京：北京十月文艺出版社，1987：413.
③ 赵树理. 做生活的主人：在广西壮族自治区文艺创作座谈会上的讲话［M］//赵树理. 赵树理全集：第6卷. 北京：大众文艺出版社，2006：141.
④ 戴光中. 赵树理传［M］. 北京：北京十月文艺出版社，1987：421.

而，赵树理生活中并不反对副业，他向来主张"实利主义"，多种经营，赞成农民致富。"大队以副业为纲，小队以菜为纲，是农民抵制高征购的表现，也是生产积极性不高的表现。消灭此种现象之对策，则以每个生产季度开始之前，确定统购任务为有利。""经济安排得当，才能巩固教育成果。"赵树理亲自从沁水请来烧窑制陶的老师傅帮助黄碾村民致富。在戏剧中他反对副业，可能觉得副业是贪污腐败的土壤，容易被奸商利用。

赵树理这种反奸商而不反贪官的思想显示出了一个作家在时代能够言说的限度。干部可以教化，奸商必须铲除。"四清"严查干部，到文学上变成清除奸商。干部利用职权贪污腐败最终被演绎成奸商无孔不入玷污了官员。赵树理说自己调查的干部腐败要严重得多，"农村中有些基层干部，整天不劳动，一上台就修房盖屋，他的钱从哪儿来？所以我就写了这么几句唱词：'不劳动的修下了新房大院，劳动的住的是破瓦碎砖，不劳动的每日里穿绸摆缎，劳动的常常是少吃无穿。'我也不是自然主义者。为了慎重起见，'四清'试点时，我到过黄碾镇。'四清'展开后，我去过长子县。我已经把比剧情严重的情节，所谓'阴暗面'，通通删除了……"① 即便是经过刻意剪裁加工的作品，却也四处碰壁，《十里店》被禁演，赵树理一改再改，却始终不能让领导满意，反而成为"诬陷社会主义"的口实。赵树理说自己"生于《万象楼》，死于《十里店》"，其中遭受到的痛苦，不免令人唏嘘。

---

① 戴光中. 赵树理传 ［M］. 北京：北京十月文艺出版社，1987：420.

第三章

赵树理文学的社会主义身份认同研究

第一节　个人与集体

　　个人还是集体本来并非先天对立的两个因子，而是存在着自由选择、互相转化的弹性空间。在五四时期，由于要从数千年来的家族制度中突围，先进知识分子纷纷选择了个人发展优先的道路。鲁迅的"立人"思想已经包含着对于精神上踔厉风发的个体的赞美之意。"任个人而排众数"，即是呼吁具有特立独行的天才横空出世，"挽狂澜于既倒，扶大厦于将倾"。五四时期，是个人主义思想成为显学的时期，"我是我自己的，谁也没有干涉我的权利"，子君式的个人优先的宣言绝非空穴来风。胡适的自由主义思想同样也具有很大的影响力，这种以争取个人自由为首位的启蒙主义思想很快就得到知识分子的拥护。然而，这并不意味着集体本位的思想就没有任何生存的空间。周作人鼓吹日本的"新村主义"，赞美日本新村主义生活的优越性，"新村却更进一步，主张泛劳动，提倡协力的共同生活……发展共同的精神，又发展自由的精神，实在是一种切实可行的理想，中正普遍的人生福音"①。陈独秀、李大钊对马克思主义的大力宣传，都使得集体生活的思想在五四时期熠熠生辉。中国共产党成立以后，随着阶级斗争模式的确立，集体发展已经优先于个体发展。个人主义、自由主义这些曾经在五四时期风靡一时的思潮在革命话语体系中被视为小资产阶级思想

---

　　① 周作人. 日本的新村［M］//周作人. 艺术与生活. 石家庄：河北教育出版社，2002：
　　　201.

受到批判，而集体主义思想由于符合革命大机器的运转需求而上升为占有绝对优势的地位。新中国成立后，依靠个人还是集体已经不是自由的选择问题，而是两条路线斗争的问题。"伴随着 1955 年前后，国家这一'整体'在经济、政治上对农村、城市、媒体、教育私有化的改造与收编，在文化思想领域，对'个人'的改造也就同步进行。于是，工农兵文学首先在 1955 年整肃、清算了外在于工农兵文学的来自资本经济社会的坚持五四式个人主义的胡风的文艺思想体系。"①

一、积极拥护农业合作化

赵树理积极投身于集体经济发展的道路中，是首位自发地支持农业合作化运动的作家。农业合作化本身就是以集体为中心的一种经济共同体。因此，选择走个人发家致富的道路就是走资本主义道路，选择加入农业合作社，则是选择了依靠集体走共同富裕的社会主义道路。赵树理创作的《三里湾》是首部歌颂农业合作化的小说。小说本身就是一套完美的动员机制，以先进青年（王金生、王玉生、王玉梅、范灵芝）为农业合作化的积极倡导者，去动员改造落后中年（范登高、马多寿、"常有理""能不够"，他们是合作化的阻碍者）以及落单青年（袁小俊、马有翼）。整部小说充满着幽默、乐观的气氛，小说笔调活泼、人物形象生动，可以看出叙事者对农业合作化运动发自内心的拥护。

然而，《三里湾》并没有如《小二黑结婚》《李有才板话》那样受到主流意识形态的青睐，小说没有获得任何奖项。《三里湾》没有表现出"两条路线斗争"的残酷性，换言之，赵树理并没有按照某种理念去刻意地"虚构现实"，而只是将太行山老解放区的农业合作化的现实如实呈现出来。小说更没有按照社会主义现实主义的理念塑造出先进的典型，这一点和柳青的《创业史》稍加比较，就可以看得出来。梁生宝不仅仅是一位生产能手，更是一位胸怀天下的革命干部，他克己奉公、任劳任怨，是一位德才兼备的优秀共产党员。小说专门写了一节"梁生宝买稻种"，即是为了彰显他是如何为了集体不断地牺牲个人的利益，表现他全心全意为人民服务的优秀品质。然而，在《三里湾》，无论是王金生还是王玉生，其形象的高大、丰满程度都无法与梁生宝相比。他们的号召

---

① 傅书华. 赵树理民间性的史诗性价值及现实意义［M］//赵沂旸. 赵树理纪念文集. 太原：山西出版传媒集团，北岳文艺出版社，2017：178.

能力根本无法与梁生宝相比，柳青专门设计了梁三老汉——这位梦想发家致富的老农民——作为陪衬，梁生宝最终让父亲梁三老汉心甘情愿地抛弃以前的成见，心悦诚服地投到互助组，从不解、疑惑到最终为之而骄傲，无不彰显梁生宝作为领导的独特品质。柳青与其说是为农业合作化寻找好领导，毋宁说是为农业合作化寻找最基本动力。而赵树理对于农业合作化的理解，没有达到柳青所理解的战略高度，他笔下的王金生、王玉生一个专注于算账、一个醉心于技术发明，无法支撑起农业合作化的重任。当然，这不是说赵树理写作能力不如柳青，而是说他不具备柳青般的全局眼光，他和柳青的距离正如王金生兄弟与梁生宝的距离——他缺乏的是柳青那种以社会学家的"知识系统"——没有跳出农民的视角，从现代化的全局去看待农业合作化。这正是赵树理在新中国成立后逐步被冷落的原因。其实这种"落伍"在新中国成立伊始就显出端倪。新中国成立不久，赵树理就受到党内意识形态的主要负责人胡乔木的批评："写的东西不大（没有接触重大题材）、不深，写不出振奋人心的作品来"。

农业合作化并没有按照《三里湾》般如愿以偿地发展，虽然 20 世纪 50 年代后期，出现了人民公社，赵树理在《三里湾》中天才般的预见——公共食堂也变为现实。然而人民公社却遭遇了巨大的困难。"所以，在 1954 年写完《三里湾》之后，赵树理就进入了文学自己创作的下滑期。这一下滑期，以 1958 年的在个人与国家关系上，表现得异常困惑、矛盾的《"锻炼锻炼"》为标志，下滑到了谷底。"① 尽管这部短篇小说写出了新型干部杨小四带领年轻干部批评教育落后分子"吃不饱"和"小腿疼"，最终得出结论：需要"锻炼锻炼"的不是作风严厉的杨小四，而是擅长"和稀泥"的王聚海；然而，小说侧面流露出"大跃进"时期农民生产积极性低下，生产人浮于事的现状令人担忧，而"小腿疼""吃不饱"等绰号深入人心，与其说是作者有意讽刺落后分子，不如说是对一个时代农民命运的高度概括。赵树理积极拥护的集体在这时出了大问题，稍有常识的读者都会知道"大跃进"时代农村所经历的灾难。因此，在《"锻炼锻炼"》中，赵树理无意中流露出对农村集体生活的深深怀疑。

此时主流文坛"红色经典"正在流行。所谓的"红色经典"，指的是以歌颂共产党为旨归的长篇小说，即"三红（《红岩》《红日》《红旗谱》）一创

---

① 傅书华. 赵树理民间性的史诗性价值及现实意义［M］//赵沂旸. 赵树理纪念文集. 太原：山西出版传媒集团，北岳文艺出版社，2017：180.

（《创业史》）青（《青春之歌》）山（《山乡巨变》）保（《保卫延安》）林
（《林海雪原》）"。此外，以杨朔为代表的抒情散文，以贺敬之、郭小川为代
表政治抒情诗占据文坛主流。"这些作品，基本体现的都是牺牲'个人'献身
'整体'，并为此具有超乎常人的非凡的种种表现的品格与精神特征，如对苦难
的承受、完全献身的无私、克服困难的毅力、对物质生活的极度鄙弃、对纯净
精神的极度追求，并且基本上都是以歌颂'整体'的业绩、歌颂这些人的上述
的品格与精神特征为主。"①"《小二黑结婚》没有提到一个党员，苏联写作品总
是外面来一个人，然后有共产主义思想，好像是外面灌的。我是不想套的。农
村自己不产生共产主义思想，这是肯定的。农村的人物如果落实点，给他加上
共产主义思想，总觉得不合适。什么'光荣是党给我的'这种话，我是不写的。
这明明是假话，就冲淡了。"②赵树理与上述红色经典的不同之处在于他不是毫
无保留地去歌颂集体，更不会按照社会主义现实主义的要求去塑造出一个近乎
完美的先进"典型"，相反，他总是在现实的世界中去审视集体，发现集体的问
题，他的作品总是忠于社会农村的现实。

赵树理经过长期的农村调查，发现传统的大家庭有着严重的弊端，它限制
了家庭个体的自由：

> 采用现在的大锅方式，即使变到将来恐怕也行不通。将来凭劳动所得
> 的货币，什么也能得到，衣服、日用品、食品等等，但混在一起吃饭，总
> 还是不行的。一个家，七口八口，孩子大了，娶了媳妇，经济由父亲控制，
> 还是大儿子控制呢？媳妇要做件衣服，但婆婆公公不同意，媳妇说，我在
> 外边干挣一二百工分，做件衣服也不行？一个家都不好好组织呢，吃大锅
> 饭能解决问题？其实，吃好小锅饭也不容易。③

赵树理用诙谐幽默的语言说出了大家庭生活的矛盾，因此，赵树理主张将

---

① 傅书华. 赵树理民间性的史诗性价值及现实意义［M］//赵沂旸. 赵树理纪念文集. 太
原：山西出版传媒集团，北岳文艺出版社，2017：179.

② 赵树理. 在大连"农村题材短篇小说创作座谈会"上的发言［M］//赵树理. 赵树理全
集：第6卷. 北京：大众文艺出版社，2006：83-84.

③ 赵树理. 在长春电影制片厂电影剧作讲习班的讲话［M］//赵树理. 赵树理全集：第6
卷. 北京：大众文艺出版社，2006：37.

大的家庭进行拆分，变成小的家庭，这样个体才能摆脱家庭的负担，投入农业合作化的进程当中。比如，在《三里湾》中，陈菊英作为儿媳在马家这个封建大家庭中被压抑得透不过气来，她的女儿与"惹不起"的儿子因为抢玩具而发生口角，王满喜帮着陈菊英说话，结果遭到"惹不起"的冷嘲热讽：

> 在这时候，惹不起在西房里接上了腔。她高声喊着说："十成！你这小该死的！吃了亏还不快回来，逞你的什么本事哩？一点眼色也认不得！人家那闺女有妈！还有'爹'！你有什么？"满喜低低地向菊英说："你听她这是什么话？让我出去问问她？"菊英摆摆手也低低地回答他说："算了算了！闲气难生！由她骂吧！"可是怎么能拉倒呢？十成还在地上哭着骂着不起来，惹不起接着又走出门外来说："你这小死才怎么还不出来？不怕人家打死你？人家男的女的在一块有人家的事，你搅在中间算哪一回哩？"①

由于丈夫参军，陈菊英在家中没有男人撑腰，因此，三番五次受到嫂子"惹不起"奚落，诬陷她和光棍王满喜有奸情。在大家族中，丈夫不在身边（或丧偶）的媳妇总会受到不公正的对待，没有人为她们主持公道，结局必然悲惨。因此，拆分像马家这样的大家庭就是扩大农业合作社的重要一步。《三里湾》在这方面与《家》很相似，都写出了没落大家族的堕落、悲哀，以及他们在面临大厦将倾时不可避免的命运。这些家族都有一个作威作福的长辈在压抑年轻人。马有翼革命的场面总会让人想起高觉慧在宅子里捉鬼的场景。因此，《三里湾》和《家》都是关乎青年人自我解放的启蒙故事。然而，两个故事的起点大致相似（年轻人受到压抑），终点却大相径庭。《家》是一个五四式的叛逆故事，出走成为小说的高潮。当高觉慧坐上船离开成都前往上海时（如同诺亚方舟一般），作者俨然给出了一个光明的结局。然而，在《三里湾》中，马有翼革命后，等待他的只是加入农业合作社这个大家庭。严格的户籍制度已经没有让他出走的余地，因此，赵树理在"拆分"封建家族制度时候，已经给出了一个结局——走向大集体。

然而，随着农业合作化的进一步推进，到了人民公社、"大跃进"阶段，在

---

① 赵树理.三里湾［M］//赵树理.赵树理全集：第4卷.北京：大众文艺出版社，2006：201.

农民利益受损的时候，赵树理的写作陷入了低谷。赵树理的纠结在于当集体出现问题时，作家该如何做。作家可以尽情地虚构，创造"超现实"作品，按照社会的需求炮制"完美"作品，如浩然，他的《金光大道》《艳阳天》罔顾现实，虚构出一方美丽新世界，却终是虚无缥缈。赵树理却选择了另一条路，代表农民向上级申诉，他给陈伯达写信，给《红旗》杂志写万言书《公社应该如何领导农业生产之我见》，在大连会议上直率发言，赢得满堂彩，却也为"文革"被批斗埋下伏笔。

赵树理认为集体是根本，"集体化、集体经济是基础，农民要依靠这个基础，解决自己的生活前途问题。这个集体，对上，对国家发生关系，对下，对社员也发生关系"①。在赵树理看来有两层矛盾：第一，"集体与国家"。第二"个体与集体"。在"集体与国家"方面，赵树理异常困惑，"后来出现了集体与国家的矛盾的时候，我们有时候就不知道该站在哪一方面说。原因是错在集体方面的话好说，而错不在集体方面（虽然也不一定错在整个国家方面）时候，我们便不知如何是好了"②。赵树理认为"国家与集体"矛盾的主要方面不是物质利益的冲突，而是"生产品及生产过程决定权与所有权的冲突"。农业合作化越深入，国家工作人员（区、乡干部）对农业合作社管得越死，严重损害到了农业合作社的利益。作为干部，赵树理进退维谷，"每碰上这些事，大体采取两种办法，一是说服区、乡领导者根据实际情况要求实际效率，二是默许社干们阳奉阴违"。看来，赵树理站在农民的立场，在国家和集体的冲突中起到调停作用。

但问题在于国家工作人员罔顾现实农民劳动力，布置的工作量严重超标，"如每天听到电话上要追肥、锄苗的亩数（一日或三日进度），管理区干部怕担落后之名就报一个像样而并不确实的数字。我要代表党向做汇报的党员提出实事求是的要求，很可能马上就使他受到批评"③。换句话说，干什么活、干多少活，都由乡干做决定。而乡干的工作指标由上级领导决定，每一层干部只对上

---

① 赵树理．"起码"与"高深"［M］//赵树理．赵树理全集：第6卷．北京：大众文艺出版社，2006：216.

② 赵树理．致陈伯达［M］//赵树理．赵树理全集：第5卷．北京：大众文艺出版社，2006：340-341.

③ 赵树理．致陈伯达［M］//赵树理．赵树理全集：第5卷．北京：大众文艺出版社，2006：343.

级干部负责，而最终导致的是管理层面的官僚主义，损害的是农民的利益。茹志鹃的反思文学的代表作《剪辑错了的故事》反映的是同一问题，甘书记在解放战争时期能够和老寿这样的农民同甘共苦，老百姓为了掩护解放军干部做出巨大的牺牲。然而，到了"大跃进"时期，老甘却置老寿的请求于不顾，命令老寿立即砍了梨树，种植小麦。老寿不明白，同样是一个老甘，为何前后判若两人。当上面布置的任务与农民的利益发生冲突时，干部如何作为，这大概就是赵树理最为苦恼的问题。在赵树理看来，国家干部不应该管得太死，管得太多，要学会放权，"不要以政权那个身份在人家做计划的时候提出种植作物种类、亩数、亩产、总产等类似规定性的建议，也不要以政权那个身份代替人家全体社员大会对人家的计划草案做最后的批准，要是那样做了，会使各管理区感到掣肘而放弃其主动性，减弱其积极性"①。"总之，公社在领导管理区生产方面，凡是能利用集体所有制的特点使管理区自行规定对生产更有利的事，就尽量不以政权身份代管，以便减少好多不必要的工作量，腾出工夫来把必要管的事管好。研究管什么不管什么这件事本身，在目前就还是公社以及有关部门的一件工作。"②

而对于"个体与集体"的矛盾，作者坦陈比较好处理："解决个体与集体矛盾的时候，国家工作人员（区、乡干部）和社（即现在的管理区）干部的精神是一致的——无非改造和限制个人资本主义思想的发展，使生产因而提高——所以每当工作深入一步，生产上接着便有提高的表现。我们协助工作的人便能心情舒畅地和直接领导工作的国家工作人员及社干部做工作（如发现社干部有问题，也能和区、乡干部共同整社）。"③然而，在赵树理看来，"个体（以家为单位）和集体（以现在的管理区为单位）矛盾仍然不小"。赵树理并不反对农民种自留地，"自留地增了一定的产，比集体地种得好一点，因为自留地收的完全是自己的。但集体的地并没有耽误了多少"④。但是，有的农民的"私心"比

---

① 赵树理. 公社应该如何领导农业生产之我见［M］//赵树理. 赵树理全集：第5卷. 北京：大众文艺出版社，2006：349.

② 赵树理. 公社应该如何领导农业生产之我见［M］//赵树理. 赵树理全集：第5卷. 北京：大众文艺出版社，2006：350.

③ 赵树理. 致陈伯达［M］//赵树理. 赵树理全集：第5卷. 北京：大众文艺出版社，2006：340.

④ 赵树理. 在大连"农村题材短篇小说创作座谈会"上的发言［M］//赵树理. 赵树理全集：第6卷. 北京：大众文艺出版社，2006：81.

较重:"留块自留地本来是为了给他们吃菜和养猪造成一点方便,可是限制不当他便会把几百担肥料上在他那几分地里;在不妨害集体生产条件下编织个小器具赶个零花钱也是利己利人的事,可是不加限制,他会每夜编到鸡叫,第二天在地里锄着苗打瞌睡……"①

看来,在《"锻炼锻炼"》中,像"小腿疼""吃不饱"这样一心为私、疏于集体劳动的农民在当时不是少数。

赵树理为农民的"私心"而发愁:"现在克服五风,集体化也不讲了。我们说优越性,农民会问:'增多了粮食是不是我们的呢?'"② 甚至在极端条件下,做出了为私利而损害集体的事情来:"集体和个人这个矛盾,斗争还是多的。如在山西,每村总有这么几个落后的人比较消沉。这些人也没什么威信,农民也不听他们的。我们村有个人,捣腾了个骡子,三百元的成本,卖给大队就想赚一笔,结果卖不出,还是大队用三百收了。农民现在定自留地,自留地比集体分的还多,对社地就没兴趣了。有这么三五人,对农民出身的队长也不尊重。支书也不认识这种阶级矛盾,不给撑腰,为了三个工分就把队长打了。还是我去那里,公社司法人员来了,有几个人代打人的人作证,被打的,不会讲话的反而不站起来讲话。后来我建议仔细调查才搞清楚。这种斗争,集体与个人是有的。"③ 赵树理主张消除农民的"个人主义"思想:"有些人,光想演主角,不想演配角,也不是从集体事业出发的。还有的工作中互不服劲,这是为什么呢? 个人主义思想一定要取消。"④

二、个人与集体的辩证法

如何在"私利"与集体利益之间形成平衡,赵树理认为集体不能变质,它必须为个体负责。换言之,集体是社员的家,应该为社员谋利益,这是农民生存的根本。"工人靠工资,生活很困难时,有福利救济,他们靠得住,信得过。

① 赵树理.致陈伯达 [M]//赵树理.赵树理全集:第5卷.北京:大众文艺出版社,2006:342.
② 赵树理.在大连"农村题材短篇小说创作座谈会"上的发言 [M]//赵树理.赵树理全集:第6卷.北京:大众文艺出版社,2006:83.
③ 赵树理.在大连"农村题材短篇小说创作座谈会"上的发言 [M]//赵树理.赵树理全集:第6卷.北京:大众文艺出版社,2006:83.
④ 赵树理.若干问题的解答 [M]//赵树理.赵树理全集:第6卷.北京:大众文艺出版社,2006:203.

农民就不同，集体对农民是能照顾了就照顾，照顾不了自己想办法。因此集体要尽量想办法帮助农民解决困难，不能不管。只有这样农民才能一心为集体。集体如果不管，就得个人想办法，这对巩固集体是非常不利的。"① 工人有工厂提供保障，可以享受社会主义公有制带来的各种福利，而农民的保障在于人民公社。集体应该无条件为农民负责，它和农民是相辅相成的关系。既然农民将所有的生产资料入了社，就应该享有社里的所有福利。这是农民去除私心的重要前提。在赵树理看来，只有当集体满足农民的个体基本需求时，农民才不会为自己谋利益。否则，农民在集体中得不到利益，自然会靠个人追求，人人为私，必然会使集体变质：

> "人不能没有前途观。每个人的前途、打算，不在集体就在个人，靠不住集体就靠个人，一靠个人，就要发生资本主义。比如，一家人有三个孩子，大孩子结婚了，二孩子三孩子也大了，也快要结婚了，没有房子了，如果集体不帮助，个人就要想办法，就要做他的买卖去。又比如，一个老年人，要为自己做棺材，如果集体不管，只是为他算工分，算几年后能还清，那么不但不能解决问题，反而会出问题。不是靠集体就是靠个人，靠个人解决了，就会造成坏观念。集体解决不了，个人怎么能解决了呢？不是挤掉集体，就是挤掉了国家的一部分，有占便宜的，就有吃亏的。"②

赵树理发出了农民为什么不相信集体的惊天之问，"我现在担心的是集体生产办好办不好的问题。牛鬼蛇神为什么出来？农民为什么那么不相信集体？就没检查我们的工作怎么做的，这几年依靠了些什么人？不能都归之于阶级斗争"③。

赵树理阐释了个体与集体的辩证法，个体是私欲的生产者，是产生剥削、压迫的源泉，旧社会的本质就是无数个原子般的个体，一盘散沙，导致欲望的

---

① 赵树理．农村中两条路线斗争的问题［M］//赵树理．赵树理全集：第6卷．北京：大众文艺出版社，2006：210.

② 赵树理．农村中两条路线斗争的问题［M］//赵树理．赵树理全集：第6卷．北京：大众文艺出版社，2006：210-211.

③ 赵树理．在中国作协党组扩大会议上的发言［M］//赵树理．赵树理全集：第6卷．北京：大众文艺出版社，2006：176-177.

无穷膨胀，是一切罪恶的根源。而社会主义社会的优越性恰恰是建立起公有制社会。对沉浸于发家致富的农民来说，农业合作化的难度要远远大于土改。因为后者帮助绝大多数农民实现了从无到有的过程，所以他们感谢共产党帮助他们打倒土豪、分田地，实现当家做主的愿望。而农业合作化要求农民将土地归公，集体劳动，按照工分换取生活资料，与"一亩地、二头牛、老婆孩子热炕头"的农民式发家致富的梦想背道而驰，这就是有的农民（特别是中农、富农以及工作能手）迟迟不愿入社的原因。教导农民忘记私心的最有效的手段不是完全消灭私有的思想（事实证明灭人欲几乎是不可能的事情），而是让他们知道公是最大的私。也就是说，只有集体富有，大家才能富有。集体的富有取决于以下四方面因素：第一，充分的经营自主权。国家应当尊重农业合作社有种植粮食种类、种植多少的自由。第二，高效的管理体制。管理人员主要是当地干部，他们起着相当重要的作用，要制定公正、合理的绩效分配制度，一切执行程序都要有透明、严格的监督程序。第三，要建立起农民福利制度。合作社应当建立医院、托儿所、学校等配套机构，让农民免除后顾之忧。第四，要从日常生活各方面为农民提供保障。比如，婚丧嫁娶、盖房子要提供帮助，让农民真正感受到公有制的魅力。然而，当时的农业合作社并不具备以上因素，而现实是："我们说依靠集体就有办法，农民说没办法，还是靠自留地解决了问题。农村住房有些坏了，公社不能修，农民依靠在自由市场上卖东西，把房子修上了。集体不管，个人管，越靠个人，越不相信集体。"①

赵树理看到了"自留地"对于集体化的侵蚀作用，但是，他不明白的是，恰恰是这一点点自留地，为农业合作化带来了希望和活力。这充分说明私与公，从来就不是泾渭分明的，而是辩证统一的——公是为了私，私是为了公，"中国的合作化运动（包括人民公社）所逐渐形成的制度性特征。这一制度既不同于城市的'单位'（包括工厂），也不同于苏联的'集体农庄'（包括中国的'国营农场'，仍然保留了一部分的私有经济成分，如'自留地'），而一旦集体无力兑现个人生活的幸福承诺，这些私有经济成分反而成为个人日常生活的主要支持者"②。

---

① 赵树理. 在中国作协党组扩大会议上的发言 [M]//赵树理. 赵树理全集：第6卷. 北京：大众文艺出版社，2006：176-177.

② 蔡翔. 革命/叙述：中国社会主义文学——文化想象（1949—1966）[M]. 北京：北京大学出版社，2010：257-258.

第二节　乡村与都市：赵树理的两极生活

众所周知，赵树理是 20 世纪中国最懂农民的作家。赵树理的文学最擅长表现中国农村的生活场景，对中国农民尤其是老字辈（二诸葛、老秦、"糊涂涂""小腿疼""吃不饱"）描绘得尤为传神，这与他多年的农村生活是分不开的。但是，学术界在对赵树理的农民形象讨论得格外热闹的同时，忽略了一个非常重要的问题：赵树理是如何看待城市的，在他的作品中又是如何想象城市的。

一、铁锁的进城与离城

赵树理一生着重于乡土文学的写作，都市对他来说，始终是个异数。他的小说很少有正面的都市描写，最令人难忘的是《李家庄的变迁》，铁锁因为打官司失败而被迫出走故乡，来到省会太原：

> 铁锁一来听说太原工价大，二来又想打听一下三爷究竟落了个什么下场，三来小胖孩已经不吃奶了。家里五亩地有二妞满可以种得过来，因此也就答应了。不几天，铁锁便准备下干粮盘缠与鞋袜，和几个同行想跟着到太原去。①

然而，铁锁到太原并没有找到好的工作，他在会馆遇见了小喜，"他又和碰上蛇一样，打了个退步，以为又要出什么事情，不知该怎样才好"，要知道，小喜是地主李如珍的侄子，"当人贩、卖寡妇、贩金丹、挑词讼，无所不为"②。此人不久前刚刚在铁锁控告春喜的案件中敲诈了铁锁一笔。铁锁在异乡碰见冤家，又因人在屋檐下，不得不低头，只好给小喜当上了勤务兵。然而，铁锁在太原白干了一个月，"当了一个月勤务，没有领过一个钱，小喜走了，参谋长不

---

① 赵树理. 李家庄的变迁 [M]//赵树理. 赵树理全集：第 3 卷. 北京：大众文艺出版社，2006：21.
② 赵树理. 李家庄的变迁 [M]//赵树理. 赵树理全集：第 3 卷. 北京：大众文艺出版社，2006：6.

管，只落了一身单军服，但穿不敢穿，卖不敢卖，只好脱下包起来"①。

铁锁后来有遇见了小常，这位共产党人成了铁锁的引路人，他对铁锁阐述了革命的道理：

> 铁锁想了一会道："还是从头说吧！他便先介绍自己那里人，在家怎样破了产，怎样来到太原，到太原又经过些什么，见到些什么……一直说到当天晚上搬出会馆。他把自己的遭遇说完了，然后问小常道："我有这么些事不明白：李如珍怎么能永远不倒？那样胡行怎么除不办罪还能做官？小喜春喜那些人怎么永远吃得开？别人卖料子要杀头，五爷公馆怎么没关系？土匪头子来了怎么也没人捉还要当上等客人看待？师长怎么能去拉土匪？……"他还没有问完，小常笑嘻嘻走到他身边，在他肩上一拍道："朋友！真把他们看透了！如今的世界就是这样，一点也不奇怪！"铁锁道："难道上边人也不说理吗？"小常道："对对对！没有上边人给他们做主，他们怎么敢那样不说理？"铁锁道："世界要就是这样，我们这些正经老受苦人活着还有什么盼头？"小常道："自然不能一直让它是这样，得把这伙仗势力不说理的家伙们一齐打倒，由我们正正派派的老百姓们出来当家，世界才能有真理。"铁锁道："谁能打倒人家？"小常道："只要大家齐心，他们这伙不说理人还是少数。"②

这段意义重大，可谓"草蛇灰线，伏脉千里"。到了第七章，小常来到李家庄，给铁锁等村民宣传抗日救国的道理，号召大家一起加入牺盟会。铁锁深受鼓舞，仰天大叫道："这就又像个世界了！"③ 可以说作者安排铁锁进城的主要任务与其说是遇见小喜，毋宁说是遇见小常。因为和小常见面以后，铁锁就离开了太原。考虑到小常后来对铁锁以及村庄的群众宣传革命道理在抗日和反抗地主斗争中所起到的中枢作用，这次会面绝非寻常。

---

① 赵树理．李家庄的变迁［M］//赵树理．赵树理全集：第3卷．北京：大众文艺出版社，2006：31.

② 赵树理．李家庄的变迁［M］//赵树理．赵树理全集：第3卷．北京：大众文艺出版社，2006：34.

③ 赵树理．李家庄的变迁［M］//赵树理．赵树理全集：第3卷．北京：大众文艺出版社，2006：54.

然而，城市在这部小说中的功能却可以忽略。换言之，这段故事发生在任何场所都不会影响整个叙事的走向，而且，赵树理并没有展现出城市的独特性——太原这座城市在赵树理的眼中，只不过是个大农村。

考察赵树理早期在太原的行踪，我们就会发现，赵树理将自己在太原的一些遭遇写进这段故事里了。《赵树理传》这样记载赵树理在太原的遭遇："有一天，赵树理忽然遇见了一个昔日在高小时的同学，此人今非昔比，一身戎装、趾高气扬，说已是四十八师上尉参谋。他正缺一名勤务兵，就看在同乡加同学的面上，把赵树理拉到设在泽州会馆的'四十八师留守处'，替他打水，倒茶点烟，还得上街买'料子'。"①《赵树理年谱》记载："1930年9—10月，赵树理给军人当差，约两星期。"② 赵树理后来回忆：约1930年10月在山西省政府当录事，薪六元，在西华门一座院子里一间低矮的房子里。《李家庄的变迁》中记载"……阎锡山的四十八师留守处，是我当日在太原的寓所"③。

然而，赵树理在太原逗留的日子要远远超过铁锁，从1930年到1937年，赵树理大部分时间都在太原度过。1930年，赵树理到太原谋生，"1930年后半年，在太原过流浪生活，写讲义糊口，一张八分钱，一天可写三张。曾代一个中学教师批改语文卷"④。1931年，赵树理返乡，后来为生活所迫，到河南开封当店铺伙计。1934年，赵树理在返回山西的路程中，被黑帮要挟，被迫灌药，得了"迫害狂"症，到太原后，在海子边投湖自尽，被巡警所救。⑤ 然而，赵树理并没有离开太原城，1935年，他参加西北影业公司演员训练班学习。1936年5月，离开太原返回故乡。

1937年5月下旬，赵树理又到太原，在太原电影院做临时工。1937年6月—7月，他在太原大营盘一家饭店当厨师。1937年8月—9月，他离开太原。从此，结束了他长达七八年间的"萍草生涯"。⑥

在赵树理漫长的创作生涯中，他在太原生活的日子神奇般地在作品中消失，

① 戴光中.赵树理传 [M].北京：北京十月文艺出版社，1987：77.
② 董大中.赵树理年谱 [M].太原：山西出版传媒集团，北岳文艺出版社，1994：73.
③ 赵树理.也算经验 [M]//赵树理.赵树理全集：第3卷.北京：大众文艺出版社，349-350.
④ 史纪言.赵树理同志生平纪略 [M]//黄修己.赵树理研究资料.太原：山西出版传媒集团，北岳文艺出版社，1985：74.
⑤ 戴光中.赵树理传 [M].北京：北京十月文艺出版社，1987：90.
⑥ 董大中.赵树理年谱 [M].太原：山西出版传媒集团，北岳文艺出版社，1994：132.

这是一件匪夷所思的事情。作家分为两种：第一，依靠想象力写作的作家，如金庸、莫言、博尔赫斯等；第二，依靠经验写作的作家，适合大部分现实主义作家。要知道，赵树理就是依靠生活经验来进行写作的作家，一旦生活经验耗尽，赵树理的写作生涯就结束了。可赵树理在太原相当丰富的漂泊经历（做厨师、当演员不可谓不神奇）几乎完全被自己"忘记"了，由此可见，赵树理擅长观察别人（他是写中国农民形象最丰富的作家），却不擅长将自己的人生经验写进作品。或者说赵树理一直在逃避自己的内心，逃避那段不堪回首的人生经历，也在逃避城市。

二、身在曹营心在汉：新中国成立后，赵树理的两地生活

1949 年初，平津战役结束后，中国共产党将工作的重心从乡村转移到城市。毛泽东宣告："从现在起，开始了由城市到乡村并由城市领导乡村的时期。党的工作重心由乡村转移到了城市。"（《在中国共产党第七届中央委员会第二次全体会议上的报告》）这种转移带来了整个革命队伍的转变，"进城"成为与"解放"一样在当时最为流行的词。1949 年 4 月，赵树理将妻儿安顿在太行山老家后，终于马不停蹄地奔赴北京。相较于 12 年前那段在太原不堪回首的流浪岁月，赵树理这次进京可谓"春风得意"——他是解放区文学界最为耀眼的作家，他的创作被誉为"赵树理方向"，与之并提的是"鲁迅方向"。果不其然，赵树理先后被任命为：中国戏曲改进会副主任委员，中国戏曲改进会委员，《文艺报》《小说月刊》编委，中国工人出版社社长，文化部戏曲改进局曲艺处处长……

对很多知识分子而言，多少年梦寐以求的"进城"生活终于变成了现实，必然会心生喜悦。萧也牧的《我们夫妇之间》对于"进城"后知识分子的"审美"趣味进行了相当细致的描写：

今年二月，我们进了北京。这城市，我也是第一次来，但那些高楼大厦，那些丝织的窗帘，有花的地毯，那些沙发，那些洁净的街道，霓虹灯，那些从跳舞厅里传来的爵士乐……对我是那样的熟悉，调和……好像回到了故乡一样。这一切对我发出了强烈的诱惑，连走路也觉得分外轻松……虽然我离开大城市已经有 12 年的岁月，虽然我身上还是披着满是尘土的粗布棉衣……可是我暗暗地想：新的生活开始了！

这部小说在当时引起了一片赞誉之声，甚至被拍成了电影，想必是写出了一代人的心声。然而，对赵树理来说，他一定不会有如此感觉的，对他来说，一切都是如此的陌生。因为"此人不穿西装，不会欣赏咖啡，睡不得席梦思床，粗茶淡饭，抬脚就能下田干农活，会编篓子，会把洋铁皮敲成饭盒，把文章写得找不到一个让农民听着别扭的词儿……凡与知识分子气质、做派、趣味、心理、习惯有染的因素，于他概莫能入，对这些东西他仿佛把自己的穴位封得死死的。"①

对赵树理而言，北京的繁华与他都没有什么关系，他的心还在太行山上。"他内心有一'城'。进北京、入文坛、在机关和社会中兼着各种官职的，是他的身子。他是'身在曹营心在汉'。革命胜利进了城，他也跟着进来了，可内心并没有进来。他的内心也是一座城，很坚固。他走不出来，或者也根本不想走出来。"② 有一个故事能充分说明赵树理与知识分子间的巨大隔阂：

> 一次，北京市文联委员在全聚德会餐，中途老赵不知去向。餐毕，市文委书记李伯钊坐车回市委，忽见老赵在一胡同口回民小吃店门外的长凳上喝老豆腐。李打开车门冲他喊道："老赵，你怎么跑到这儿来吃饭？"赵回答是："老李，你不知道，我这人就爱喝老豆腐，觉得比山珍海味还对口味。再说，还可以顺便和老乡们说道说道。"李伯钊认为，赵作为党员作家，作为市文联副主席，有责任团结知识分子的作家，他这种做法是失职，就严肃起来："老赵，你有时不大愿意跟知识分子作家在一块吃吃饭，聊聊天，可不大对头哇！"③

赵树理也曾想到要改变写作方式，上级领导要求他将写作题材由农村转移到工厂，他到一家生产喷雾器的小厂体验生活，"他满以为工厂也和农村一样，

---

① 李洁非. 老赵的进城与离城［M］//李洁非. 典型文坛. 武汉：湖北长江出版集团，湖北人民出版社，2008：148.

② 李洁非. 老赵的进城与离城［M］//李洁非. 典型文坛. 武汉：湖北长江出版集团，湖北人民出版社，2008：151.

③ 李洁非. 老赵的进城与离城［M］//李洁非. 典型文坛. 武汉：湖北长江出版集团，湖北人民出版社，2008：150.

大家同吃同住同劳动，可以在日常生活中细细地静观默察，慢慢地了然于心。谁知这老一套根本行不通。人们白天上班，无暇闲谈，晚上回家，各奔东西，一直找不到一个聊天的机会；想介入都不容易，深入更是无从谈起"①。赵树理的不合时宜还表现在他的创作方法已经不能适应新社会，刘少奇说，"只懂得关于老百姓的知识，不知道世界知识"的"土作家"不适合时代了。②"胡乔木同志批评我写的东西不大（没有接触重大题材）、不深，写不出振奋人心的作品来，要我读一些借鉴性作品。"胡乔木亲自选定了契诃夫、屠格涅夫等俄罗斯大家作品以及毛泽东、列宁等政治家理论著作，让赵树理住进中南海庆云堂，闭门读书。③ 但这么好的机会却被他浪费了，严文井早感慨他有如此深厚的古典文学素养的同时，又惊讶于他的固执己见——非但自己不想改变知识结构，还要劝说别人不必钻研外国名著。④

孙犁这样评价赵树理："从山西来到北京，对赵树理来说，就是离开了原来培养他的土壤，被移置到了另一处地方，另一种气候、环境和土壤里。对于花木，柳宗元说：'其土欲故'。"⑤ 因此，赵树理虽然人在北京城，但心却飘到了晋东南：

> 盛夏某日午后，作协开一个小型会议，主持者邵荃麟正在发言，外面天色渐晦，继而黑云压城、雷鸣电闪，暴雨夹着雹子砸下来。只见赵树理起身，怔怔望着。邵荃麟一心专注地发言，忽然看见赵树理不听他的话，跑到窗前看下雨去了，以为老赵有什么意见，不耐烦听他说了。便说："老赵，你坐下谈谈你的意见吧！"不想赵树理头也没回，气狠狠说道："该死！"在场的人都惊奇起来，邵荃麟问道："老赵，你怎么回事？"赵树理这次似乎听到了邵荃麟的话，才转过身来朝外指了指："麦子完了！"⑥

---

① 戴光中. 赵树理传 [M]. 北京：北京十月文艺出版社，1987：261.
② 刘少奇. 关于作家的修养等问题 [M]//北京师范大学中文系 文艺理论教研室. 文学理论学习参考资料（下）. 沈阳：春风文艺出版社，1982：936.
③ 戴光中. 赵树理传 [M]. 北京：北京十月文艺出版社，1987：275.
④ 戴光中. 赵树理传 [M]. 北京：北京十月文艺出版社，1987：276.
⑤ 孙犁. 谈赵树理 [M]//孙犁. 芸斋小说. 天津：天津人民出版社，2011：184-189.
⑥ 李洁非. 老赵的进城与离城 [M]//李洁非. 典型文坛. 武汉：湖北长江出版集团，湖北人民出版社，2008：159.

赵树理虽然人在北京，但是他却无时无刻不想着晋东南。下面是赵树理在北京十来年两地奔波的行程记录：

1949 年 4 月初，赵树理只身赴北京。1951 年 2 月底，前往晋东南下乡。1951 年 5 月下旬，回北京。1952 年 4 月，赴平顺县川底村深入生活。1952 年 12 月底，返回北京。1955 年 3—5 月，到河北省武安县伯延村下乡。1955 年 8 月，赴晋东南，1955 年 9 月上旬，返回北京。1955 年 11 月，赴长治。1956 年 12 月，赴长治。1957 年 1 月，返京。1957 年 8 月，赴长治。1957 年 10 月，离京赴晋东南深入生活，回故乡尉迟村。1958 年 1 月，返回北京。1958 年 7 月 15 日，赴晋东南。1958 年 7 月底，返京。1958 年 12 月，从朝鲜回国。"回国后，便匆匆跑到太原，请求省委安排工作，省委安排我到阳城县作书记处书记。"① 1959 年 3 月 10 日，离开阳城；5 月上旬，住阳城县花果坪，种半亩人参；1959 年 8 月下旬，被召回京；1959 年 10—11 月，接受作协党组织的内部批判。1960 年 8 月到冬天，回故乡潘庄公社深入生活。1961 年 1 月初，在沁水县城访问潘永福；1961 年 2 月初，返回北京，1961 年 2 月下旬，回到长治；1961 年 6 月下旬，回长治。1962 年 1 月，回到故乡；1962 年 6 月 8 日，在嘉峰村看戏。1964 年 4 月，赴长治参观全区戏剧汇演。1965 年 2 月 22 日，全家离开北京，迁往太原；1965 年 3 月，被任命为晋城县委副书记。

从中可以看出，赵树理近乎一半的时间都在下乡，即便是不得已回到北京，也不过是工作的需求，如开会、参观、访问等。难怪赵勇认为赵树理所谓的下乡不过是逃离城市的借口："在他那里，下乡固然是为了响应毛主席号召而深入生活，这是能够摆到桌面上的冠冕堂皇的理由，但也未尝不是他借此逃避大城市生活的借口。"②

赵树理对城市的疏离和对农村的热爱形成了鲜明的对比，一旦回到农村，就像鱼儿回到了大海之中。韩福旺在《赵树理在窑多上沟》写道：

他来窑上沟村时，身带着毛泽东《在延安文艺座谈会上的讲话》和几本厚厚的中外著名小说。每天的生活安排挺有规律，早起晚睡，坚持看书学习，上午下午和农民一起下地劳动，晚上，如果村里召开什么会议他就

---

① 董大中．赵树理年谱 [M]．太原：山西出版传媒集团，北岳文艺出版社，1993：506.
② 赵勇．在《讲话》与"讲话"种种之间：也说赵树理与《讲话》的貌合神离 [J]．中华文化研究，2022（2）：14-27.

参加什么会议，有时只听不说，有时先听后说，也没有八股腔调，总是说农民爱听的实在话儿。哪里有农民，他就到哪里，哪里的气氛就活跃，促膝而坐，拉知心话儿。老赵同志热爱农民，农民也热爱老赵同志。

记得春耕大忙开始后，社员们抓紧时间忙碌下种，老赵同志和社员一样心切，走的同一步伐，主动参加下种劳动，耕地、刨坑、下粪、点籽等活，样样都在行，干的既快又好。有时中午送饭，社员们一起在地头吃。每逢休息下来时，不是给大家讲革命的故事，就是敲着镢把唱几句上党梆子选段，唱啥像啥，有声有色，活跃了社员文化生活，社员们喜欢和他在一起劳动。当听到有人赞扬他小说土里土气，种地还是个把式时，他总是微微一笑说："我本来就是农民，农民怎么能忘了种地？现在我虽当了干部，干部也得经常锻炼种地。俗话说，万物土中生。谁离开土地活不成。"①

赵树理对于农村十分热爱。李洁非说："普通农民对于自己的生活和生活方式，没有信仰。老赵的特殊之处，在于既是农民，又是念过书的人，孙犁谓之'乡村老夫子'。他与普通农民的不同，是在实际体验这种生活和生活方式外，还获得条件转过来从精神上加以回味，进行道德乃至审美上的审视。这种人，才是农民价值观的觉悟者，他们对农民价值观的坚持，往往比普通农民更顽固。普通农民倘若有机会脱离农业成为城市居民，多数欢天喜地，很少会闷闷不乐，因为他们胸中并无抽象的农民价值观，也不存在要对此尽义务的想法。老赵则不然，'农民'概念在他心中情感化了，对农民的情感于他是不可违背的，爱农村爱农民及其一切，已经是信仰。"②

赵树理的下乡成了踏踏实实为农民办实事，此时的赵树理早已经不是作家的身份，而是一名实干家。1953 年，赵树理就讲过北京为什么要挤那么多干部，该多派些到农村基层去的。康濯后来回忆道："老赵当时也插断了我发言，说：'现在大城市的干部还是应该多到农村去。还是农民多，农村需要，问题又复杂、难办'"③。将北京的干部派到乡村，赵树理的想法真的很单纯，也很令人

① 董大中. 赵树理年谱 [M]. 太原：山西出版传媒集团，北岳文艺出版社，1993：378-379.

② 李洁非. 老赵的进城与离城 [M]//李洁非. 典型文坛. 武汉：湖北长江出版集团，湖北人民出版社，2008：151.

③ 董大中. 赵树理年谱 [M]. 太原：山西出版传媒集团，北岳文艺出版社，1993：559.

感动。因为赵树理真的将乡村建设当作自己的使命。"有人称他为'不曾立户的社员'，每天生活和所做的事，跟村民一般无二，在川底村郭玉恩农业生产合作社，他与社员一起扩社、春耕、夏收、秋收、算账、整党、并社，有难题他出主意，吵嘴干仗他帮着劝解……但他在村里又没户口，也不分口粮。如果算'公家'，他又不拿工资（1953 年，他以有版税为由，自动停止领取工资，到1958 年，因有关规定下达才恢复领工资）、不报销差旅费、不享受公费医疗，一切从自己稿费里出。若说作家，更不像。人们印象中的作家，心里装着构思、创作、出书，张口闭口文学，出入各种研讨会、笔会，也不断读文学方面的书、汲取营养、提高自己。可是老赵，文学话题在他嘴里基本听不到，文学的书他基本不看，文学创作也很少去搞（他的写作与他投入社会的活动，不成比例），他东奔西走，从一个村庄到另一个村庄，一头扎在农业生产实践里，直至亲手从事农业改革实验。"①

正是在实干家的精神号召下，赵树理为乡村建设做出了很大贡献。用赵树理的话来说："从互助组一直到公社化，从栽接苹果树一直到苹果上市场，从扫盲缺教员一直到乡乡有中学，从两条腿爬山、交通员送信一直共到县县通汽车、村村安电话"②。赵树理下乡，既没有领国家工资、补贴，也没有社员工分，纯属个人志愿。他还自掏腰包、补贴农民。他为老家尉迟村修水库，自己掏钱为社里买锅驼机，引水上山把山地变成水浇地。在提出农村应当搞副业后，他自己出钱去买苹果苗和羊羔。赵树理曾经写《实干家潘永福》，其实也是在写自己，潘永福的实干精神不正是赵树理自己的真实写照吗？

三、《"出路"杂谈》：知识青年进城的焦虑

20 世纪 50 年代，农村大量不安于农村生活的知识青年开始去城市谋生，赵树理于 1957 年发表《"出路"杂谈》：

　　在当时真有所谓"出路"问题，因为摆在人们眼前有两条路：一条是维护原有的阶级社会制度，自己在那制度的支配下或者躺下来受压迫，或

---

① 李洁非. 老赵的进城与离城 [M]//李洁非. 典型文坛. 武汉：湖北长江出版集团，湖北人民出版社，2008：157.

② 赵树理. 下乡杂忆 [M]//赵树理. 赵树理全集：第 5 卷. 北京：大众文艺出版社，2006：370.

者爬上去压迫人；另一条则是摧毁那种不合理的制度，然后建立一种人和人平等的无阶级的社会制度。事实上，中国的革命领导者和绝大多数的人民大众，都先后采取了后一条出路，才推翻了旧的阶级制度，建立起今天的社会主义性质的社会制度。在今天这个制度下的人们，尽管有些人还受着旧制度遗留下来的不良影响，但在这过渡时期的继续中会把它们逐渐改掉，而社会主义制度则是肯定了的，因此今天已经不存在"出路"的问题了。①

在赵树理看来，新中国成立前，人们被迫去城市寻找出路，而新中国成立后，已经不存在阶级的差异，每个人都能在自己的生存环境中发挥作用，因此，不存在"出路"问题。但是，赵树理忽略了一个很大的现实问题：城乡差异。从而他仅仅将城乡差异归咎于道德层面：

> 我们承认农村和城市有差别，而且社会主义共产主义事业中就有个任务是消灭城市与农村的基本差别，不过这种差别的主要标志是在生产规模的大小上，在生产机械化、电气化的程度上，其次才在生活方式和生活程度上。有些青年只愿到城里找"出路"，戳穿了底子，这都不过是要去找"职位"，找"享受"，而对于能为建设社会主义服多少务，则算不到账上。②

既然将去城市工作窄化为享受生活，那么知识青年进城就是道德品质有问题了。在当时社会中，享受生活和热爱劳动是两种不同的道德诉求，正如上文袁小俊和王玉生的差别。作者甚至以自己在城市生活的经验来现身说法，证明农村生活的优越性：

> 自从1949年进入北京，算是过了七年城市生活，但是下了乡和农民吃起一锅饭来，既不觉着营养不足，又不会引消化不良病，完全保持了当年

---

① 赵树理."出路"杂谈 [M]//赵树理.赵树理全集：第5卷.北京：大众文艺出版社，2006：13.
② 赵树理."出路"杂谈 [M]//赵树理.赵树理全集：第5卷.北京：大众文艺出版社，2006：14.

的胃口；三五十里山路，走起来虽不像当年那样轻便，但大体上还保持着两条可以走路的腿，可惜把挑行的本领失掉了，是个很大的损失；在一个地方住下来，烧炉子、扫地、洗衣服、拆被子……生活琐事，大体上还能做到事事不求人。①

赵树理是站在农业合作化而不是个人发展的立场上来看待知青进城的，他认为知青神圣的任务是建设新农村：

> 我们的农业合作化还仅仅是个开始，即使是成绩最大的社，在组织领导、经营管理各方面，也都还不是那么很理想地顺理成章，正需要你们这些既有文化又有体力的新力量、新血液在热烈参加体力劳动过程中多用一用脑子来熟悉它、研究它，和老人们一道把它改造得健全起来。我认为这是知识青年同志们的神圣任务。现在社会出路和个人出路是统一的，只要你能在职业中全心全意为集体利益打算，逐步做出了特殊的成绩，人民大众就会逐步把更重要的责任委托给你来负。②

《互相鉴定》就是一部旨在劝阻知识青年进城的小说，小说开头就展示了刘正写给李书记的一封信，刘正抱怨自己怀才不遇，被大家嘲讽，恨不得马上离开城市去都市生活。赵树理很少写以书信体为开端的小说，这种破格说明他已经将潜在读者从农民转向农村知识青年，书场平话体小说逐步淡出他的视野。这显示出一种症候，赵树理对于城市潜在的焦虑，使得他不得不采用五四文学的写作方式来达到教育这些"不安分"的青年的目的。所谓的互相鉴定，表面上是刘正给农村生活的鉴定，倒不如说是刘正的坦白书，通过周围群众对刘正的鉴定来达到教育他的目的。刘正的错误不在于他不应该怀才不遇，而在于他根本就不应该产生离开农村的想法。

两年后，赵树理又写了一篇小说《卖烟叶》，同样是文学青年，刘正改换为贾鸿年，而他在进城的道路上更加坎坷。他已经被裹挟到投机倒把的犯罪行为

---

① 赵树理．"出路"杂谈［M］//赵树理．赵树理全集：第5卷．北京：大众文艺出版社，2006：16.

② 赵树理．"出路"杂谈［M］//赵树理．赵树理全集：第5卷．北京：大众文艺出版社，2006：2006：17.

中，被纳入走资本主义道路的邪路上去。"贾鸿年的出路问题就像一个迷宫大案，关涉着农村的官僚主义、资本主义、爱情、婚姻、智力劳动与体力劳动、城乡关系等多般问题，既不只源于个人，也无从止于个人，于是国家机器以暴力的方式介入，贾鸿年受到了法律的惩罚。"① 从刘正到贾鸿年，已经不只是文学青年的梦想问题，而且已经严重到两条路线斗争的问题。在赵树理的小说中，从来没有如此疾言厉色地谴责一个梦想走出农村的青年。"工业化和城市化本质上都是召唤农民进城出卖劳动力的，农村知识青年又如何能例外?"②

赵树理又为何苦口婆心地劝阻知青进城呢? 这与赵树理的身份有关，赵树理有着知识分子、农民和国家干部的三重身份。当他为农民的利益鼓与呼的时候，他有着知识分子的风骨;当他写农民题材小说时，又有着与农民同呼吸共命运的情感。然而，当他站在大的历史立场时，他又有着国家干部的神圣使命。这就是为何他感性上不同意农业合作化，却又写出了鼓吹农业合作化的《三里湾》。他又何尝不知道知识青年进城对他们自身而言是千载难逢的机遇，但是农村本位的立场又不得不使他考虑农村人才流失的问题，如果大量的知识青年都涌向城市，那么，农村经济发展的前景又何在? 然而，在拒绝都市的背后，是否还隐藏着城市化的影子呢? 都市就是赵树理乡村写作的一个"虚焦"，没有它，我们无法窥见他写作的全貌。

第三节　知识分子与农民

一、农民形象谱系

赵树理一生都在为农民写作，他的作品描绘了丰富多彩的农民谱系，堪称"20世纪中国农民形象的博物馆"。大致而言，赵树理创造了三代农民:第一代，为解放区的老农民(赵树理定义为"老字辈"，大约为出生于19世纪末20世纪初期)，代表人物为"二诸葛""三仙姑"、老秦、老宋、范登高、"糊涂

---

① 李国华. 农民说理的世界:赵树理小说的形式与政治 [M]. 上海:上海书店出版社，2016;324.

② 李国华. 农民说理的世界:赵树理小说的形式与政治 [M]. 上海:上海书店出版社，2016;325.

涂""吃不饱""小腿疼"、孟祥英婆婆、李成娘等。第二代，为解放区培养成长起来的新农民（"小字辈"），如小二黑、小芹、小保、冷元、铁锁、孟祥英、金桂等。第三代，为新中国成立后登上历史舞台的年轻人，如燕燕、晚晚、王金生、王玉生、王满喜、杨小四、蛹蛹等。

（一）新中国成立前赵树理文学的农民谱系

以新中国成立为界，赵树理对待老字辈和小字辈的态度有了微妙的变化：新中国成立前，作者对老字辈以批评为主，对小字辈，则持褒扬的态度。新中国成立后，作者努力去挖掘老字辈的优点，对于小字辈，则态度复杂。

在赵树理的早期作品中，老字辈形象大都是以负面居多，他们是封建迷信、家庭暴力的代言人，是社会发展的阻碍者，甚至是帮凶。在整个小说的叙事过程中，他们都担任了故事的反面教材。下面从性别角度，对"老字辈"进行分析。男性的老字辈多是思想观念守旧，顽固不化的角色。比如，"二诸葛"（《小二黑结婚》），擅长阴阳八卦、喜欢算命，以命相不合为由反对小二黑与小芹的婚姻。再如，老秦（《李有才板话》），则是一副奴颜婢膝的奴才相。当老秦听说老杨同志是干部的时候，毕恭毕敬，双手捧着汤给老杨喝，然而一旦听说老杨竟是长工出身时，马上就翻脸，可谓前恭而后倨。老宋（《李家庄变迁》）则是趋炎附势之徒，他身兼村警和庙官，老百姓无论敬神还是打官司，他都会分得一杯羹（要么吃献供，要么吃原被告）。当铁锁因为官司需要老宋当证人时，老宋则做了缩头乌龟：

> 铁锁道："这你难不住我！咱村的老年人多啦！"随手指老宋道："老宋也五六十岁了，跟我没有什么亲戚关系吧？"
> 小毛拦道："老宋他是个穷看庙的，他知道什么？你叫他说说他敢当证人不敢？老宋！你知道不知道？"
> 老宋自然记得，可是他若说句公道话，这个庙就住不成了，因此他只好推开："咱从小是个穷人，一天只顾弄着吃，什么闲事也不留心。"①

---

① 赵树理. 李家庄的变迁 [M]//赵树理. 赵树理全集：第3卷. 北京：大众文艺出版社，2006：8-9.

对于女性的老字辈，则分为两类。第一类为不安分守己型，代表人物为"三仙姑"。

> 青年们到三仙姑那里去，要说是去问神，还不如说是去看圣像。三仙姑也暗暗猜透大家的心事，衣服穿得更新鲜，头发梳得更光滑，首饰擦得更明，宫粉搽得更匀，不由青年们不跟着她转来转去。①

随着时光的流逝，"三仙姑"也变得徐娘半老，可谓门前冷落车马稀。然而，"三仙姑"却还是活在虚幻中，依靠化妆术来维持可怜的自尊，女人总想要通过粉饰装扮来躲避衰老的真相，可谓掩耳盗铃：

> 三仙姑却和大家不同，虽然已经四十五岁，却偏爱当个老来俏，小鞋上仍要绣花，裤腿上仍要镶边，顶门上的头发脱光，用黑手帕盖起来，只可惜宫粉涂不平脸上的皱纹，看起来好像驴粪蛋上下了霜。②

第二类女性则是恶婆婆形象。孟祥英的婆婆教唆儿子梅妮虐待媳妇，孟祥英被逼无奈吞鸦片烟自杀。被救活以后，她的婆婆不但不反思自己的恶行，反而变本加厉，说："爱喝鸦片多得很！我还有一罐哩！只要你能喝！"孟祥英只得整日以泪洗面，小说写道："常贞和姐姐在门外低声哭，她在门里低声哭，丈夫睡得呼啦啦的，院子里静静的，一天星斗明明的，衣服潮湿潮湿的。"③ 比起孟祥英的婆婆来，金桂的婆婆李成娘确实要"人道"很多，她既没有教唆儿子殴打媳妇，也没有设陷阱将儿媳妇卖掉，但是，她就是喜欢和儿媳妇金桂怄气，或者背地里说她的坏话。她觉得金桂太浪费，花钱大手大脚，而且根本不喜欢做女红。她引以为豪的传家宝（一个装满破布的旧箱子，象征着传统老式妇女的一生命运）却被金桂弃如敝屣。其实她所有的痛苦来源于作为婆婆的控制大

---

① 赵树理. 小二黑结婚 [M]//赵树理. 赵树理全集：第2卷. 北京：大众文艺出版社，2006：214.

② 赵树理. 小二黑结婚 [M]//赵树理. 赵树理全集：第2卷. 北京：大众文艺出版社，2006：214.

③ 赵树理. 孟祥英翻身 [M]//赵树理. 赵树理全集：第2卷. 北京：大众文艺出版社，2006：381.

权旁落："不提媳妇不生气。古话说：'娶个媳妇过继个儿'。媳妇也有本事孩子也有本事，谁还把娘当个人啦？"说着还落了几点老泪。她擦过泪又接着说："人家一手遮天了，里里外外都由人家管，遇了大事人家会跑到区上去找人家的汉。人家两个人商量成什么是什么，大小事不跟咱通个风。人家办成什么都对！咱还没有问一句，人家就说'你摸不着'！外边人来，谁也是光找人家！谁还记得有个咱？"①

对于小字辈，赵树理充满着褒扬之情。所谓的"小"字辈，指的是充满着反抗精神，心里有正义感，敢于和敌人进行斗争，代表着历史潮流走向的年轻有为的新青年。他们的名字大都有"小"字，如小二黑、小芹、小保等。但凡事都有例外，小昌、小旦、小毛等虽然也带有小字，但是，其所作所为都说明其是反动势力的帮凶。然而，在更多的"小"字辈上，我们看到了农村发展的新动力和希望。小二黑与小芹对于自由恋爱的向往与他们对黑恶势力（金旺、兴旺兄弟）的斗争代表着赵树理心目中未来一代的成长方向。中国现代文学史上终于出现了朝气蓬勃的青年农民形象，一扫五四文学中沉默、被侮辱、被损害的农民形象的窠臼。这种对包办婚姻的控诉和对自由恋爱的歌颂一直是赵树理农村小说的主题。在《邪不压正》中的软英和小宝也是自由恋爱，但是软英的父亲王聚才因为小宝"家里没甚"而拆散了这对新人，小说专门在软英与地主家儿子定情的那天，上演了一场苦情戏：

> 两个人脸对脸看了一大会，谁也不说什么。忽然软英跟唱歌一样低低唱道："宝哥呀！还有二十七天呀！"唱着唱着，眼泪骨碌碌就流下来了！小宝一直劝，软英只是哭。就在这时候，金生在外边喊叫"小宝！小宝！"小宝这时才觉着自己脸上也有热热的两道泪，赶紧擦，赶紧擦，可是越擦越流，擦了很大一会，也不知擦干了没有，因为外边叫得紧，也只得往外跑。②

若非后来的土改政策打倒了地主刘锡恩，又通过整党会处理了小昌和小旦，软英和小宝真的要永远被棒打鸳鸯了。然而，在这场斗争中，软英

---

① 赵树理. 传家宝［M］//赵树理. 赵树理全集：第3卷. 北京：大众文艺出版社，2006：331.

② 赵树理. 邪不压正［M］//赵树理. 赵树理全集：第3卷. 北京：大众文艺出版社，2006：289-290.

越来越勇敢，先是设计拖住对方，再在整党会上施以反击：

> 组长讲完了，元孩就宣布散会。大家正站起来要走，软英说："我这婚姻问题究竟算能自主不能？"区长说："整党会上管不着这事！我代表政权答复你：你跟小宝的关系是合法的。你们什么时候想结婚，到区上登记一下就对了，别人都干涉不着。"①

自由恋爱的故事并没有结束，1950年，赵树理为了配合《婚姻法》的实施而写了短篇小说《登记》。小说对燕燕和艾艾这两位农村新女性的描写就格外吸引人。由于自由恋爱在农村没有土壤，包办婚姻是上一代农民的生活传统。这两位女性追求自己的爱情被当作"败兴"（丢人）。然而，她们勇于斗争，充分发挥自己的智谋，争取自己的幸福。在《婚姻法》实施后，她们争取爱情的艰难抗争终于开花结果。

（二）新中国成立后赵树理文学的农民谱系

在新中国成立初期，赵树理依然保持对"老字辈"的批判和对"小字辈"的赞扬。这点在《三里湾》中得到较为充分的体现。小说中的老字辈大都是农业合作化的阻力，成为被"改造"的对象。范登高，外号"翻得高"，这位在土改中积极带领农民斗地主而赢得大家称赞的老长工，却拒绝加入农业合作社，在"发家致富"的小道上越走越远，成为走资本主义道路的代表。而"糊涂涂"马多寿因为家大业大，不愿意在"扩社"中失去自己的利益，暗中和范登高互通信息，成为阻碍农业合作化的第二股力量。而"惹不起"和"常有理"这两位老姐妹延续了赵树理一直关注的"恶婆婆"问题，一直在儿女的婚事上指手画脚，挑拨袁小俊与王玉生离婚，撮合马有翼与袁小俊结合，企图"亲上加亲"，结果适得其反，袁小俊暗地里以泪洗面，若非后来被介绍给王满喜，可能抱憾终生。相比之下，以王金生、王玉生、王玉梅、范灵芝等为代表的小字辈，则积极参加农业合作社。王金生起到组织作用，王玉生是技术骨干，王玉梅擅长劳动，范灵芝则努力说服父亲范登高。赵树理依然对青年人充满期望。

然而，到了20世纪50年代后半期，随着人民公社的建立、"大跃进"运动

---

① 赵树理. 邪不压正［M］//赵树理. 赵树理全集：第3卷. 北京：大众文艺出版社，2006：318.

的展开，赵树理的小说不复以前的小说那样清明透彻，他也不再坚决地站在小字辈一边，歌颂他们旺盛的生命力，反而多了几分焦虑，去努力发现老字辈的优秀传统。在《"锻炼锻炼"》中，小字辈的代表是杨小四，这是个充满争议性的人物。一方面，他雷厉风行、作风强悍，抓住"小腿疼""吃不饱"爱占便宜的心理，设下圈套，以自由拾花为诱饵，临时又突然改为定额拾花，让习惯于偷懒、爱占便宜的落后分子浮出水面，改变了"大跃进"时期人浮于事的毛病。另一方面，他的手段又那么不高明，甚至有点"阴险"，有点将"人民内部矛盾"化为"敌我矛盾"的嫌疑。"小腿疼"在大会上答辩道："是你！昨天晚上在大会上说叫大家拾花，过了一夜怎么就不算了？你是说话还是放屁哩？"① 尽管"小腿疼"说话的方式很粗鲁，但是击中了这些年轻干部的软肋——队长张太和说："我提议：想坦白也不让她坦白了！干脆送法院！"② 以如此粗鲁的方式来解决干群矛盾，暴露出时代的短板。回过头来看，《李有才板话》中的老杨同志，《李家庄变迁》中的小常，他们对待农民的方式是何等的体贴和平易近人。这些小字辈的年轻干部在处理矛盾时的紧张和粗鲁，充分暴露出人民公社在激发农民积极性方面出现了顽疾，赵树理或许并无主观暴露干部作风的动机，然而恰恰是这种"无意"，反而真实地记录了时代的尴尬。

　　1961年，赵树理开始创作令人崇敬的"老字辈"，一反之前创作的带有负面形象的老字辈形象。在他们身上，寄托着赵树理心仪的理想人格。赵树理越来越疏离于"虚构性"的小说，而青睐于报告文学式的"纪实故事"，可谓别有寄托。实干家潘永福③是个苦干实干的干部，坚决反对各种俗套的礼节。他调到别处任干部，坚决拒绝别人送行，"是有些同志诚心诚意要那样送他，说死说活不让免，他也马马虎虎同意了，等到送他的那天早晨，大家都已准备好，却不见他出来和大家打招呼，有人进到他屋里去看，床上只剩了一条席子，潘永福同志不知道什么时候就挑着行李走了"④。他颇有经营之才，开辟农场，带

---

① 赵树理．"锻炼锻炼"［M］//赵树理．赵树理全集：第3卷．北京：大众文艺出版社，2006：237.

② 赵树理．"锻炼锻炼"［M］//赵树理．赵树理全集：第3卷．北京：大众文艺出版社，2006：237.

③ 赵树理．实干家潘永福［M］//赵树理．赵树理全集：第5卷．北京：大众文艺出版社，2006：434.

④ 赵树理．实干家潘永福［M］//赵树理．赵树理全集：第5卷．北京：大众文艺出版社，2006：434.

领农民创收，修建水库。然而，在他的身上并没有任何官员的派头，"他现在在沁水县县工会工作，房子里除了日用的衣服被褥外，没有什么坛坛罐罐。因为县工会只有五个人的编制，经常下厂矿平均就有三个，立不起灶，都在县委会的灶上吃饭。他的衣服比他打短工时代好一点，但也还不超过翻身农民，和民工在一起，光凭衣服你还不会发现他是干部"①。在他身上俨然可以看到老杨同志的影子。赵树理还写到了劳动模范陈秉正老人，他的手与众不同，别人的手是抓劳动工具，而他的手本身就是劳动工具："只见那两只手确实和一般人的手不同：手掌好像四方的，指头粗而短，而且每一根指头都展不直，里外都是茧皮，圆圆的指头肚儿都像半个蚕茧上安了个指甲，整个看来真像用树枝做成的小耙子。"② 这双手虽然长满粗茧，却异常灵巧，他能编织各种生产用具、儿童玩具。他甚至能够做出巧夺天工的艺术精品，"他用高粱秆子扎成的'叫哥哥'笼子，是有门有窗又分楼上楼下的小楼房，二寸见方的小窗户上，窗格子还能做成好多不同角度的图案，图案中间的小窟窿，连个蜜蜂也钻不过去"③。在陈秉正老人身上所闪耀的正是那种朴实无华、脚踏实地、真干实干的精神。厨师张来兴老人不但技艺高超，而且具有高贵的人格。年轻时，他在旧财政局当差，却敢于拒绝局长张维派给他的私差——给他干爹地主何老大做饭："你原谅！这个事我还是不能去做！干哪一行有哪一行的规矩。要请人做菜，先得派个主事的人去和人家商量——准备办多么大场面，已经置备了些什么东西，先让人家知道个底，再问人家还要配些什么菜、什么作料，配货单子一定得请人家领作的人亲自开。像他这样，明天要摆席，今天晚上叫我一声让我马上就去，我是他家的狗？我就连边沿也拍不着一点，去干什么？我又不是他家的狗！"④ 君子有所为，有所不为，在张来兴身上，我们看到的是坚硬的风骨。

正是在这三位颇具传奇色彩的老人身上，赵树理为我们塑造了他心目中的"模范典型"——实干真干，朴实无华，技艺高超，讲究规矩。在"大跃进"

---

① 赵树理．实干家潘永福［M］//赵树理．赵树理全集：第5卷．北京：大众文艺出版社，2006：445.

② 赵树理．套不住的手［M］//赵树理．赵树理全集：第5卷．北京：大众文艺出版社，2006：412.

③ 赵树理．套不住的手［M］//赵树理．赵树理全集：第5卷．北京：大众文艺出版社，2006：413.

④ 赵树理．张来兴［M］//赵树理．赵树理全集：第6卷．北京：大众文艺出版社，2006：71.

浮夸风盛行的年代，赵树理创作出这些作品，有着他自己的内心坚守。与其说赵树理在写这些"平凡英雄"，不如说是在画自画像。

二、知识分子形象谱系

赵树理一生致力于为农民写作，他的作品可以看作一部 20 世纪中期的农民成长史，相对于丰富的农民形象，他作品中的知识分子形象单薄了许多。即使有知识分子，也仅仅是作为农民形象的陪衬，缺乏自身的发展逻辑。

（一）治病：农民的智慧与知识分子的自我疗救

赵树理早期创造的《悔》《白马的故事》就是以知识分子为主体的小说，其忧郁的气息、感伤的情调分明受到五四文学的影响，浓郁的抒情色彩使得他早期的作品有点郁达夫的影子。然而，一旦他确定了为农民写作的宏愿后，便文风大变（文风质朴、简洁、故事性强），他也从"文坛作家"走向"文摊作家"。由于关注农村生活，赵树理的文学作品并没有纯粹的知识分子形象，他笔下的"知识分子"，准确地讲，应该是"农民知识分子"，或者说"带有知识分子气息的农民"。赵树理刻画出较为出彩的"农民知识分子"形象当数《三里湾》中的范灵芝和马有翼。两个人都是初中毕业，是乡村中的"文化人"（知识分子），都是三里湾夜校的老师。两个人在知识水平上相当，可谓"最初的恋人"：

> 有翼和灵芝的闲谈已经有三年的历史了，不过还数这年秋天谈的时候多……一年，他们不只谈得多，而且谈话心情也和以前有点不同，因为两个人都已经长成了大人，在婚姻问题上，彼此间都打着一点主意。①

两个人各自都有"思想落后的爹"——范登高和马多寿，两人约好一起给自己的父亲"治病"（改造父亲不愿意入社的落后思想）："咱们两个人顶个公约，个人给个人的爹治病，得保证一定治好！"② 要达到的"痊愈"目标是：

---

① 赵树理. 三里湾［M］//赵树理. 赵树理全集：第 4 卷［M］. 北京：大众文艺出版社，2006：204.
② 赵树理. 三里湾［M］//赵树理. 赵树理全集：第 4 卷［M］. 北京：大众文艺出版社，2006：207.

"我负责动员我爹，你负责动员你爹，让他们在今年金秋都入社。"① 然而，在马有翼身上充分暴露出知识分子的致命缺陷——优柔寡断、缺乏判断力——暴露出知识分子的软弱性。在陈菊英控诉在家里遭受"惹不起"的欺负，吃饭只喝汤，待他现场做证时：

> 马有翼却支支吾吾："我没有注意。"满喜说："好！就算你没有看见！你晌午吃了几碗汤面？"有翼说："两碗！"满喜说："第二碗碗里有面没有？"有翼又向他妈看了一眼，支支吾吾地说："面不多了！"满喜说："不要圆图话！有没有一两面？"有翼又看了他妈一眼，满喜追着说："我的先生！拿出你那青年团员的精神来说句公道话吧！有没有一两面？"有翼再不好意思支吾，只好照实说了个"没有！"大家又哄笑了一阵……②

范灵芝不满意马有翼的恰恰就是他的这种缺乏立场的性格，随后对自己找知识分子作为配偶的想法进行了反思："她总以为一个上过学的人比一个没有上过学的人在各方面都要强一点……有翼在那时候的表现确实可恨，不过灵芝恨的是一个中学生怎么连满喜也不如？"③

范灵芝终于明白，文化并不等于智慧："灵芝根据她自己那种错误的想法来找爱人，便把文化放在第一位。"④ 直到她遇到王玉生，暗自佩服王玉生在技术发明上潜心的努力，"灵芝听他讲完了，觉得他真是个了不起的聪明人，要不是有个'没文化'的缺点，简直可以做自己的爱人了"⑤。随着交往的加深，范灵芝越来越发现王玉生才是她的梦中情人，马有翼与其相比则黯然失色：

---

① 赵树理. 三里湾 [M]//赵树理. 赵树理全集：第4卷. 北京：大众文艺出版社，2006：208.
② 赵树理. 三里湾 [M]//赵树理. 赵树理全集：第4卷. 北京：大众文艺出版社，2006：256.
③ 赵树理. 三里湾 [M]//赵树理. 赵树理全集：第4卷. 北京：大众文艺出版社，2006：265.
④ 赵树理. 三里湾 [M]//赵树理. 赵树理全集：第4卷. 北京：大众文艺出版社，2006：266.
⑤ 赵树理. 三里湾 [M]//赵树理. 赵树理全集：第4卷. 北京：大众文艺出版社，2006：301.

到这里，她又把有翼和玉生比较了一下。这一比，玉生把有翼彻底比垮了——她从两个人的思想行动上看，觉着玉生时时刻刻注意的是建设社会主义社会，有翼时时刻刻注意的是服从封建主义的妈妈。她想："就打一打玉生的主意吧！"才要打主意，又想到没有文化这一点，接着又由"文化"想到了有翼，最后又想到自己，发现自己对"文化"这一点的看法一向就不正确。她想："一个有文化的人应该比没文化的人做出更多的事来，可是玉生创造了好多别人做不出来的成绩，有翼这个有文化的又做了点什么呢？不用提有翼，自己又做了些什么呢？况且自己又只上了几年初中，学来的那一点知识还只会练习着玩玩，才教了人家玉生个头儿，人家马上就应用到正事上去了，这究竟证明是谁行谁不行呢？人家要请自己当个文化老师，还不是用不了三年工夫就会把自己这一点点小玩意儿都学光了吗？再要小看人家！自己又有多少文化呢？就算自己是个大学毕业生，没有把文化用到正事上，也应该说还比人家玉生差得多！"①

赵树理实际上是借着范灵芝的自我检讨讨论了知识分子与农民的问题。知识分子拥有文化，然而文化必须付诸实践，转化为生活的智慧。读书多并不等于有见识，同样，没有文化只要潜心钻研，也可能领悟到生活的真谛。知识分子必须与农民相结合，正如同范灵芝必须与王玉生结婚，才能领悟到生活的真谛。因此，范灵芝选择与王玉生结婚而不是与马有翼结婚就具有象征意味了。值得注意的是，是范灵芝主动追求的王玉生，这意味着知识分子首先要自我检讨，要向农民学习，才有可能追求自己的幸福。这种观念在第二对新人马有翼与王玉梅的结合中也得到充分的体现。如果说范灵芝对自己人生观的改造是发自内心的话，那么马有翼的改造则是被事实所裹挟、推动的结果。

马有翼革命成为小说的一个小高潮：

他想："怎么办呢？灵芝已经脱掉了，万一玉梅也趁这几天走了别的路子，难道真要我娶来个小俊每天装死卖活地折磨我吗？"他痛恨他爹妈没有得到他的同意就在村里瞎声张，不由得狠狠看了他妈妈一眼。常有理见有

---

① 赵树理. 三里湾［M］//赵树理. 赵树理全集：第4卷. 北京：大众文艺出版社，2006：316-317.

翼的眼神不对劲，以为他发了疯，吓得吸了口冷气站起来说："有翼你要干什么？"有翼也跟着站起来说："我要出去！""不行！不行！"①

常有理向大家喊："请你们拉住他！他疯了！"有几个人把有翼拉住。有翼说："请你们不要操心！我一点也不疯！是我不赞成他们给我包办的婚姻，他们把我看守起来了！我向大家声明：他们强替我订的婚我不答应！劳驾你们哪一位碰上了小俊，告她说让她另去找她的对象。"拉他的那些人，见他说的都是明白话，都渐渐丢开了手，有翼便挤着往外走。常有理又挤到人丛中去喊有翼，口口声声说"不要他走"，别的人劝她说："老人家，你回去吧！那么大的孩子是关不住的了！"糊涂涂不像常有理觉着那么有理，仍然抱着个筐子呆站着想不出主意来。

调皮的袁小旦喊着说："有翼革了命了！"②

优柔寡断的马有翼终于意识到他的母亲以及背后的马氏家族是困扰他的一切来源。之前对家庭有多依赖，现在他的反抗就有多坚决。马有翼终于明白，只有抓住那最后一根救命稻草——王玉梅，才能摆脱马家对他的困扰。这个一向没有主见的男人第一次变得如此坚决：

有翼瞪着眼盯了玉梅一阵子。玉梅见有翼的眼光有点发滞，觉着有点怕，便问他说："你怎么样了？刚才不是还说你没有病吗？"有翼说："我还是没有病！我只问你一句话！说得干脆一点！你愿不愿意和我订婚？"③

马有翼和王玉梅的结合是知识分子和农民结合的又一典型。马有翼有文化，王玉梅爱劳动，两者结合代表着赵树理心目中完美典型——知识分子农民化。然而，有一点需要说明的是，这并不是平等对话的结果，而是疗救的产物。范灵芝约马有翼一起为双方的父亲治病，殊不知马有翼就是一个需要疗救的"病

---

① 赵树理. 三里湾 [M]//赵树理. 赵树理全集：第4卷. 北京：大众文艺出版社，2006：321.

② 赵树理. 三里湾 [M]//赵树理. 赵树理全集：第4卷. 北京：大众文艺出版社，2006：322.

③ 赵树理. 三里湾 [M]//赵树理. 赵树理全集：第4卷. 北京：大众文艺出版社，2006：323.

人"——一个封建大家庭的"畸形儿"。这种"畸形"体现在他爱哭的毛病上，一旦听说范灵芝抛弃他要和王玉生结婚，顿时六神无主，"想到这里，便无可奈何地爬到床上放声大哭"①。然而一旦王玉梅答应和他结婚，马有翼就变得果断坚强起来，坚决要求分家单过。知识分子的"软骨病"只有通过农民阶级的治疗，才有可能痊愈。

（二）扎根农村：农村知识青年的唯一出路

随着农业合作化的进一步推进，国家需要越来越多的知识青年加入农村建设的广阔天地。然而，很多知识青年并不愿意留在农村，而且想方设法去城市发展。在社会上，流行一种通过写作成为一名职业作家进入城市的观念。赵树理非常反感于这种"功利性""个人主义"思想，写了不少文章来批驳这种思想。

1957 年，《文艺学习》第 5 期上刊发了署名夏可为的读者来信，题为"给作家茅盾、赵树理的信"，赵树理刊发文章《不要这样多的幻想吧？——答长沙地质学校夏可为同学的信》。夏可为对文学抱有极大的兴趣，酷爱创作，声称正在创作一部 40 多万字的小说。但是，由于没有掌握适当的写作方法，故写信给茅盾和赵树理以期得到他们的帮助。然而这封信暴露出作者写作功底的薄弱。赵树理以尖锐的口气批评夏可为放弃学业行为的"不切实际和本末倒置"。赵树理的回信一石激起千层浪，不少来信批评赵树理不应该给夏可为泼冷水，应当尊重夏可为的文学梦想，而不是一味挖苦和讽刺，作家也有责任发掘、提拔文学青年。很快，赵树理撰写长文《青年与创作——答为夏可为鸣不平者》，激烈地驳斥了上述批评。赵树理批评夏可为不安心求学而到处求作家帮助写作的行为是生于急功近利的名利心，并认为其缺乏广博的社会阅历，加上理论水平不足，因而更不应当荒废学业进行文学创作。此文发表后，在青年读者群中引起又一轮争论。夏可为将此文读了四遍，坚决反对赵树理认为自己写文章是为了出风头、赢得个人名利的指控。

赵树理对于知识青年参与劳动问题的讨论是针对黄玉麟而产生的。1957 年，《中国青年》第 21 期发表《黄玉麟来信》，并展开"知识青年为什么要经过劳

---

① 赵树理. 三里湾 [M]//赵树理. 赵树理全集：第 4 卷. 北京：大众文艺出版社，2006：321.

动锻炼"的讨论。黄玉麟是一位机关共青团员，被安排参加劳动。但他认为与业务的价值相比，生产劳动的价值并不大。改造思想未必一定要参加生产劳动。赵树理撰写《"才"和"用"》予以批驳，认为农村才是知识分子发挥作用的广阔天地："有好多事情亟待改进或创始，农民自己苦于没有这些知识不能做到，所以才需要现在的青年知识分子来做第一代的有文化的农民。"① 赵树理非常厌恶黄玉麟轻视农村体力劳动的行为，对于某些青年知识分子"故意制造大材小用或用非其才"的行径异常愤慨，认为当农民是"大材小用"是"特权思想"，"这种特权思想如在参加劳动中长期改造，能和劳动人民算一家人吗？劳动人民敢于把重要事情交给他办吗？"②

1960 年，《中国青年》第 15 期刊登了"杨一明来信"，高小毕业生杨一明在来信中透露了自己的理想是"升学、升学、再升学"，将来当"伟大的工程师、文学家、天文学家、原子学家、万能的科学家、杰出的宇宙飞行家"，后因为未能升学而参加了农业生产，觉得"理想和未来也就付诸流水，像五光十色的肥皂泡一样破灭了、消失了"③。赵树理认为杨一明最高的理想是想当专家、工程师；次之，则进厂矿，而现在却沦落为农民——这种论调"就是想从城乡差别、工农差别中来找一点个人便宜"，是一种资产阶级个人主义思想。④ 因此，他劝导杨一明彻底放弃从这三种差别寻找个人名利的美梦，"踏踏实实在参加农业生产中，把自己锻炼成一个又红又专而为人民所需要的真正专家"⑤。

赵树理认为仅仅靠几篇理论文章还不足以阐释他的观点，想要通过文学作品来完成劝导农村知识青年扎根农村的使命。他先后创作出《互相鉴定》《卖烟叶》等小说，可谓用心良苦。《互相鉴定》塑造了不安心农业生产的农村知识青年刘正的形象。小说以刘正给县委书记写的一封控诉信开始。信中详细地刻画出刘正如何轻视劳动，看不起工农干部，为了个人利益不择手段，却又想方设

---

① 赵树理 . "才"和"用" ［M］//赵树理 . 赵树理全集：第 5 卷 . 北京：大众文艺出版社，2006：67.

② 赵树理 . "才"和"用" ［M］//赵树理 . 赵树理全集：第 5 卷 . 北京：大众文艺出版社，2006：63.

③ 赵树理 . 不应该从"差别"中寻找个人名利：与杨逸明同志谈理想和志愿 ［M］//赵树理 . 赵树理全集：第 5 卷 . 北京：大众文艺出版社，2006：403.

④ 赵树理 . 不应该从"差别"中寻找个人名利：与杨逸明同志谈理想和志愿 ［M］//赵树理 . 赵树理全集：第 5 卷 . 北京：大众文艺出版社，2006：405.

⑤ 赵树理 . 不应该从"差别"中寻找个人名利：与杨逸明同志谈理想和志愿 ［M］//赵树理 . 赵树理全集：第 5 卷 . 北京：大众文艺出版社，2006：406.

法掩盖自己的真实目的，文风虚假，态度浮夸。县委副书记下乡通过召开辩论会的方式，让刘正卑琐的灵魂彻底暴露出来。刘正歪曲事实，诬告他人，纯属无理取闹。但他还年轻，作者认为只要加以改造、教育，他一定会改邪归正。赵树理发现当时确实存在这样一种现象：在农村里，有不少的中学生看不起劳动，认为当了中学生，就不能参加农业劳动；在城市里也有这样的人，认为中学生不能当售票员、理发员；中学生不能卖汽水；等等，他要批判这种"旧思想的影响"。① 可能赵树理感觉到《互相鉴定》尚不足以揭露知识青年通过投机作假方式离开农村的危害性，不久，他又创作了短篇小说《卖烟叶》。若论及社会危害性，贾鸿年的行为比起刘正可谓有过之而无不及。刘正仅仅是以歪曲事实达到逃离城市的目的，而贾鸿年欺骗王兰的感情，又打算购买贫苦社员的房屋，构建私人享乐的场所，最后竟然参与了倒卖烟叶的投机倒把行为，被绳之以法。

赵树理对于知识青年走出农村之所以如此反感，与当时整个社会的舆论导向有着必然联系。20世纪50年代，党中央发出知识青年进边疆、进农村工作的号召。1955年5月20日，《人民日报》发表社论《继续动员初中和高小毕业生从事生产劳动》。社论指出，在目前及今后相当长的时间内，国家对初中和高小毕业生的基本政策，除招考少部分人升学外，主要是号召、组织一部分人去从事工业生产，大部分人去从事农业生产，参加互助合作运动。② 1955年9月，全国青年社会主义建设积极分子大会在北京召开，胡耀邦代表共青团中央做了《中国青年为实现第一个五年计划而斗争的任务》的报告，"'年青的一代'被看作实现五年计划和建设社会主义的一支'巨大的突击力量'，参加社会主义工业建设和农业合作化运动'是我们广大青年的首要任务'"③。1955年，毛泽东在《一个乡里进行合作化规划的经验》一文的按语中指出："组织中学生和小学毕业生参加合作化的工作，值得特别注意。一切可以到农村去工作的这样的知

① 赵树理.在北京市业余作者短篇小说创作座谈会上的发言［M］//赵树理.赵树理全集：第6卷.北京：大众文艺出版社，2006：125.
② 共青团中央青运史档案馆.新中国青年工作编年纪事：1949.10~2012.5［M］.北京：中国青年出版社，2012：34.
③ 胡耀邦.中国青年为实现第一个五年计划而斗争的任务［N］.人民日报，1955-09-21（1）.

识分子，应该高兴地到那里去。农村是一个广阔的天地，在那里是可以大有作为的。"①《人民日报》在1957年4月8日发表的《关于中小学毕业生参加农业生产问题》的社论更是指明了青年学生道路选择的方向。

当时的社会舆论也深深影响了赵树理。1957年，邓力群（中央办公厅第一办公室组长）在《中国青年》发表文章，阐明上山下乡和参加农业合作化是知识青年应该选择的方向。而轻视体力劳动、重视脑力劳动，不顾集体利益、只看重个人名利得失的观念，都是资产阶级思想。② 鉴于作者当时所处的社会地位，邓力群对于当时知识青年的道路指引无疑具有决定性作用。当然，赵树理之所以对知识青年逃离农村如此深恶痛绝，与自身高度的道德自律也有很大关系。赵树理非常注重个人的品行端正，首先要求言行一致，而上述夏可为等都不过将写作等技能当作个人脱离农村的手段，却声称是壮志难酬，难免有人格虚假之嫌疑。其实赵树理对于真正的文学青年，一直积极扶持。陈登科的小说《活人塘》因为字迹模糊被《说说唱唱》的编辑扔进了退稿堆，赵树理从退稿堆里发现，并亲自修改，才使得小说得以发表。后来，赵树理向陈登科传授写作经验、推荐书目，并举荐他到中央文学研究所进修。③

赵树理所期待的是知识分子与农民的完美结合。知识分子由于缺乏劳动锻炼，容易养成高人一等、眼高手低的毛病。不经过劳动锻炼，他身上所有的缺点，如缺乏生产技术、组织经营能力、吃苦耐劳习惯、实干精神、平等等缺点都无法得到改正。④ 毛泽东很早就指出，知识分子一定要和工农兵相结合，看一个青年是不是革命的，拿什么做标准呢？拿什么去辨别他呢？只有一个标准，这就是看他愿意不愿意、并且实行不实行和广大的工农群众结合在一块。愿意并且实行和工农结合的，是革命的，否则就是不革命的，或者是反革命的。⑤ 知识分子到农村锻炼，虽然劳其体肤，但提升的是自己的人格品行。另一方面，

---

① 毛泽东.《中国农村的社会主义高潮》的按语［M］//毛泽东.毛泽东选集：第五卷.
　　北京：人民出版社，1977：247-248.
② 邓力群.知识青年为什么要参加劳动生产进行劳动锻炼［J］.中国青年，1957（24）：
　　10-16.
③ 戴光中.赵树理评传［M］.南京：南京大学出版社.2013：295-296.
④ 赵树理."才"和"用"［M］//赵树理.赵树理全集：第5卷.北京：大众文艺出版
　　社，2006：66.
⑤ 毛泽东.青年运动的方向［M］//毛泽东.毛泽东选集：第二卷.北京：人民出版社，
　　1991：566.

广阔的农村是知识分子一显身手的好舞台。知识分子能够给农民带来先进的技术和管理经验，"农民想简化生产管理手续和账目，缺乏精确计算的知识；要改良土壤，没有分析土壤的知识；要加大肥源，没有分析肥料的知识；要防治病虫害，没有昆虫学和微生物的知识；因为不懂机械原理，有好多小型农具和运输工具不得改良；因为不会测量计划，有好多基本建设磨了洋工；没有病时不会防病，有点小病也不会自己治疗……所有这一切亟待要做的事，一个中学毕业生，如果不向更高一些科学工作者请教，凭自己的知识还不能胜任，不过请教之后可以完成科学工作者的意图，而一个没有入过学的农民，甚而高小、初中的毕业生还不见得能做到这一步。也有些性巧的农民已经能创造抽水车、抽水机带磨面等惊人的事物来，一个知识分子，只要能把农村的事当成自己的事，既不怕无用武之地，又不怕做不出成绩来"①。最后，赵树理看到了知识分子和农民结合的光辉远景，"这些'家'和'师'都正在热烈响应党的号召，下乡下厂参加劳动，改造思想，锻炼自己，逐渐完成着知识分子劳动化；而广大劳动人民，也正在积极参加到业余学校或训练班学习文化，逐渐完成着劳动人民知识化。知识分子劳动化，工农劳动群众知识化，这正是消灭脑力劳动和体力劳动的'差别'之正路"②。

---

① 赵树理．"才"和"用"［M］//赵树理．赵树理全集：第5卷．北京：大众文艺出版社，2006：67.
② 赵树理．不应该从"差别"中寻找个人名利：与杨逸明同志谈理想和志愿［M］//赵树理．赵树理全集：第5卷．北京：大众文艺出版社，2006：404.

第四章

赵树理文学的社会主义母题研究

第一节　公与私：在调整中统筹兼顾

一、公与私：中国传统文化的辩证法与现代革命的起源

"公"与"私"是中国思想观念史上一对非常重要的概念，从中可以一窥中国人的人生态度。早在先秦时期，"公"与"私"并不是矛盾体，"公与私本来不一定是成对的概念，至少在文献上，是各自单独使用的，而且'公'的用例远远多于'私'"①。在《吕氏春秋》中，出现了"公"与"私"的对立：

> 昔先圣王之治天下也，必先公，公则天下平矣，平得于公。尝试观于上志，有得天下者众矣，其得之以公，其失之必以偏。凡主之立也生于公，……天非一人之天下，天下之天下也。阴阳之和，不长一类；甘露时雨，不私一物；万民之主，不阿一人。天地广大……万物皆被泽，得其利……

在此，"公"与"平"意思相近，指的是公平、公正，而"私"是偏狭之意。汉代许慎在《说文解字》中，将"公"解释为"平分也"，"私"解释为专

---

① 沟口雄三. 中国的公私 [M]//沟口雄三. 中国的公与私·公私. 郑静，译. 北京：生活·读书·新知三联书店，2011：45.

私自营。因此，在"公"与"私"之间，形成了鲜明的价值判断，"公正"受到欢迎，而与之相反，"专私"受到排斥。正如《礼记·礼运》篇中："大道之行也，天下为公，选贤与能，讲信修睦。故人不独亲其亲，不独子其子，使老有所终，壮有所用，幼有所长，矜、寡、孤、独、废疾者皆有养，男有分，女有归。货恶其弃于地也，不必藏于己；力恶其不出于身也，不必为己。是故谋闭而不兴，盗窃乱贼而不作，故外户而不闭，是谓大同。"沟口雄三认为："这种大同的'公'可以说是指共同体内的'平分'的终极状态。"① 这里的"公"是指平分、公平、公正之意。

正是因为"公"的观念在中国传统的根深蒂固，中国并没有产生如西方社会所流行的"个人主义"。明末以后，虽然"欲望"在一定程度上得到正名，但始终在"公平"的关注之下："世间万物皆有所欲，其欲亦是天理人情，天下万世公共之心。怜万物有多少不得其欲处……常思天地生许多人物，自足以养之，然而不得其欲者，正缘不均之故。"②

《明夷待访录》卷首的《原君》篇认为："有生之初，人各自私也，人各自利也。"这种以自私自利为人性本质的看法似乎与霍布斯的观点相似。但黄宗羲主张以公制约私利："有人者出，以一己之利为利，而使天下受其利；不以一己之害为害，而使天下释其害……后之为人君者不然……使天下之人不敢自私，不敢自利，以我之大私为大公……向使无君，人各得自私也，人各得自利也。呜呼，岂设君之道固如是乎！"③ 同时期的顾炎武也说："人之有私，固情之所不能免矣。故先王弗为之禁，非惟弗禁，且从而恤之……天下之私，以成天下之公，此所以为王政也……世之君子必曰有公而无私，此后代之美言，非先王之训矣。"④ 因此，在近代中国，虽然有着关于性善和性恶的争论，却缺乏关于西方契约的探讨。

中国现代革命的源泉与其说是来自马克思主义，毋宁说来源于中国传统的"公"与"私"的观念。"从更深的角度看，是传统思想——天理的'公'所具

---

① 沟口雄三. 中国的公私 [M]//沟口雄三. 中国的公与私·公私. 郑静，译. 北京：生活·读书·新知三联书店，2011：47.
② 吕坤，洪应明. 菜根谭 [M]. 上海：上海古籍出版社，2012：299.
③ 黄宗羲. 黄宗羲全集：第一册 [M]. 杭州：浙江古籍出版社，1985：2.
④ 顾炎武. 顾炎武全集：第十八册 [M]. 上海：上海古籍出版社，2011：141.

有的普遍性及对这一普遍性的乐观看法成了革命的能源。"①　"在清末，不承认个人的'私'的天下普遍的'公'，在中国式近代化中，走向了反对个人的'私'，即反专制的国民的'自由平等的公'。这个'公'，在经济上限制个人的私利，是毫无阻力的，因此民生主义从一开始就顺利朝向社会主义。之所以'顺利'，是因为有天下 commonwealth 式'公'等的传统，在思想上，不但没有太大阻力，反而受到传统的推动。"②

晚清出现"人人"的概念，正是对"私"的反叛："它们是在这样的句子中出现的：不要让君主独自'私'国家，而要'人人'将乡区、州县、府、省和国家当作自己的，抵抗外国的侵略，发挥爱国之诚，夺取独立与自主之权。"③　"人人"成了革命时代的新主体，引领了革命的浪潮。"人人"的概念成为后来国民革命甚至新民主主义革命的一个理论源泉，并且直接促成了以公代私、从不承认私到反对私的转变，也即后来的公有制改造与人民公社运动。

因此，中国民族主义的产生，恰恰是借鉴传统文化中"公"的资源得以展开。民族主义并没有产生个人主义的土壤，反而是产生集体主义的温床。正如孙中山所总结的："因不愿少数满人专制，故要民族革命；不愿君主一人专制，故要政治革命；不愿少数富人专制，故要社会革命。"④　"天下之公概念的发展这一思想状况易于朝向民生主义、社会主义；在中国，社会主义易于与传统思想相结合，或者甚至可以说，中国天下之公的传统因其包含着天下整体性，本来就是社会主义的。"⑤

在中国传统社会中，一直有"均贫富"的思想。太平天国时期将这种思想发挥到了极致，产生了"凡天下田，天下人同耕……天下人不受私物……天下大家处处平均，人人保暖矣"（《天朝田亩制度》）。而这种思想在清末无政府

①　沟口雄三. 公私概念在中国的展开 [M]//沟口雄三. 中国的公与私·公私. 郑静，译. 北京：生活·读书·新知三联书店，2011：40.
②　沟口雄三. 公私概念在中国的展开 [M]//沟口雄三. 中国的公与私·公私. 郑静，译. 北京：生活·读书·新知三联书店，2011：40.
③　沟口雄三. 中国的公私 [M]//沟口雄三. 中国的公与私·公私. 郑静，译. 北京：生活. 读书. 新知三联书店，2011：40.
④　沟口雄三. 公私概念在中国的展开 [M]//沟口雄三. 中国的公与私·公私. 郑静，译. 北京：生活·读书·新知三联书店，2011：41.
⑤　沟口雄三. 公私概念在中国的展开 [M]//沟口雄三. 中国的公与私·公私. 郑静，译. 北京：生活·读书·新知三联书店，2011：42.

主义者中得到了延续，刘师培提出："没收豪富之田，以土地为国民所共有。斯能真合于至公。"① 20世纪，中国共产党领导"土地革命"，号召"打倒土豪分田地"，引爆了农民心中蕴藏已久的"均贫富"的思想。因此，在同盟会的革命论断与共产党的革命纲领中，有着暗自的承继关系："所谓民权者，实富权也。初以为民主最平等、共和最自由。殊不知自由者，富者之自由也；平等者，富者之平等也。而贫民之困苦如故……吾敢断言曰（民权主义者）：自利主义也……社会主义者，无自私自利，专凭公道真理，以图社会之进步……吾敢断言曰（社会主义者）：至公无私之主义也。"② 而这种"均贫富"（共同富裕）的思想所启用恰恰是中国传统文化中的"公私"思想："少数＝豪富与多数＝细民对立的构图和少数＝独占＝私与多数＝均分＝公对立的这种构图，在中国几乎这种通行观念的基础上酿成了君主的私对国民的公，或者个人的自由对团体的自由等观念的，因此这种富者的自由与贫民的自由相对立的看法是足以与传统的通行观念结合起来理解的。"③

　　征用中国传统"公私"理论的革命主张并没有个人的伸张余地。在马克思主义者看来，个体的自由是革命奋斗的目标。正如《共产党宣言》所说"（在共产主义社会中）每个人的自由发展是一切人的自由发展的条件"，在共产主义社会中，个人自由是前提，也是奋斗目标。然而，在中国的革命实践中，个体的自由恰恰是革命要消灭的反动思想。1954年发布的《中华人民共和国宪法》第十四条："国家禁止任何人利用私有财产破坏公共利益"的条目。刘少奇解释道："在我们这里，恰恰相反，我们绝不容许任何人为了个人或者少数人的利益和自由而妨害大多数人的利益和自由，妨害国家和社会的公共利益……在我们这里，妨害公共利益的所谓'自由'，当然要受到限制和禁止。"④ 沟口雄三认为："这在考虑中国接受马克思主义与传统思想的关系问题、特别是考虑'公

---

① 韦裔. 悲佃篇 [J]. 民报，1907（15）：19-34.
② 褚民谊. 伸论民族、民权、社会：三主义之异同再答来书论《新世纪》发刊之趣意 [J]. 新世纪，1907（6）：2-3.
③ 沟口雄三. 中国的民权思想 [M]//沟口雄三. 中国的公与私·公私. 郑静，译. 北京：生活·读书·新知三联书店，2011：185.
④ 沟口雄三. 中国的民权思想 [M]//沟口雄三. 中国的公与私·公私. 郑静，译. 北京：生活·读书·新知三联书店，2011：186.

共'与'个人'的关系时是富于启示性的。"① 因此，整个 20 世纪的革命浪潮，追根溯源，其理论滋养产生于绵延数千年的"公私"观。《礼记》所记载的大同世界，是中国人心目中的乌托邦。而西方的个人主义在中国的社会历史的长河中并没有生存的土壤，从辛亥革命到新民主主义革命再到社会主义革命，有着延续的主题和脉络。

二、开渠：赵树理"公共性"的承载物

对赵树理而言，他所念兹在兹的"公共性"社会建设与晋东南人民的福祉紧密相关——开渠。晋东南十年九旱，庄稼的收成完全依靠大自然。因此，人与自然的关系就变成了臣服与统治的奴性关系，祈雨的心理需求滋生了种种封建迷信。赵树理一生都在考虑，如何通过修建水利工程来为人民谋福利，当然，这种大规模的水利工程的修建需要依靠一个开明、公正的政府。

1941 年，赵树理创作的鼓词《开河渠》与 1954 年创作的小说《求雨》在故事情节上不乏雷同之处：二者都表现了先进人物与落后人物的对立，通过开渠前者教化了后者，最终完成意识形态的宣教功能。在《开河渠》中，出现了两种思想的对立，以冯占元为代表的先进青年主张开渠引水，毕其功于一役，彻底战胜旱灾，以李复唐为代表的封建迷信派（多以老年人为主）则主张摆龙王祈雨。这场比赛就在挥汗如雨的劳动场景和庙里烟火缭绕、信徒跪拜的情景中展开。而解决问题的关键在于开渠派集思广益，想出在山间加悬梁，凿木做水渠的方式解决了炸巨石费时费力的难题：

> 这木槽只用五六段，
> 不到两天就定完，
> 塞好了节口先试水，
> 果然能流到这一边。

整个故事在开渠派大获全胜中结束：

① 沟口雄三．中国的民权思想［M］//沟口雄三．中国的公与私·公私．郑静，译．北京：生活·读书·新知三联书店，2011：186.

> 从此后杨树湾里不怕旱，
> 大家还要种水田，
> 从此后村人相信各救会，
> 发展了许多新会员。
> 村里给他们立牌匾，
> "劳动英雄"挂庙前，
> "英雄"们名字刻在上，
> 第一名就是"冯占元"①。

值得注意的是，在这场开渠的水利工程修建过程中，起到宣传、实干作用的是以冯占元为代表的青年才俊（赵树理文学中的"小字辈"），他们并不是单打独斗，而是以农救会、工救会、青救会的组织来动员民众众志成城来完成这场壮举。而这些组织恰恰是抗战时期中国共产党领导的农村基层组织。农救会（农民抗日救国会）主要组织农民进行抗日、进行减租减息、反霸斗争和生产运动；工救会（工人抗日救国会）组织工人进行抗日救国；青救会则是中国共产党领导的西北青年抗日救亡团体。总之，正是在中国共产党的领导下，晋东南的农村才焕发出勃勃生机。

1954年，赵树理重写了这个开渠故事，改名《求雨》。故事的主要架构不变，甚至开渠的关键之处——山间架梁凿木引水——依然如故。只不过冯占元换成了于长水，李复唐变成了于天佑。但其中也增加了一些新的元素：第一，明确了党的领导地位。在开渠遇到困难时，于长水发誓道："要不能把这么现成的水引到地里去，就算金斗坪没有党！"第二，揭露了地主的反动性。地主周伯元利用祈雨压榨农民，正如于天佑在土改中斗争周伯元时所说："求雨时候，你把你的名字排在第一班第一名，可是跪香时候你可以打发长工替你跪。别人误了跪香，按你立的规矩是罚一斤灯油，你的长工误了替你跪香，连罚的灯油也得他替你出。大家饿着肚子跪香，你屯着粮食不出放，反而只用一斗米一亩地的价钱买我们好地，求了十来次雨，就把金斗坪一半土地都买成你的了。有一次你和你亲家说：'我这领导求雨不过是个样子，其实下不下都好——因为一半

---

① 赵树理.开河渠［M］//赵树理.赵树理全集：第1卷.北京：大众文艺出版社，2006：269.

金斗坪都是我的，下场雨自然数我打的粮食多，不下雨我可以用一斗米一亩地的价钱慢慢把另一半也买过来。'你长的是什么心？要不是解放，那就只有你活的了……"第三，先进人物的蜕变。土改积极分子老贫农于天佑本该是开渠派，却成了祈雨派的领袖。青年问于天佑"你怎么也来了？""怎么不能来？""你不是亲自说过龙王爷是被周伯元利用着发财的吗？""那是周伯元坏，不是龙王爷不好！""原来你也是个老封建！"

小说的结尾颇为幽默：

> 出去的那个老头跑回来喊："快去看！接过水来了！大着哩！"地上跪着的四个老头，除了于天佑也都爬起来要出去。于天佑说："难道我们也不能诚心到底吗？"一个老头说："抢水救苗要紧！龙王爷会原谅！"说着便都走出去。
>
> 最后剩下于天佑。于天佑给龙王磕了个头说："龙王爷！我也请你原谅！我房背后的二亩谷子也赶紧得浇一浇水了！"说罢，也爬起来跟着别的老头往外走。①

在赵树理看来，开渠不仅仅是革新生产技术，改善农民生活的重要手段，还是移风易俗的基础。他告诉人们，幸福的生活需要我们一起来创造，齐心协力，必然人定胜天，否则，听天由命最终只能沦为大自然的奴隶。

1956年，赵树理再次改写开渠故事，正式命名为泽州秧歌《开渠》。只是这次开渠不是为了抵御旱灾，而是为了防止水患。正如韩金山所唱：

> 你看这一湾地连成一片，
> 河水绕着它转了个圆圈。
> 每一次发大水都要冲刷，
> 冲一次少一次不能增添。
> 依我说开个渠将河改变，

---

① 赵树理．求雨［M］//赵树理．赵树理全集：第2卷．太原：山西出版传媒集团，北岳文艺出版社，2018：53-54.

一大圈河边地都能保全。①

在水患面前，韩金山的所有收成化为乌有：

谷子连根倒漂起水面，
地里起波浪滚滚滔天。
霎时谷不见地也不见，
气得我站不稳跌倒平川。②

然而，在旧中国，韩金山的开渠梦想无异于痴人说梦，被很多乡亲嘲笑，如张老满所唱：

活到几十岁就要合眼，
合了眼哪管它千年万年。
真要是办起来净是困难，
一千年也说不通我怎成全！
……
这些事谁还能当真去办，
上下村只有你这一个疯癫。③

迫不得已，韩金山不得不租赁地主王柏轩的几亩荒山艰难度日。就在他被迫迁居荒山时，依然难掩无法开渠之恨：

在桥上望着大河一道
左一湾右一拐滚滚滔滔

① 赵树理. 开渠 [M]//赵树理. 赵树理全集：第4卷. 北京：大众文艺出版社，2006：412.
② 赵树理. 开渠 [M]//赵树理. 赵树理全集：第4卷. 北京：大众文艺出版社，2006：420.
③ 赵树理. 开渠 [M]//赵树理. 赵树理全集：第4卷. 北京：大众文艺出版社，2006：412.

> 大河害得我吃苦不少
>
> 恨不得展一展你的弯腰①

　　1956 年，全国各地进入农业高级社（人民公社）阶段，开渠终于提上日程。而此时的荒山野岭经过韩金山、韩铁炼父子两代人的努力耕作，已经变成了"花果山"。而此时，韩金山的妻子因为家大业大，不愿意加入高级社。

　　老支书潘永年耐心劝说其加入农业高级社的种种好处：

> 韩大嫂你不知现在变化，
>
> 这许多好经验要用它，
>
> 农业社高级化规模甚大，
>
> 地归社连成片四通八达。
>
> 两韩村并一社不分上下，
>
> 社外边只剩你们山里几家。
>
> 你们入了社统一规划，
>
> 这山区派个队前来管它。
>
> 集体有集体管力量变大，
>
> 有事来没事走不用安家。
>
> 河湾里马上要开渠修坝，
>
> 都想请金山哥回去参加。②

　　当韩金山听到要开渠时，马上答应入社：

> 一听说开河渠我劲头甚大，
>
> 我马上就入社答复大家。③

---

① 赵树理 . 开渠［M］//赵树理 . 赵树理全集：第 4 卷 . 北京：大众文艺出版社，2006：429.

② 赵树理 . 开渠［M］//赵树理 . 赵树理全集：第 4 卷 . 北京：大众文艺出版社，2006：441.

③ 赵树理 . 开渠［M］//赵树理 . 赵树理全集：第 4 卷 . 北京：大众文艺出版社，2006：442.

韩金山耐心劝说妻子下山入社，描绘了一幅美丽的社会主义蓝图，如其所唱：

在这里搞生产力量太差，
二十年才修个小小山洼。
在从前我有个开渠计划，
没条件做不到想想白搭。
一个人一条心很难说话，
一块地一个主概不由咱。
现有了高级社条件变化，
几百户成一心地不分家。
男劳力女劳力两千上下，
要改山要变水手到擒来。
这时候正该咱干它两下，
咱怎肯当一个社外人家。
就算咱修了点沟沟岔岔，
这地方究竟是野岭荒洼。
每日里只能和石头说话，
一出门三五里没有个邻家。
短个针少条线也没处配打，
小孙孙要上学谁管教他？
前几年几块地把人牵挂，
这一回交了社咱回村安家。
村里有供销社要啥有啥，
小学校能教咱的孙儿娃娃。
上地去常常是大队人马，
开晚会闹红火嘻嘻哈哈。
你还能到民校学个文化，
争取个老模范谁人不夸。
何必要守着这点沟沟岔岔，

每日里见几只野雀老鸦。①

在这里，赵树理厘清了开渠与人民公社的关系。在韩金山看来，开渠的目的不是入社，入社的目的是开渠。换言之，农业合作社的魅力在于集众人之力，完成以前个体力量无法完成的重大工程，给老百姓带来实实在在的利益。这三部"开渠"故事时间跨度漫长，从 1941 年开始到 1956 年结束，故事内容大致相当——无非共产党领导农民开渠；故事的主题也相当明确，歌颂共产党的英明决策，为人民服务。然而，在表层主题的后面还有一个深层的主题：公共事业的建立是保护人民福祉的必要前提，也是民心所向。私有财产的存续离不开公共事业的运行。公共事业不是消灭私有物，而是最大限度地保护私有物。赵树理对于社会主义公有制的拥护深深扎根于农民的利益之上。唯有如此，社会主义公有制才能最大限度地激发农民的热情，改造世界：

> 农业社高级化力量发展，
> 这工程才修了四十余天。
> 亏政府帮助着测量计算，
> 党团员带头干事事在先。
> 全社人一股劲忠心赤胆，
> 四十天如一日热火朝天。
> 工作中有不少英雄模范，
> 能持久能突击又能钻研。
> 大事情靠大家才能兴办，
> 人多了咱就能改造自然。
> 望大家常这样精神饱满，
> 到明年再改造那十里荒山。②

---

① 赵树理 . 开渠［M］//赵树理 . 赵树理全集：第 4 卷 . 北京：大众文艺出版社，2006：
443.

② 赵树理 . 开渠［M］//赵树理 . 赵树理全集：第 4 卷 . 北京：大众文艺出版社，2006：
451.

三、引导与改造：农业合作化浪潮中的"公"与"私"

社会主义旨在建立以公有制为主体的体制，公有制的最大优势在于保障民众最大福利的同时，保证政府主体在公共事务中政治、经济、文化等方面的高效运转，从而克服了私有制的散漫、无序运行之弊端。而新中国成立后开展得轰轰烈烈的农业合作化运动正是建立农村集体公有制的伟大举措，在这场革命浪潮中，"公"与"私"形成了前所未有的尖锐对立，表现为先进与落后、模范与反动等带有极端价值判断的对抗。

在《三里湾》中，王金生、王玉生一大家是追求公有制的代表。他们形成了一个富有朝气的劳动小组。父亲王宝全擅长打铁，大儿子王金生是农村党支书，主持农业合作化全局工作，二儿子王玉生是个技术革新能手，一心一意用在改进生产工具上，即便是作为小女儿的王玉梅也是劳动能手，可谓"妇女能顶半边天"。他们是农业合作化的顶梁柱，是农村改革发展的方向。"公"不仅是一种经济分配形式，还是一种德行。追求公有制的人在品德上必定是大公无私、身先士卒的。王玉生沉浸于技术革新的世界中，并不等同于他对现实的"私有"意识不闻不问。他和妻子袁小俊的矛盾不仅仅是买不买秋衣（美不美）的矛盾，更是"公"与"私"的矛盾激化。

更有意味的是，赵树理在塑造正面人物为公有制拥护者的同时，对于中间、落后人物（以追求"私有财产"为本位）并没有做概念化、上纲上线的处理，反而是尽量写出他们的复杂性。赵树理并没有按照主流意识形态的需求写出"两条路线的斗争"，而是尽量改造他们，让他们从不理解到自觉改变，从而细腻地展示其精神转化的这一漫长而又丰富的历程。对马家这样一个封建意识浓厚的大家族来说，要完成"私有意识"的改造并不是一件轻松的事。在《三里湾》中，所有"落后"的根源都要归咎于两个女人——"能不够"与"常有理"。"能不够"教唆女儿"袁小俊"与王玉生离婚，"常有理"撮合儿子马有翼与袁小俊的婚事。而这两个姐妹的所作所为除了为整部小说徒增笑料外，并没有其他作用。赵树理将她们设置成反对"公有制"的人物，可能也是从潜意识里看不惯农村旧式女性当家做主，对男人指手画脚的行为。很有意思的是，这些旧式女子（"三仙姑""能不够""常有理""吃不饱"）都有很多共同性：驭夫有道，用小说里的话来说就是"骂死公公缠死婆，拉着丈夫跳大河"。因此，赵树理反复在小说中对之进行尖锐的讽刺。"三仙姑"在区长面前战战兢兢；"能不够"在丈夫袁天成忍无可忍要"革命"（离婚）时，终于低下了高贵的头颅，赔礼道歉。在赵树理看来，对这些旧式妇女的改造是农村社会伦理重建的头等大事。她们能力不够，却有强烈的控制欲，是阻碍社会进步的源泉。她们（"三仙姑""吃不饱"）对丈夫的控制，她们（"常有理""能不够"）对儿子、女儿的掌控，是造成家庭破败的重要原因。因此，只有改变这些强势女人掌权的现状，才有可能构建全新的农村社会伦理。而"袁天成革命"和"马有翼造反"就成为《三里湾》中的最具有喜剧化的高潮，这些嚣张跋扈的女人当初有多高调，这时就摔得有多惨。

另一方面，赵树理充分注意到，即便在"私"的内部，也不是铁板一块。马家虽然有头脑陈旧的"糊涂涂""常有理"，有精明过头的"铁算盘"，心胸狭窄的"惹不起"，但还是有被压抑的声音。陈菊英就是这个家族的"革命者"，她主张分家，有着强烈的自主意识，赵树理赋予了她未来女性的希望。而另一个需要注意的人物就是马有翼，尽管这个男人笼罩在强势母亲的阴影下性格懦弱不堪，但是，毕竟在王玉梅、范灵芝的影响下已经种下了反抗的种子，在适当的时机（如在范灵芝与王玉生结婚的刺激下），就会结成硕果（选择先进的典型王玉梅，而不是落后的袁小俊）。因此，对年轻人来说，选择"农业化"道路，不仅是道路正确，更是关乎"德行"。正如范灵芝所思考的：

　　玉生家里是能干的爹、慈祥的妈、共产党员的哥哥、任劳任怨的嫂嫂，有翼家里是糊涂涂爹、常有理妈、铁算盘哥哥、惹不起嫂嫂。玉生住的南窑四面八方都是材料、模型、工具，特别是垫过她一下子的板凳、碰过她头的小锯；有翼东南小房是黑咕隆咚的窗户、仓、缸、箱、筐。玉生家的院子里，常来往的是党、团、行政、群众团体的干部、同事，常做的事是谈村社的大计、开会、试验；有翼家的院子里，常来往的人是他的能不够姨姨、老牙行舅舅，做的事是关大门、圆黄狗、吊红布、抵抗进步、斗小心眼、虐待媳妇、禁闭孩子……她想："够了够了！就凭这些条件，也应该选定玉生、丢开有翼！"①

----

　①　赵树理. 三里湾［M］//赵树理. 赵树理全集：第2卷. 太原：山西出版传媒集团，北　　岳文艺出版社，1986：223-224.

赵树理认为在进行农业合作化扩大生产的时候，并不是要一味地压制"私有"意识，相反，公有制的最大魅力在于让私有意识得到最大的满足。换言之，满足人民对幸福生活的追求是公有制社会的最大动力。作为落后分子，"糊涂涂"马多寿是修渠的最大阻力，他拒绝将刀把地贡献给集体，一度让修渠工作陷入困境。其原因在于他依靠合伙修建的水车可以保证自己地里的粮食旱涝保收。而出让土地意味着"好日子"快要过到头了。"糊涂涂"只是个外号，貌似脑袋不开窍，实则精明至极。后来"糊涂涂"同意入社，变成了"光荣户"，除了儿子马有福已经将名下的刀把地捐献给集体，自己感到大势已去外，还有更深一层原因，他通过算账，觉得入社收入要比单干强得多：

> 要是入社的话，自己的养老地连有余的一份地，一共二十九亩，平均按两石产量计算，土地分红可得二十二石四斗多，他和有余算一个半劳力，做三百个工，可得四十五石，共可得六十七石四斗。要是不入社的话，一共也不过收上五十八石粮，比入社要少得九石四斗；要是因为入社的关系能叫有翼不坚持分家，收入的粮食就更要多了。马多寿说："要光荣就更光荣些入社！"①

然而对于私有财产的保护必须有一个前提：不能侵占公家利益。而范登高之所以不得人心就在于他德不配位。他依靠土改中响应"斗地主"的号召，当上了支部书记，却给自己分最好的地，占有最多的生产资料。在农业合作社期间，他更是将心思放在个人小买卖上，只为自己牟利益：

> 土改结束以后你努力生产人家也不是光睡觉，不过你已经占了好地，生产的条件好，几年来弄了一头骡子，便把土地靠给黄大年和王满喜给你种，你赶上骡子去外边倒小买卖，一个骡子倒成两个，又雇个小聚给你赶骡子，你回家来当东家？你自己想想这叫什么主义？②

---

① 赵树理. 三里湾 [M]//赵树理. 赵树理全集：第2卷. 太原：山西出版传媒集团，北岳文艺出版社，1986：251.
② 赵树理. 三里湾 [M]//赵树理. 赵树理全集：第2卷. 太原：山西出版传媒集团，北岳文艺出版社，1986：199.

社会主义不允许剥削存在，但是，随着土改的结束，农村产生了新一轮的贫富分化，照此以往，就会有新的地主和新的雇农产生，如此，土地改革就失去了意义，而所谓的革命只不过是换汤不换药的改朝换代，这是党绝对不能允许的。正如乐意老汉所说：

> 给刘老五赶骡子，王小聚给你赶骡子，你还不是和刘老五学样子吗？党不让你学刘老五，自然你就要对党不满！我的同志！我的老弟！咱们已经有二十年的交情了！不论按同志关系，不论讲私人交情，我都不愿意看着你变成个第二个刘老五！要让你来当刘老五，哪如原来的刘老五独霸三里湾？请你前前后后想一想该走哪一条遭路吧！①

然而范登高比"糊涂涂"难对付得多，他总会用一些貌似公允的说辞来满足自己欲望的私心。在党员会议的重压下，他不得不答应入社，却提出要用自己的骡子享受折价一分利息的分红。正如组长牛旺子所说：

> 范登高把他两头骡子一齐入社，说得那么神气我有点不服——好像跟他救济我们的社一样！我们老社员们这二年栽了那么多树修了那么多的地，为了欢迎大家走社会主义道路，对新社员一点也不打算计较，偏是他两个骡子就成了恩典了吗？谁都知道他的外号叫"翻得高"。我们种山地的人，在翻身时候也要都翻他那么高，谁还弄不到个骡子？社里接受牲口还是按一分利折价付息，算得了什么恩典？他愿入是他的本分，他不愿入仍可以让他留着去发展他那资本主义！我们花一分利到银行贷出款来还愁买不到两个骡子吗？②

范登高，绰号"翻得高"，指的是他在土改（翻身）时候占尽便宜，得利太多。在土改中有部分干部占尽土改的便宜，占有大量地主的房产，甚至仗势欺人，比如《邪不压正》中的小昌，强迫软英嫁给自己的儿子。"群众未充分发

---

① 赵树理．三里湾［M］//赵树理．赵树理全集：第2卷．太原：山西出版传媒集团，北岳文艺出版社，1986：199.

② 赵树理．三里湾［M］//赵树理．赵树理全集：第2卷．太原：山西出版传媒集团，北岳文艺出版社，1986：199.

动起来的时候少数当权的干部容易变坏；在运动中提拔起来的村级新干部，要是没有经常的教育，又没有足够监督他的群众力量，品质稍差一点就容易往不正确的路上去，因为过去所有当权者尽是些坏榜样，稍学一点就有利可图。"①这种现象在解放区普遍存在，"区村干部、积极分子、民兵以功臣自居，普遍占有多而好的土地、房、牲畜，窃取更多的现金、器具等"②。当然，范登高还没有恶化到如此程度，他所有的行为动机就是爱占便宜，而这恰恰是赵树理所认为的资本主义的本质："为什么对党不满呢？要让我看就是因为得利太多了！不占人的便宜就不能得利太多，占人的便宜就是资本主义思想！"③

第二节　阶级斗争与实利主义：赵树理写作的追求与意识形态

　　赵树理的文学之所以是解放区文学的方向，很大程度上就是因为他以文学的方式生动而又深刻地阐释了农村阶级斗争的必然性。

一、算账：地主阶级反动性的揭露方式

　　农村阶级斗争的正当性是建立在地主财富来源的不公正上，于是，不可避免地存在两种理论的对立：第一，地主的财富来源于土地。由此可以推论出地主和佃农之间的契约就具有天然合法性。农民租地交付租金天经地义，所谓剥削农民的说法就不过是荒唐之言。第二，地主的财富来源于农民的劳动。劳动创造价值，而土地只不过是生产资料，不会创造价值。马克思的剩余价值理论不但撬开了产业工人进行革命的大门，也动摇了数千年来农户地主契约的根基。在《邪不压正》中，有地主刘锡元和贫民元孩的一场辩论：

　　　　刘锡元说："说你的就说你的，我只凭良心说话！你是我二十年的老伙

①　赵树理．关于《邪不压正》[M]//赵树理．赵树理全集：第3卷．北京：大众文艺出版社，2006：199.
②　薄一波．关于晋冀鲁豫区土地改革情况的报告 [M]//中央档案馆．解放战争时期土地改革文件选编（一九四五年——一九四九年）．北京：中共中央党校出版社，1981：52-53.
③　赵树理．三里湾 [M]//赵树理．赵树理全集：第2卷．太原：山西出版传媒集团，北岳文艺出版社，1986：200-201.

计，你使钱我让利，你借粮我让价，年年的工钱只有长支没有短欠！翻开账叫大家看，看看是谁沾谁的光？我跟你有什么问题？"元孩说："我也不懂良心，我也认不得账本，我是个雇汉，只会说个老直理：这二十年我没有下过工，每天做是甚？你每天做是甚？我吃是甚？你吃是甚？我落了些甚？你落了些甚？我给你打下粮食叫你吃，叫你吃上算我的账，年年把算光！这就是我沾你的光！凭你的良心！我给你当这二十年老牛，就该落一笔祖祖辈辈还不起的账？呸！把你的良心账收起！照你那样说我还得补你……"①

这组对话生动地阐释了两种理论的碰撞，地主刘锡元赞成第一种理论，而长工元孩拥护第二种理论。事实证明，第一种关于地主养活农民的理论是极其荒唐的。按照自由主义理论，私有财产神圣不可侵犯，地主和农民订立的契约具有永久的合法性。这种认识有着一定的欺骗性，很多农民相信所谓的"契约公平"。正如《红旗谱》中老套子所说："自古以来，就是这个则例。不给利钱，算是借账没有交情，人家还不借给你！私凭文书官凭印，文书上就得盖官家的印。盖印，就得拿印钱，地是苦耪苦掊，省吃俭用、经心用意挣来的，不给人家租钱，行吗？人家不租给你！"② 第二种理论是土地改革的前提。在农民和土地的契约中，本身就不是公平的。地主仰仗家产雄厚，充分占有租金的定价权。这是一场根本没有公平基础的交易，"地主要保住'算账就是理'，其实并非靠的是'说理'，更要依靠'势力'。如果没有势力的话，地主就没法子维持他的理"③。赵树理的小说正是通过不厌其烦地讲述"算账"的过程来阐释土改的正义性，"正是通过这种算账，赵树理充分地展示了地主和农民之间的对立，凸显了地主和农民不同的阶级属性，赋予了自己笔下农民最终行动的合理性"④。

地主靠高利贷盘剥农民，高利贷成了困扰农民的枷锁。"民国以来，地主与

① 赵树理. 邪不压正 [M]//赵树理. 赵树理全集：第1卷. 太原：山西出版传媒集团，北岳文艺出版社，1986：471.

② 梁斌. 红旗谱 [M]. 北京：中国青年出版社，2000：228.

③ 罗岗. 回到事情本身：重读《邪不压正》[M]//刘卓. "延安文艺"研究读本. 上海：上海书店出版社，2018：174.

④ 邱雪松. 赵树理与"算账" [J]. 文艺理论批评，2008（4）：57-59.

高利贷者集于一身，官府横征暴敛，超经济掠夺，地主的土地负担大多转嫁于农民，加之人口增加，生活艰难，地租率远高于资本平均利率。"① 在《地板》中，赵树理借小学教员王老三这一被改造的地主之口讲述了土地并不能自动生产粮食的道理："老弟！再不要跟人家说地板能换粮食。地板什么也不能换，我那三亩菜地，地板不比你的赖，劳力不行了，打的还不够粪钱。"② 而在《福贵》中，讲述了福贵如何借地主高利贷而一贫如洗，被迫沦为二流子的。高利贷将福贵逼上了死路，福贵后来对地主老万的血泪控诉："我饿肚是为什么啦？因为我娘使了你一口棺材，十来块杂货，怕还不了你，给你做了五年长工，没有抵得了这笔账，结果把四亩地缴给你，我才饿起肚来！从二十九岁坏起，坏了六年，挨的打、受的气、流的泪、饿的肚，谁数得清呀？直到今年，大家还说我是坏人，躲着我走，叫我的孩子是'王八羔子'，这都是你老人家的恩典呀！"③ 可见，"福贵这个人，在村里比狗屎还臭"，其罪魁祸首，与其说是自身的道德缺陷，毋宁说是万恶的地主剥削制度造成的。要废除地主剥削制度，就要号召建立"耕者有其田"的制度，1946 年 7 月，《中共中央为实现耕者有其田向各解放区政府的提议》指出："确认耕者有其田为人民不可剥夺之基本权利，政府以法律保证一切用自己劳力耕种土地的农民，获得一定数量的土地。"④

二、斗地主：农村阶级斗争的实践方式

既然地主阶级罪恶累累，站在了历史的反面，必然面临灭亡的命运，那么，斗争地主是阶级斗争革命的必然进程，也是发动群众的必要手段。薄一波后来回顾这场斗争，总结道："不放手发动群众，就不能粉碎国民党对解放区的进攻。地主压迫农民几千年，其手段何等毒辣！农民大翻身，出出气还不应该？

---

① 杜润生. 杜润生自述：中国农村体制变革重大决策纪实 [M]. 北京：人民出版社，2005：22.

② 赵树理. 地板 [M]//赵树理. 赵树理全集：第 1 卷. 太原：山西出版传媒集团，北岳文艺出版社，1986：242.

③ 赵树理. 福贵 [M]//赵树理. 赵树理全集：第 3 卷. 太原：山西出版传媒集团，北岳文艺出版社，2006：164.

④ 中央档案馆. 解放战争时期土地改革文件选编（一九四五年——一九四九年）[M]. 北京：中共中央党校出版社，1981：21.

农民还给地主留下一些房屋和土地，使他能生活，这有什么过火？"① 土地改革让农民获得了物质利益，产生了当家做主的愿望，更加拥护中国共产党。

既然土地革命在中国农村要掀起一场群众斗争的风暴，那么必须面临一个难题：如何处置地主。推翻地主阶级是新民主主义革命的重要任务，毛泽东曾在 1947 年 2 月 1 日在《对中国革命新高潮的说明》一文中高屋建瓴地指出："要使农民同地主撕破脸，而不是和和气气。对地主打了再拉，不打只拉就不好。"②

既然要通过斗地主的方式来推进土改，那么地主就可能面临财产被没收乃至人身惩罚。在赵树理的所有小说中，只有《李家庄的变迁》与《邪不压正》两部小说比较详尽地描述了地主被批斗的情形，从中可以看出赵树理对于斗争地主的态度。在《李家庄变迁》中（虽然《李家庄变迁》不是土改文学，但是对地主之死的刻画在土改运动中依然具有典型性），恶贯满盈的地主李如珍被农民暴力处死：

> 大家喊："拖下来！"说着一哄上去把李如珍拖下当院里来。县长和堂上的人见这情形都离了座到拜亭前边来看。只见已把李如珍拖倒，人挤成一团，也看不清怎么处理。听有的说"拉住那条腿"，有的说"脚蹬住胸口"，县长、铁锁、冷元都说"这样不好这不好"。说着挤到当院里拦住众人，看了看地上已经把李如珍胳膊连衣服袖子撕下来，把脸扭得朝了脊背后，腿虽没有撕裆子已撕破了。县长说："这弄得叫个啥？这样子真不好！"有人说："好不好吧，反正他不得活了！"冷元道："唉！咱们为什么不听县长的话？"有人说："怎么不听？县长说他早就该死了！"白县长道："算了！这些人死了也没有什么可惜，不过这样不好，把院子弄得血淋淋的！"白狗说："这还算血淋淋的？人家杀我们那时，庙里的血都跟水道流出去了！"③

---

① 薄一波. 七十年奋斗与思考 [M]. 北京：中共党史出版社，2008：396.

② 毛泽东. 对中国革命新高潮的说明 [M]//中共中央文献研究室. 毛泽东文集：第四卷 [M]. 北京：人民出版社，1996：221.

③ 赵树理. 李家庄的变迁 [M]//赵树理. 赵树理全集：第 1 卷. 太原：山西出版传媒集团，北岳文艺出版社，1986：361.

　　叙事者客观冷静地讲述了群众暴力的威力。县长与人民群众都认为李如珍罪该万死，问题不在于李如珍该不该死，而是在于处死他的程序是否具有正当性，以及处死场面的血腥程度。有论者认为赵树理潜意识里认同这种自然主义式的暴力叙事，"这种叙述显然已经不是纯粹式的马克思主义政治式的写作，而是属于罗兰·巴特（Roland Barthes）所说的'流血祭礼'，即法国的革命式写作。但叙述者本身绝不会感到残酷，因为他在血淋淋事实的背后，有一个历史必然性法则的支持：历史规律是无情的，为了历史的前进，它不能不如此"①。然而，叙事者在描绘这种血腥暴力的场面时，未必会像上面所分析的"不会感到残酷"。暴力的辩证法在于展示残酷，不一定就是欣赏残酷，叙事者让冷静的叙事和血腥的场面形成反讽，更加深刻地反思暴力的滥用问题。所以，后来狗腿子小毛自行悔过，要求自裁，留个全尸时：

　　　　县长道："你们再不要亲自动手了！本来这两个人都够判死罪了，你们许他们悔过，才能叫他忏悔，实在要要求枪毙，我也只好执行，大家千万不要亲自动。现在的法律，再大的罪也只是个枪决，那样活活打死，就太不文明了。"王安福道："县长！他们当日在庙里杀人时比这残忍得多——有剜眼的，有剁手的，有剥皮的……我都差一点叫人家这样杀了！"县长道："那是他们，我们不学他们那样子！好了，现在还有个小毛，据他说的，他虽然也很凶，可没有杀过人，大家允许他悔过不允许？"大家正喊叫"不行"，白狗站起来喊道："让我提个意见，我觉着留下他，他也起不了什么反！只要他能包赔咱们些损失，好好向大家赔罪，就留他悔过也可以！"还没有等大家说赞成不赞成，小毛脸向外爬下一边磕头一边说："只要大家能容我不死，叫我做什么也行，实在不能容我，也请容我寻个自尽，俗话常说'死不记仇'，只求大家叫我落个囫囵尸首，我就感恩不尽了！"说罢呜地哭起来。县长道："这样吧：李如珍就算死了，小毛还让我把他带走，等成立起县政府来再处理他吧！大家看这样好不？"青年人们似乎还不十分满意，也没有再说什么。②

———————————

①　刘再复，林岗．中国现代小说的政治式写作：从《春蚕》到《太阳照在桑干河上》[M]//唐小兵．再解读：大众文艺与意识形态．北京：北京大学出版社，2007：43.

②　赵树理．李家庄的变迁[M]//赵树理．赵树理全集：第1卷．太原：山西出版传媒集团，北岳文艺出版社，1986：362.

此处隐含了作者借县长的声音对斗地主的暴力行为进行了反思。这里出现了两种声音：一种是以激动的受害村民为代表的复仇的声音，这种复仇为求目的不择手段；另一种是以县长为代表的"文明"世界的声音，要求由县政府来审判小毛。很明显，作者站在了县长一面。因此，与其说是赵树理通过斗地主场面来展示暴力，不如说是借此来反思暴力。"在这里，赵树理作为一个作家，不仅否定了嗜血的仇杀，而且展示了一种朴素的人道主义思想，即重视生命的肉身，即使毁灭，也不容许残忍地毁灭。"①

相比《李家庄的变迁》的李如珍、《邪不压正》中的刘锡元，在批斗中所受的待遇显然"文明"了许多，"小昌给他抹了一嘴屎，高工作员上去抱住他不让打，大家才算拉倒……后来组织起清债委员会，正预备好好跟他算几天，没想到开了斗争会以后，第三天他就死了！有人说是气死的，有人说是喝土死的"②。小说避开了《李家庄变迁》中残酷的暴力场景，通过安发的转述将批斗的场面转化成小说的背景，进一步消解了土改的暴力问题。在刘锡元挨打时，"高工作员抱住他不让打"。高工作员是党的代表，"抱住他（小昌，引者注）"，充分展示了党在阻止暴力中的重要作用。小昌给刘锡元抹了一嘴屎，这样，暴力的主体就进一步窄化为土改中的冒进分子，鉴于小昌在整部小说中承担的反面角色，这场斗地主的暴力责任就成了一小撮"左"倾冒进分子的个体行为。刘锡元并没有在斗争中当场死亡，而是被气死，或者是自杀。换言之，并不是暴力斗争直接导致刘锡元的死，而是刘锡元个人心胸狭窄、目光短浅所致。刘锡元之死，为暴力的宣泄找到了突破口，安发说："不过他一死，大家的火性就没有那么大，算起来就有好多让步。"③ 通过安发这个贫农的视角讲述斗地主的故事，小说似乎暗示着地主之死成为完成自我救赎的前提，"准此，则在《邪不压正》中，赵树理已从《李家庄的变迁》中'太不文明了'的观念中走

---

① 李国华. 农民说理的世界：赵树理小说的形式与政治［M］. 上海：上海书店出版社，2016：86.
② 赵树理. 邪不压正［M］//赵树理. 赵树理全集：第1卷. 太原：山西出版传媒集团，北岳文艺出版社，1986：472.
③ 赵树理. 邪不压正［M］//赵树理. 赵树理全集：第1卷. 太原：山西出版传媒集团，北岳文艺出版社，1986：472.

到了为革命的暴力叙述合法性的立场"①。相比《李家庄的变迁》中对血腥场面的描述，赵树理在《邪不压正》中通过叙事者的转变（从第三人称全面视角到文本内人物限制视角），场面的调度（从正面、俯瞰式描绘到侧面、概要式讲述），将暴力性的危害缩减到最低程度。赵树理有意识地避开了《李家庄的变迁》中"自然主义式"地处置地主的过程，从而将暴力色彩尽量抹去。

赵树理对斗地主的"弱化处理"其原因在于处理的矛盾性质不同。《李家庄的变迁》中的主要矛盾是民族矛盾。地主李如珍作为汉奸帮助日本人杀死自己的同胞，可谓罪大恶极。公开处理李如珍是宣传抗日政权的必要手段，"县长觉着才来到这里，先处理一个案件也好，能叫群众知道又有抗日政权了。这样一想，他便答应到村里去对着全村老百姓公审这两个人"②。《邪不压正》中的主要矛盾为阶级矛盾，虽然地主刘锡元的横行霸道也已成为压迫在王聚财一家身上的巨石，但是与李如珍的穷凶极恶相比，刘锡元作"恶"程度要小得多，他双手没有沾满劳动人民的鲜血，因此，他始终是作为一个背景人物而存在，并没有获得出场的机会。因此，在赵树理看来，揭露地主的反动性，剔除地主的阻碍势力只是土改工作的第一阶段，绝不意味着土改工作的完成。

三、农业合作化：阶级斗争的高涨与"赵树理的保守"

新中国成立后，阶级斗争是十七年文学的一个重要指标。因此，在农业合作化小说中，两条路线的斗争一直是意识形态的内在要求。从《三里湾》到《山乡巨变》再到《创业史》，我们都很容易发现资本主义与社会主义之间的斗争愈演愈烈。"那时候，农村开始建立了初级农业合作社，共产党的农村支部带领着一些有社会主义思想觉悟的人已经走上农业集体化的道路，而有资本主义思想的人为了保持个体生产的阵地，便千方百计来阻碍集体的顺利发展，这样就形成资本主义和社会主义两条道路的斗争。在这两条道路上，各有代表人带领着同情自己的人作为一方面摆开阵势，不过因为时代和环境的关系，走社会主义道路是大势所趋、人心所向，资本主义思想的人，尽管费尽心机，也拖不

---

① 李国华．农民说理的世界：赵树理小说的形式与政治［M］．上海：上海书店出版社，2016：489.

② 赵树理．李家庄的变迁［M］//赵树理．赵树理全集：第1卷．太原：山西出版传媒集团，北岳文艺出版社，1986：359.

住农业向着集体化发展，最后他们只得分别认输。"①

　　作为第一部反映农业合作化的小说，《三里湾》对两条路线的斗争是和风细雨式的。尽管范登高作为走资本主义道路的代表受到大家的批判，但是作者丝毫没有将范登高赶出人民队伍的意思，而是本着治病救人的态度以众人苦口婆心的形式细致地描绘干部们是怎样劝范登高悬崖勒马的。这一点和《山乡巨变》中拒绝入社的龚子元夫妇企图颠覆社会主义（作者将他设计成为留在大陆的台湾间谍）大相径庭。《创业史》中的富农姚士杰则利用美人计算计梁生宝，完全是下三烂的手段。这可能与作者写作的时代有关，赵树理写《三里湾》的时候，整个国家阶级斗争的风气可能还没有那么严重，更与作者的世界观有关系。赵树理对于阶级斗争实际上并没有那么敏感：

　　　　《三里湾》写的是农村中社会主义和资本主义两条道路斗争，但是这个斗争，并不是摆开阵势两边旗鼓相当地打起仗来，也不是说把农村的住户分成一半是走资本主义路线的，一半是走社会主义路线的，或者多一点少一点。实际上，这个阵势不是这么个摆法，有时候在一个家里边，这个人走这条路线，那个人走那条路线，在一个人身上，也可能有社会主义思想，也有资本主义思想，他有时在这一段资本主义思想多一些，到另一段资本主义思想又可能少一些。人都是从旧社会来的嘛，从旧社会带来旧思想的尾巴，有的长一点，有的短一点；有的占了他思想的控制地位，有的已经退到不重要的地位，或者很小的地位。人就是这么繁纷复杂地组织起来的。这样来认识和处理人物，是符合客观的情况的。②

　　赵树理实事求是，没有写地主的破坏活动，因为这里像刘老五这样的人早在1942年就已经被处决了。他说："有个地方杂志上批评这篇小说，说光写人民内部矛盾，不写敌我矛盾。我想也许我以后会专门写一个有地主的小说，不

---

① 赵树理．与读者谈三里湾［M］//赵树理．赵树理全集：第6卷．北京：大众文艺出版社，2006：96．
② 赵树理．谈谈花鼓戏《三里湾》［M］//赵树理．赵树理全集：第6卷．北京：大众文艺出版社，2006：54．

过在《三里湾》这本书里，我就不准备考虑了。"① 而且在写到人民内部的两条道路斗争时，也把对立的双方写成"是个不成阵容的组织"②。上述看法表面上是淡化了农村的阶级斗争，其实是作家从实际生活出发，独立思考后发表的独特见解。黄修己指出："按着一种生硬的阶级斗争公式去写农村题材的作品，指责《三里湾》没有把农村阶级写得更严重、更尖锐，也是失之公允的，这种批评对助长公式化的创作要负一定的责任。"③

到了20世纪60年代，在农村阶级斗争如火如荼时，赵树理却拒绝对阶级斗争进行扩大化阐释：

> 我现在担心的是集体生产办好办不好的问题。牛鬼蛇神为什么出来？农民为什么那么不相信集体？就没检查我们的工作怎么做的，几年依靠了些什么人？不能都归之于阶级斗争。
>
> 中央提阶级斗争，下边就把任何问题的原因都反映为阶级斗争，这不符合中央精神。这种风气不好纠正。
>
> 这次四类分子乘机捣乱，是有机可乘，……对付的办法，一是专政，一是消灭敌人可乘之机。我个人意见：敌人动起来的可以打，不动的不要打，不要弄得满城风雨。有些地主没动的，表现老实的……可以表扬一下，否则普遍地把老地主再斗一遍也不好，不能简单从事。
>
> 土改后，经过十几年过程，有些贫下中农已经发生了变化，如果按原来成份（分）建立贫下中农委员会也不合适，有些地主也依靠劳动吃饭，并且也摘了地主帽子，地主的孩子有的参加了工作，有的入了党，入了团，在这种情况下，发动阶级斗争有什么用？组织贫下中农委员会是个形式主义。
>
> 这工作不好做。如我们说，现在的日子比过去强，要保卫胜利果实，农民说现在不比过去强；我们说依靠集体就有办法，农民说没办法，还是靠自留地解决了问题。

① 赵树理.谈《花好月圆》［M］//赵树理.赵树理全集：第5卷.北京：大众文艺出版社，2006：19.
② 赵树理.谈《花好月圆》［M］//赵树理.赵树理全集：第5卷.北京：大众文艺出版社，2006：19.
③ 黄修己.赵树理评传［M］.南京：江苏人民出版社，1981：178.

农村住房有些坏了，公社不能修，农民依靠在自由市场上卖东西，把房子修上了。集体不管，个人管，越靠个人，越不相信集体。

他们反映进步方面多，我反映落后的，人家就来打通我的思想，批评我："同志，你不要老看落后地区，这是个别现象。"我就奇怪，为什么我住的地方都是落后地区？写文章要求进步超过落后，正面超过反面，我认为干部不行，也不能写在作品中……作品如果如实写了，批评文章就会说："难道这是社会主义的农村吗？"①

20 世纪 60 年代初，阶级斗争在全国已经如火如荼，但赵树理却对阶级斗争提出了疑问，他认为阶级斗争有扩大化倾向，而且已经失去了现实的基础，因为当年的地主有的已经改造成为普通农民，而对于地主的后代，表现得好的话，还可以表扬。

当然，赵树理对于阶级斗争有着不同于时代主流的理解，并不能简单地认为他就能永远保持对"阶级斗争"的免疫力，作为一名农村干部，赵树理有时也不可避免地加入歌颂阶级斗争的行列。1964 年，在"四清"运动如火如荼之际，赵树理为了顺应时事，写出了上党梆子《十里店》，为此数易其稿，呕心沥血。这一次，赵树理终于写出了资本主义是如何囤积居奇，坑害老百姓的。商人李天泰和包工头陈焕彩与地主管家胡宗文沆瀣一气，勾结十里店大队队长刘宏建，趁火打劫、欺压农民，处心积虑在马红英和王家骏婚礼时进行渗透活动。于是，一对新人的婚礼就成了反对资本主义的战场。然而，这出赵树理为之呕心沥血的大戏却没有一炮打响，反而不断遭到禁演，赵树理终究感慨道："生于《万象楼》，死于《十里店》"。

赵树理在《十里店》中提出了一个极为纠结的问题：新中国成立以来，有的农村依然存在较为严重的两极分化的问题，正如东方母所痛斥的，"我东方只磨得满手是茧，看你们两只手软软绵绵，不劳动修下了新房大院，劳动的住的是破瓦碎砖，不劳动每日里穿绸摆缎，劳动的常常是少吃无穿，倘若是按劳动

---

① 赵树理. 在中国作协党组扩大会议上的发言 [M]//赵树理. 赵树理全集：第 6 卷. 北京：大众文艺出版社，2006：176.

分配财产，刘宏建、李天泰劳动过几天？"① 在中国，"劳动"一直被视为一种自食其力的"美德"。"体力劳动是社会主义意识形态和东方传统艺术形态共同推崇的价值。"② 因此，"劳动是一种尊严，而中国革命的正当性就在于恢复劳动者的尊严，中国革命对下层社会的解放，并不仅仅是政治或者经济的，它还包括了这一阶级的尊严……中国革命的社会实践也是尊严政治的实践"③。社会主义社会是劳动者当家做主的社会，然而，在《十里店》中，我们依然看到劳动者生活穷困潦倒，不堪其辱。"查卫生"一节相当生动地揭露出劳动者因为受穷是如何受辱的——李玉屏等人到王东方家里翻箱倒柜，折腾得翻天覆地，与其说是查卫生，不如说是"抄家"。李玉屏一脚踢开王东方母亲埋在地里的萝卜，斥责王东方的家里是烂货摊子。"一个社会重要的，不仅是财富的分配制度，同时还包含这个社会成员的平等和尊严。"④ 而作为一名社会主义社会的劳动者，自然有权利享受这份尊严。然而，王东方因为家里穷，恰恰就丧失了这份尊严。

《十里店》揭露了农村劳动人民的生存困境却引起巨大争议。有人认为是给社会主义抹黑，赵树理铿锵有力地回答，据他调查，农村现实要比戏剧揭露的要严重得多。⑤ 赵树理认为"集体经济"逐渐变质。农业合作化的目的之一就是要消灭农村几千年来一直存在的贫富分化现象。合作化以后，农民身份发生变化，从以前零散的个体变成拥有归属感的社员。集体劳动"停止了土改后农村阶级的重新分化"⑥。既然集体是农民的"单位组织"，就有义务实行按劳分配，让每一个劳动力都能感受到平等的光辉。因此，个人的幸福完全取决于集体的公义性："集体化、集体经济是基础，农民要依靠这个基础，解决自己的生

---

① 赵树理．十里店 ［M］//赵树理．赵树理全集：第 3 卷．太原：山西出版传媒集团，北岳文艺出版社，1986：317.

② 张颐武．赵树理与"写作"：读解赵树理的最后三篇小说 ［M］//中国赵树理研究会．赵树理研究文集（上）．北京：中国文联出版公司，1998：272.

③ 蔡翔．革命/叙述：社会主义文学——文化想象（1949—1966）［M］．北京：北京大学出版社，2010：233.

④ 蔡翔．革命/叙述：社会主义文学——文化想象（1949—1966）［M］．北京：北京大学出版社，2010：374.

⑤ 戴光中．赵树理传 ［M］．北京：北京十月文艺出版社，1987：420.

⑥ 赵树理．赵树理全集：第 5 卷 ［M］．太原：山西出版传媒集团，北岳文艺出版社，1986：323.

活前途问题。"① 然而，使得赵树理忧心忡忡的恰恰是集体生产出了问题，发出"农民为什么那么不相信集体"的痛心之问。② "集体要对个人负责，集体如果不管，就得个人想办法，这对巩固集体是非常不利的。"因为"每个人的前途打算，不在集体就在个人，靠不住集体就靠个人，一靠个人，就要发生资本主义"③。集体能否公正有力地解决个人的生活问题，是社会主义农村是否变质的关键。

即便是在有迎合政策嫌疑的《十里店》中，赵树理还是坚持最大限度地说真话，反映农民的生活困境，在当时愈演愈烈的政治氛围中，其高风亮节令人钦佩。当然，这与赵树理内心一直坚持的农民的"实利主义"情结有很大关系。所谓的"实"指的是实实在在、实事求是、不吹嘘、不浮夸。所谓的"利"，就是注重农民的经济效益，要让农民增产增收。这也是对"大跃进"时期流行的"浮夸风"的拨乱反正吧！

赵树理说："我们应表扬那种不声不响的英雄人物。"④ 赵树理写了一则特写《套不住的手》，主人公陈秉正老人是一位特级劳模，长年累月的劳动使得他的手与众不同。这双强有力的双手让别的农民望而却步，害怕和他握手，"因为一被他握住像被钳子夹住那样疼"。正是这位老人，实实在在，用平凡而扎实的生活态度润物细无声，影响着周围的人。他带领青年入住旅馆开展义务劳动，赢得众口称赞。"在这里，赵树理还是在批评光说大话不实干的'当代英雄'，还是想解决'浮夸风'的问题，提倡一声不响，勤勤恳恳地建设社会主义，踏踏实实地从平凡的小事做起的精神。"⑤

如果说在陈秉正老人的身上，我们看到了什么是"实"的话，那么，在实干家潘永福身上，赵树理则告诉我们他心目中的"实利主义"的典型。他为什么这样受人欢迎呢？因为他为人非常实在，比如：

---

① 赵树理. 农村中两条道路斗争的问题［M］//赵树理. 赵树理全集：第4卷. 太原：山西出版传媒集团，北岳文艺出版社，1986：619.

② 赵树理. 中国作协党组扩大会议上的发言［M］//赵树理. 赵树理全集：第5卷. 太原：山西出版传媒集团，北岳文艺出版社，1986：355.

③ 赵树理. 农村中两条道路斗争的问题［M］//赵树理. 赵树理全集：第4卷. 太原：山西出版传媒集团，北岳文艺出版社，1986：619.

④ 赵树理. 农村中两条道路斗争的问题［M］//赵树理. 赵树理全集：第4卷. 太原：山西出版传媒集团，北岳文艺出版社，1986：621.

⑤ 戴光中. 赵树理传［M］. 北京：北京十月文艺出版社，1987：364.

　　原来他在这里撑船的时候，每天只顾上渡人，连饭也顾不上做，到了吃饭时候，村里人这家请他吃一碗，那家送他吃半碗，吃了就又去撑船了。他是个勤劳的人，在谁家吃饭，见活计也就帮着做，因此各渡口附近村庄的庄稼人对他都不外气。他还有个特点是见别人有危难，可以不顾性命地去帮忙。①

　　除了为人实在以外，潘永福还有一个很大的优点，就是能够为农民谋利益。潘永福管理三十亩山地农场，"土质不好，亩产只是百把斤，不论是从企业观点还是试验观点看来，价值都不大"。但潘永福将三十亩地改种苜蓿和核桃树，产值很快提了上去。以前这块农场只值一个农民的一亩菜地，而今青峰农业社却愿意用镇边十多亩菜地来换这农场三十亩地的苜蓿和核桃树（青峰农业社中棉花多，牲畜饲料不足）。在赵树理看来，这些平凡至极的实例包含着实利主义的精髓——"看来好像也平常，不过是个实利主义，其实经营生产最基本的目的就是为了'实'利，最要不得的就是只摆花架子让人看而不顾'实'利，潘永福同志所着手经营过的与生产有关的事，没有一个关节不是从'实'利出发的，而且凡与'实'利略有抵触，绝不会被他纵容过去，这是从他的实干精神发展来的，而且在他领导别人干的时候，自己始终也不放弃实干"②。
　　这篇传记刊登以后，很快受到批评界的注意，读者也能一眼看出，"作者之所以为潘永福同志立传，是有感而发的，有很明确很强的现实目的"。"农户要出卖些农产品，要正确看待这一问题。这在历史上就有，因为农民需要别的东西，要搞点交换。所以适当的买卖是正常的，这叫自给自足。粮食够吃了，棉花够穿了。为了搞副业，为农业服务的副业，也可以卖点农产品。"③ 在《文艺报》第五期上，副主编侯金镜写道，"这篇作品我读过两遍，第二遍读的时候就忘记了看小说所用的那些尺度，把它当作形象性很强的政论，甚至是当作自己

---

① 赵树理. 实干家潘永福［M］//赵树理. 赵树理全集：第5卷. 北京：大众文艺出版社，2006：423.

② 赵树理. 实干家潘永福［M］//赵树理. 赵树理全集：第5卷. 北京：大众文艺出版社，2006：445.

③ 赵树理. 文艺与生活［M］//赵树理. 赵树理全集：第6卷. 北京：大众文艺出版社，2006：64.

整风学习活动的参考资料来读，这是一。第二，我着重研读'经营之才'那一段，因为它不但在全篇里占的分量最大，恐怕作品的关目也在这里。谈现实感最强的地方，主要也在这段，可以称作'对景挂画'。全篇前面的三大段，其目的，也是为了加深'经营之才'这一段，给后者指明了它的来龙去脉"①。

其实，赵树理推崇的潘永福身上急公好义、舍己为人、苦干实干的优秀品质，在赵树理身上也全部具备。1963年，赵树理来到长治市黄碾公社曲里大队，号召当地农民大力发展副业，并且亲自从沁水请来烧窑制陶的老师傅，给队里培养技术人员。这不正是第二个实干家潘永福吗？

在阶级斗争愈演愈烈的时代，赵树理的"实利主义"思想无疑是一支清醒剂，它告诉我们，相对于各种抽象的主义、学说，农民最需要的是实实在在的物质丰富。"民以食为天"，"仓廪实而知礼节"，这些朴素的道理才是实实在在的真理。因此，赵树理的"实利主义"思想在"文革"中受到批判也势所必然：

《实干家潘永福》中，赵树理闭口不谈广大革命群众战天斗地的英雄业绩和精神面貌，而是大写特写了潘永福的"经营之才"。赵树理笔下的那个潘永福，无视党的路线、方针、政策，干尽了破坏社会主义革命和社会主义建设的罪恶勾当。他负责领导国营农场时，不惜损害国家利益，破坏社会主义计划经济，把一切为了赚钱的资本主义经营方针，作为指导生产的唯一宗旨。他看到"草价高"，公然反对"以粮为纲"的方针，将产粮土地改种苜蓿。他看到种树苗有利，就钱迷心窍，把农场改为育苗场，他领导修建水库时，竟然以"软顶""硬顶"的卑劣手段，对抗党的领导，事事同总路线、"大跃进"抗膀子、唱反调。他公开支持民工，在工场附近开垦小块土地，利用工地水肥来种植，产品归自己，使水库工地成了一个复辟资本主义的"小天地""小梁山寨"②。

① 戴光中．赵树理传［M］．北京：北京十月文艺出版社，1987：370.
② 戴光中．赵树理传［M］．北京：北京十月文艺出版社，1987：370-371.

第三节　服务与改造：作家的主体责任与社会主义远景

一、服务：赵树理社会主义乡村文化的基点

赵树理是一位终生扎根农村，以书写农民悲欢为己任的作家，在他的心目中，农民的利益是最根本的。"为农民服务"是赵树理一生写作的宗旨。"我所要求的主要读者对象是农民。不要过低估计农民的艺术水平。老一代的农民，虽说有好多人不识字，可是看戏、听说书都是他们习惯了的艺术生活，一听了那些声音，马上就进入艺术环境。这个广大的艺术阵地，过去多为挟带着封建性的作品所占领，五四的新文化运动，主要对象是知识分子，尚来不及把占领这一阵地提到议事日程上。毛主席《在延安文艺座谈会上的讲话》发表后，我们要接收这个阵地了。要接收这个阵地，就得先看看这原阵地上有些什么可接受的财产，也就是以民间文艺传统的可利用为基础而加以发展的东西。说我的作品有点什么自己的风格的话，也不过在这传统上学习了点皮而已——学习得非常不够，发展还谈不到，今后继续多学一点，也许还会有点长进。"① 赵树理对于民间文化异常重视，这是他与其他现代作家的相异之处。赵树理始终认为民间传统才是中国当代文艺的正宗，因为它是人民群众（广大农民为主流）喜闻乐见的文艺形式，与广大人民群众的生活息息相关。赵树理始终认为当代艺术有两个传统，不过在不同时期表述稍有区别。第一种表述，将新文艺传统与民间传统对立，"自此以后，中国文艺仍保持着两个传统：一个是五四胜利后进步知识分子的新文艺传统（虽然也产生过流派，但进步的人占压倒优势），另一个是未被新文艺界承认的民间传统"②。在他看来，前者虽然生机勃勃，但是"与人民大众无缘"，而后者专属于人民群众，但力量甚弱，"无力在文坛上争取地位"。很明显，赵树理站在了维护民间传统的队伍中。第二种表述，将民间文艺与外国文艺相对立，"各种各样艺术，都有两套传统，一是民间传统，二是外

① 赵树理. 不要急于写，不要写自己不熟悉的 [M]//赵树理. 赵树理全集：第6卷. 北京：大众文艺出版社，2006：145-146.
② 赵树理. "普及"工作与旧话重提 [M]//赵树理. 赵树理全集：第5卷. 北京：大众文艺出版社，2006：33.

国传统，现在我们什么都综合运用了"①。他反对洋化，认为"有些同志写曲子，太欧化了，这不好"，要更关注"民族化"，"中国的民族传统应当保留、继承和发扬，不能拿外国的东西来代替本国的东西"②。被广泛赞誉的歌剧《白毛女》（曾经获得斯大林文学奖），在赵树理看来，依然有自己的先天缺陷——不够民族化，"《白毛女》是好戏，但群众也还反映说它比不上古装戏那么够味道。有点地方戏剧知识的人，看了也感到不够味道。可见吸取传统经验是非常必要的"③。

赵树理将农村文化当作了中国当代文化的正统，虽然现在看来，失之偏颇。但是，其拨乱反正的殷切之意也让人为之动容。钱理群认为建设农村文化是赵树理的人生志向，"民间形式的背后，依然是一个农民、农村文化的问题。也就是赵树理不惜将民间形式推崇到极端，不仅着眼于艺术形式的创造，更是要维护农民与农村文化的地位和权利"④。首先，赵树理坚决捍卫农村艺术的主体性，必须承认"群众的传统能产生艺术"，而这种艺术是扎根于农村的土地，其他任何（外国艺术、新文艺艺术）都无法代替。农民不仅创造了丰富的物质财富（粮食），更是创造了无穷的精神财富。其次，赵树理坚决捍卫农民有享受艺术的资格和权利。他指出："农村有艺术活动，也正如有吃饭活动一样"，"农村人们艺术要求之普遍是自古而然的"，"广大的群众翻身以后，大家都有了土地，这土地不但能长庄稼，而且能长艺术。因为大家有了土地后，物质食粮方面再不用去向人求借，而精神食粮的要求也就提高了一步"，"农村所需要的艺术品种之多，数量之大，有时都出乎我们想象之外"。⑤ 建设全新的农民的文化不仅是文化工作者的职责，更是新社会的重要任务，甚至关系着国家的发展方向。

要建设农村文化，首先就是要向农民学习。第一，去除掉知识分子高于农

---

① 赵树理. 生活. 主题. 人物. 语言［M］//赵树理. 赵树理全集：第6卷. 北京：大众文艺出版社，2006：134.
② 赵树理. 生活. 主题. 人物. 语言［M］//赵树理. 赵树理全集：第6卷. 北京：大众文艺出版社，2006：134.
③ 赵树理. 生活. 主题. 人物. 语言［M］//赵树理. 赵树理全集：第6卷. 北京：大众文艺出版社，2006：134.
④ 钱理群. 赵树理身份的三重性与暧昧性［M］//赵沂旸. 赵树理纪念文集. 太原：山西出版传媒集团，北岳文艺出版社，2017：121.
⑤ 赵树理. 艺术与农村［M］//黄修己. 赵树理研究资料. 太原：山西出版传媒集团，北岳文艺出版社，1985：93.

民的陈旧观念，所谓的"万般皆下品，惟有读书高"只不过是知识分子自命清高、自我麻醉的"鸦片"。"农民中有很多东西需要我们学习。要克服我们官治民的旧观念。我说了算，这不行，问题在于把群众中的好经验总结起来。"① 古人云，"正心、诚意"，只有端正心态、意念真诚，才能学有所成。第二，要学习群众的语言。群众的语言是农村文艺的根基，"我们要善于向群众学习语言，我们要善于对语言进行加工，把我们的语言锻炼得要说什么就能恰如其分地把什么说清楚，也就是能把自己要传达的思想感情准确地传达给读者，这也就是我们学习语言的目的。此外，书本上的语言，有好多是别人从群众中取材和加工的结果，也是我们学习语言的重要参考资料"②。第三，赵树理鼓励农村文化工作者要有信心，要有庄严的使命感。"我们曲艺写作者自己要心中有数，要以一个作家自居！评书就是小说！唱词就是诗！说唱大鼓就是词话！相声就是变体喜剧！你不承认我自己承认！这倒不是为了骄傲，而是为了更严格地要求提高自己的写作水平。"③ 农村文化工作者要有主人翁意识，"我们戏剧界的同志们对戏剧这一行业为农村服务的重要性应该有足够的认识。从农民要求的角度，从农村主人的身份来要求自己。农村工作有各种技术人员，我们和他们一样，也是农村工作的社会分工；农民种地打粮食给我们吃，我们给农民演戏"④。

要服务于农民，就得了解农民的爱好，"要使我们的作品读者圈子大，就要使我们的作品符合工农的胃口，写作时的语言也是如此"⑤。作为文艺工作者，一定要尊重农民的艺术欣赏习惯，赵树理说："群众其实很懂艺术，他们表现事物常常是很艺术化的，而且是用自己的方法去艺术化的。这方面我们却常常化不来。在农村中，收音机同时在广播评书和小说，人们一定去听评书，说明评书里就有艺术。好好研究一下评书有好处。还要好好研究一下过去的东西，传

① 赵树理. 在晋城县委常委会议上的发言 [M]//赵树理. 赵树理全集：第 6 卷. 北京：大众文艺出版社，2006：403.
② 赵树理. 在中华函授学校"讲座"第四学期开学式上的讲话 [M]//赵树理. 赵树理全集：第 6 卷. 北京：大众文艺出版社，2006：282.
③ 赵树理. 首先要求做一个彻底的革命者 [M]//赵树理. 赵树理全集：第 6 卷. 北京：大众文艺出版社，2006：267.
④ 赵树理. 戏剧为农村服务的几个问题 [M]//赵树理. 赵树理全集：第 6 卷. 北京：大众文艺出版社，2006：181.
⑤ 赵树理. 在长春电影制片厂电影剧作讲习班的讲话 [M]//赵树理. 赵树理全集：第 6 卷. 北京：大众文艺出版社，2006：42.

统中有很多好东西。"①

赵树理想方设法为农民的美学趣味辩护。众所周知，赵树理的作品总是以大团圆结局，体现了地方戏曲对他创作的影响，也反映出农民的喜好。大团圆的结局一旦形成模式，就遭受非议。赵树理则辩解道："有人说中国人不懂悲剧。我说中国人也许是不懂悲剧，可是外国人也不懂得团圆。假如团圆是中国的规律的话，为什么外国人不能来懂团圆？我们应该懂得悲剧，我们也应该懂得团圆。"众所周知，《小二黑结婚》的结局是大团圆的喜剧，然而，小说的底本却是一场悲剧。小二黑的原型岳冬至被打死，小芹的原型智英贤不得不远走他乡。赵树理说："要把《小二黑结婚》写死，我不忍。"除了抗战时期为了鼓舞士气外，农民的喜好也起着重要作用。赵二湖（赵树理的二儿子）就说："中国老百姓生活够苦了。你最后还不让人家在看戏中得到一点心理满足，得到一点心理安慰，这也太残忍了一点吧！"赵树理早年曾经写出《平凡的残忍》一文，呼吁大家不应当嘲笑同胞的"土气"，而应当在国难当头，振作人民群众的"士气"。谁说"大团圆的结局"不是振作士气的一种有力武器呢？赵树理才是真正走进老百姓心里的作家。

二、改造：赵树理的社会主义远景

赵树理一生致力于农村文化的建设，全心全意为农民服务，并不等于他就站在了和农民群众同样的高度，相反，赵树理的最终目的是改造农民，创造全新的农民文化。

（一）作为中介（翻译）的创作者

赵树理的身份具有相当的复杂性，他既是农民，又是知识分子，还是国家干部。说他是农民，是因为他有着多年的农村生活经验，对于农民心理的把握烂熟于心，能够从农民的视角看待问题，真实地表达农民的心声，因此，他的作品才受到农民的欢迎。说他是知识分子，是因为他是受过现代高等教育，毕业于长治师范学校，读书期间受到了五四风潮的影响，整个知识储备属于现代知识分子范畴。说他是干部，是因为赵树理有着长期的基层工作经验，对于中

---

① 赵树理. 在长春电影制片厂电影剧作讲习班的讲话［M］//赵树理. 赵树理全集：第6卷. 北京：大众文艺出版社，2006：42.

国农村干部的情形了然于心，他的"问题小说"严格意义上讲就是中国农村干部工作的"病相报告"。多重身份决定了赵树理在看待农村问题时的多重眼光、多重态度。他的写作是服务于农民，但是绝非止于服务农民，服务是前提，改造才是目的。这恰好印证了毛泽东在《在延安文艺座谈会上的讲话》中所言的"普及"与"提高"的关系。"普及"的最终目的在于"提高"。

赵树理的独到之处在于他是知识分子与农民之间的沟通者。贺桂梅说："他的典范性，既不如'方向'说那样，是忠实地实践《在延安文艺座谈会上的讲话》的政治化作家；也不如'民间文化论'那样，是'农民作家'的代表；关键在于赵树理所具有的'中介'性。"① 赵树理本人有着自觉的"中介"意识，在接受记者采访时，他说："我会说两种话，跟知识分子说知识分子的话，跟农民说农民的话。"李松睿认为这才是赵树理最为独特的地方，这种对待语言的方式，才是赵树理最为独特的地方。而在写作过程中，由于作家明确将自己的潜在读者定位为农民，因此他特别强调要"向他们（指农民）介绍知识分子的话，也要设法把知识分子的话翻译成他们的话来说"②。

这种"翻译家"的角色是赵树理最为擅长的，大致而言，他的"翻译"贡献体现为巧妙沟通"新文学"和"旧文艺"。张均明确指出，"他（赵树理）同时也是一位深谙新思想的'旧作家'。可以说，赵树理同时施展'新''旧'两副笔墨，且终生并用之，兼求'新文学'通俗化与'旧文艺'现代化"③。所谓的"新文学"的通俗化是指赵树理的作品精神内核是五四新文学。赵树理的文学是启蒙文学的普及化（虽然未必比五四文学深刻），它传承的是五四文学的历史人物，只不过把启蒙的视角延伸到更广袤的农村。在这个意义上，赵树理是鲁迅精神的传承者，鲁迅充分认识到启蒙必须突破知识分子的狭窄圈子走向人民大众。早在1930年，鲁迅就在《文艺的大众化》一文中呼吁"应该有多为大众设想的作家，竭力来作浅显易解的作品，使大家能懂，爱看，以挤掉一些陈

① 贺桂梅.赵树理文学与乡土中国现代性 [M].太原：山西出版传媒集团，北岳文艺出版社，2015：105-106.
② 李松睿.地方色彩与赵树理的文学：以赵树理文学的语言为中心 [M]//罗岗，孙晓忠.重返"人民文艺".上海：上海人民出版社，2019：59.
③ 张均.序 [M]//张霖.赵树理与"通俗文艺改造运动".南京：南京大学出版社，2020：2.

腐的劳什子"①。1934 年，鲁迅呼吁"为了大众，力求易懂，也正是前进艺术家正确的努力"②。从赵树理的作品中很容易梳理出一套五四话语谱系，比如，反对封建迷信（《小二黑结婚》中的"三仙姑""二诸葛"，《求雨》中的于天佑）；宣传恋爱自由（《小二黑结婚》中的小二黑、小芹，《登记》中的燕燕、艾艾）；呼吁男女平权（《孟祥英翻身》中的孟祥英）；等等，无不是五四启蒙的余脉。而"旧文艺"的现代化指的是对通俗文艺的改造。相对五四新文学作家，赵树理的特长是对"旧文艺"的创造性应用。他的小说吸收了古代平话体小说特点，突出说书人的叙事功能，从而创造出新旧杂糅的小说形式。而他更钟情于通俗文艺，鼓词、上党梆子、泽州秧歌、评书体小说等地方文艺在赵树理手上"老树开新花""旧瓶子里装新酒"。

赵树理对"旧文艺"的改造主要从两方面入手。第一，形式上的革新。赵树理认为应当去除"过土"的土话，拒绝容易构成病句的新名词，不可滥用简语，不要随便翻译有严密的科学含义的术语。③ 第二，内容的变革，去除通俗文学中宣扬忠孝节义、封建迷信、暴力色情等糟粕，而代之以民主平等、婚姻自由、革旧除新的现代思想。在《十里店》《开渠》等剧本中，虽然形式是上党梆子、泽州秧歌，然而内容所表达的思想，与《创业史》《金光大道》等经典社会主义文学相比毫不逊色，而对社会主义想象（或危机）的刻画，有过之而无不及。

"新文艺"和"旧形式"之间的沟通实质上是知识分子和农民之间的连接。赵树理一方面要输出"知识分子语言"，另一方面要输入"农民"语言，从而完成巧妙对接。具体而言就是将"革命""启蒙""平权""阶级""剥削""自由""恋爱""合作化"等专属于知识分子内部的词语转化成《小二黑结婚》《李有才板话》《福贵》《登记》《孟祥英翻身》《三里湾》等无数个农民喜闻乐见的小故事。在赵树理看来，这正是知识分子（专家）的重要任务。赵树理说："作为一个专家，他要能掌握他那个行业的科学规律，文艺专家就是要掌握文艺的规律。把群众的东西拿过来，用比较科学的方法进行研究，找出规律来，掌

---

① 鲁迅 . 文艺的大众化 [M]//鲁迅 . 鲁迅全集：第 7 卷 . 北京：人民文学出版社，2005：367.

② 鲁迅 . 论"旧形式的采用"[M]//鲁迅 . 鲁迅全集：第 6 卷 . 北京：人民文学出版社，2005：25.

③ 赵树理 . 通俗化与"拖住"[M]//赵树理 . 赵树理全集：第 2 卷 . 北京：大众文艺出版社，2006：105.

握了这个规律以便于更好地为群众服务，这是专家的事情。"①

（二）改造：新的主体的诞生

赵树理主张改造，是指对现有的主体（知识分子和农民）进行深入和提高，更上一层楼，从而形成新型的知识分子和农民。这里所说的改造，不是指通过强迫、体罚甚至暴力的手段对人身进行禁锢，从而以劳动改造的方式逼迫其悔过自新（所谓劳改犯的层面），而是通过宣传、教育的方式，促使知识分子和农民相结合，形成崭新的人民群众。

首先，对知识分子的改造。在赵树理看来，主要是作家自身的改造。第一，专家必须深入群众，向群众学习，"专家必须到群众中去，接受群众的东西，然后把它提高，真正使人满意的东西才会出来。专家要提得怎样高？现在谁也不知道，总之还是要先向群众学习，向传统学习"②。第二，专家要推动艺术向更高级发展，"有较高文化程度的人们，和这些作者共同在一块生活着、劳动着，随时创作一些同类而较高的作品出来，使这些作者有所参照，得以提高，也就是'辅导'；辅导到一定程度，配合着他们学文化的进度再讲一些创作上的道理，使他们在创作上逐渐都成为内行，便可以算是把这种繁荣推向更高阶级"③。第三，要鼓励"助业作家"。所谓"助业作家"是指在工作中进行文艺创作的"业余作家"。与专业作家不同的是，专业作家有固定的写作任务，因而文学创作有着功利性的要求，且作品往往发表在固定的文学期刊上。而"助业作家"则不同，他们首先是各岗位的劳动者，因为喜爱文学，而进行创作。他们的创作没有"专业作家"那么功利性。从创作动机上讲，先有生活，才有感悟，再有文学。而专业作家往往是先有写作任务，再去深入生活（采风），再有创作。助业作家文学发表的渠道比较广泛，除了文学期刊以外，黑板报、快板、墙报等多种媒介则是他们发表的主要方向。赵树理并不主张作家一定要专业化，"我们也可以把群众的好作品介绍到刊物上去刊登，自己的作品有时候也可以向刊物投寄，只是不要把群众引导到专为入选而创作的道路上去，否则会弄成只

---

① 赵树理. 从曲艺中吸取养料 [M]//赵树理. 赵树理全集：第5卷. 北京：大众文艺出版社，2006：267.
② 赵树理. 从曲艺中吸取养料 [M]//赵树理. 赵树理全集：第5卷. 北京：大众文艺出版社，2006：267.
③ 赵树理. 群众创作的真繁荣 [M]//赵树理. 赵树理全集：第5卷. 北京：大众文艺出版社，2006：313.

有刊物编辑部的桌子上繁荣，而街头、墙头、俱乐部反而变得冷落起来"①。赵树理呼吁更多的"助业作家"的出现。

　　其次，对农民的改造。早在1941年，赵树理在谈起"通俗化"时，就提出普及文化的目的在于提高大众。对通俗化的普及和提高的论述要早于毛泽东的《在延安文艺座谈会上的讲话》。赵树理认为可以从四方面来完成提高："第一是改造大众迷信落后思想，使大众都能接受新的宇宙观；第二是灌输大众以真正的科学知识，扫清流行在大众中间的一些事物的错误认识；第三是在文字方面，也应该使大众逐渐能够欣赏新的形式，而不局限在旧的鼓词小调上头；第四是应该注意到大众语言的选择采用，逐渐克服大众语言的缺点，更进一步丰富大众的语言。"② 改造农民的思想持续了赵树理的一生，"我主张青年革一点命，在农村是实在需要的"③。即便到了晚期，赵树理更加沉醉在通俗文学的创作中，但也不忘对大众的改造。赵树理反对戏曲创作一味地迎合群众，向群众要掌声，"万不要光为一时的名利所迷惑。有低级趣味、爱出风头的人就爱表现自己，迎合观众的低级趣味，赢得了掌声，招来一些不正常的效果，因而引导人们往不好的路上走"④。对群众的掌声要进行有效的辨别，要让群众在掌声中提升自己，"我们对观众的掌声，要很好地研究、认识。我们希望多听掌声，但要考虑为了什么。群众看越调《三审刘玉娘》判清案子以后，热烈鼓掌，这是为内容鼓掌……我们编戏改戏都不要有个人风头主义或者集体风头主义，而要考虑给农民一些什么东西。演三天戏，只给了人家些无害的戏，对社会主义思想教育有什么帮助？我们说主题思想，就是指让群众看了戏，思想上起什么变化"⑤。赵树理曾经说，文学是劝人哩。"劝人"就是通过戏曲来启蒙、改造大众，"让群众看了戏，思想上起什么变化"。

---

① 赵树理. 群众创作的真繁荣［M］//赵树理. 赵树理全集：第5卷. 北京：大众文艺出版社，2006：312.

② 赵树理. 通俗化与"拖住"［M］//赵树理. 赵树理全集：第2卷. 北京：大众文艺出版社，2006：98.

③ 赵树理. 农村中两条道路斗争的问题：在中国作家协会山西分会第一次会员代表大会上的讲话［M］//赵树理. 赵树理全集：第6卷. 北京：大众文艺出版社，2006：212.

④ 赵树理. 戏剧为农村服务的几个问题［M］//赵树理. 赵树理全集：第6卷. 北京：大众文艺出版社，2006：182.

⑤ 赵树理. 戏剧为农村服务的几个问题［M］//赵树理. 赵树理全集：第6卷. 北京：大众文艺出版社，2006：182-183.

三、生活的艺术化——赵树理的激进美学

赵树理对文艺有着独特的认知，他并不认为文学有着独特的审美趣味，而是将文学当作生活中不可缺失的存在。换言之，赵树理将生活艺术化了，在我们的日常生活中，无处不可以有文艺的存在。赵树理并不认为文艺一定要发表，否认文艺的功利性特征。他认为古代的文学并非为了发表，唱和诗、悼亡诗、墓志铭、庙碑等文体不是为了发表而写作，写作的对象也是面向特定的少数人。但是，只要发自内心、动了感情，就有可能流传千古。"总之，他们每写一篇东西，在动笔之前，对象就非常明确。这些正是文艺的运用。创作这些东西，是他们生活的构成部分，也可以叫作艺术生活。这些作品，写得好了，为多数文人所赞赏了，也有抄传印刷的（为了抬高身价自己花钱印些臭文出来送亲友的，不能算数）。有人那样做，作者自然也愿享受那种光荣，但他们在写的时候，主要的目的不是那个。否则写出几篇来没有人抄，没有人印，以后就再不写了，而事实上则往往是即使没人赞赏，他们也会活到老写到老（自然不是作为职业每天写）。"①

赵树理认为生活处处有文学，他认为传统的曲艺优于现代文学，其原因在于曲艺是"生活艺术化"的表现，与日常生活息息相关。而现代文学是印刷术产生后的产物，瓦特曾经在《现代小说的兴起》中阐释了西方资本主义印刷术与现代小说兴起之间的关系。因此，现代小说的兴起与西方个人主义的兴盛有着密切的关系。本雅明在《讲故事的人》中也令人信服地论证了"讲故事的人"的没落和"现代小说"的兴起之间的必然关系。而对赵树理而言，他所追求的是恢复"讲故事的人"的逝去的光辉，因为那是艺术与生活水乳交融的世界——"今人把古人的生活歌舞化了，而今人还没有把今人的生活歌舞化或者说歌舞化得不足。现在有些人把现实生活搬上舞台去，看后总感到有些生硬，是现实生活原样的再现"②。

赵树理的文学观似乎与姚文元的美学观念有相同之处，③ 姚文元主张"艺

---

① 赵树理. 群众创作的真繁荣 [M]//赵树理. 赵树理全集：第5卷. 北京：大众文艺出版社，2006：312.

② 赵树理. 从曲艺中吸取养料 [M]//赵树理. 赵树理全集：第5卷. 北京：大众文艺出版社，2006：260-261.

③ 贺桂梅. 赵树理文学与乡土中国现代性 [M]. 太原：山西出版传媒集团，北岳文艺出版社，2015：166.

术生活化"。姚文元通过观察照相馆里摆设物发生的变化，看到以前的橱窗大多是穿了奇装异服的女人照片，有的还袒胸露背，明明是个白发太太，却把照片加工成朱唇粉面，还有新郎做起"阿飞头"的结婚照。如今，"陈列静物照片的橱窗里，有工业'大跃进'中的新产品，如漂亮新颖的收音机和新机器，也陈列了新增的天然五彩照片"。姚文元认为"朴素、自然、健康、大方的照片代替了奇装异服的人像"，其真正原因在于一种马克思主义美学观念在兴起——"如果美学家能够具体地研究生活中各种美和丑的事物，研究各种审美观点及其相互联系和发展变化，研究环境布置、生活趣味、衣裳打扮、公园设计、节日游行、艺术创造、风景欣赏以至挑选爱人等的美学问题，不以这些东西为'低级'，并坚持宣传共产主义的美学理想，坚持和生活中资产阶级审美趣味做斗争，来一番马克思主义的大革新，那我敢说，不但群众会热烈欢迎，美学本身也会向前跃进一大步的"①。贺桂梅认为赵树理的文艺观比姚文元更激进："因为他根本上就认为生活本身就是文艺化的，人们正是通过文艺的形式而没有间隔地理解他们生活的意义。'生活'中原本存在一种人伦秩序与美感方式，而'文艺'乃是对这一秩序与美感方式进行的有意识的再创作。这是他所理解的'自在的文艺生活'与'自觉的文学创作'之间的关系。"② 如果说姚文元是将马克思阶级分析理论引入日常生活的美学（艺术的生活化）的话，那么赵树理是重建真正属于人民群众的文艺（生活的艺术化）。赵树理追求的是人民群众的普遍文艺化，所有的人都应该成为文艺家，打破现代专家的文化霸权。

赵树理对于社会主义文艺有着美好的远景设计，那是一个消灭专家和人民群众的时代，是没有文化霸权的时代，是一个大众自由的时代：

> 到了共产主义社会时期，脑力劳动与体力劳动的差别消灭了，人人都成为有文化的劳动者了，那时候，人人都像古今的文人一样，吟诗答对，琴棋书画都来得几手，把文学艺术运用得像旋刀、锄头那样熟悉，兴趣浓淡虽然也各有不同，但或多或少每人都有所作。那时候的社会环境，到处都经过艺术化，各人的作品虽然不能像现在那样写在色泽、大小各不相同的纸块上到处乱贴，可是都还有各种不同的发表场所那是肯定的，绝不是

① 姚文元. 照相馆里出美学 [M]//谢冕，洪子诚. 中国当代文学史料选：1948—1976. 北京：北京大学出版社，1995：489.
② 贺桂梅. 赵树理文学与乡土中国现代性 [M]. 太原：山西出版传媒集团，北岳文艺出版社，2015：167.

都发表到刊物上。那时候的小三子和他的朋友可能都学会了开动机器，但口头上的口头文学不是只在担粪时候才能发表，开着机器一样可以那样做。那时候，每个公社可能都出了刊物，但小三子的朋友还是不需要通过刊物就能向小三子挑战，而且即使每个生产队办一个刊物，也容纳不下队员们的全部创作。

　　到那时候，虽然每个人民公社都有了较大的剧场、影院、乐队、剧团、文娱刊物（文艺、美术、剧本等），但各个队仍会有较小的剧团、乐队等，因为他们不但要听、要看专业的，而且自己也还要拉、要唱、要写，要用自己的诗篇画幅来装点自己的房间，要用自己的歌喉来抒发自己的感情……总之：要丰富自己的文学艺术生活、发挥自己文学艺术创作的才能，这样才能算作更大的繁荣。①

---

　①　赵树理. 群众创作的真繁荣［M］//赵树理. 赵树理全集：第5卷. 北京：大众文艺出版社，2006：314.

结　语

　　新中国成立以后，进入社会主义建设时期，随着农业合作化、人民公社在中国轰轰烈烈地展开，集体所有制在中国农村扎根，社会主义时期为中国的经济发展提供了坚实的基础。没有社会主义公有制的建立，就没有后三十年（改革开放至今）经济的飞速发展。中国农村的集体化为工业化提供了坚实的基础，温铁军认为："中国工业化面临的是一个平均分配土地的彻底的小农经济，于是它的资本积累的制度成本非常高。因为我们知道，工业化最早的资本原始积累必须解决工业和农业、城市与乡村之间的交易。小农经济越分散，得到农户剩余的制度成本就越高。于是，在20世纪50年代中期，为了解决城市工业的积累问题，政府建立了农村的集体化制度。"① 20世纪50年代中后期，中苏关系破裂，中国不得不通过高度的集体化，以廉价的劳动力替代稀缺的资本，最终凭借自力更生、艰苦奋斗完成了国家工业化必须经过的原始积累。② 因此，任何无视中国农村集体化而片面割裂前三十年和后三十年之间的紧密联系的，都是一种短视而盲目的行为。温铁军认为："集体化并非农业自身的错误，而是服务于工业原始积累建立起来的，是有利于工业化提取农业剩余组织的。那么，集体化在农业上的不经济，也是国家为了工业而大量提取剩余物造成的。"③

　　正是在这个前提下，我们讨论赵树理的社会主义想象有着重大意义。赵树理积极推进乡村建设，积累了相当深刻的经验，也看到了集体化的优势与弊端，

---

①　温铁军 . 战略转变与工业化、资本化的关系［M］// 温铁军 . 解构现代化：温铁军演讲录 . 广州：广东人民出版社，2004：24.

②　温铁军 . 中国1950年代的两次重大战略转变［M］// 载潘维，玛雅 . 人民共和国六十年与中国模式 . 北京：读书·新知·三联书店，2010：10.

③　温铁军 . 八次危机与软着陆［M］// 罗岗 . 英雄与丑角：重探当代中国文学 . 上海：东方出版中心，2021：110.

他对农业合作计划进行了系统的思考，从而构成了社会主义农村建设的巨大财富。此外，我们必须认识到，赵树理又是一个"另类"，在经典的社会主义理论范围外，他又做出了许多"不合时宜"的思考，而这恰恰为他后来所遭受的灾难留下了端倪。赵树理的深刻之处恰恰就在于难以用经典社会主义理论所概括的部分。"事实上，20世纪40年代'明星'般地崛起于中国文坛，赵树理及其文学实践，对20世纪中国历史与文学现代化的主流观念，始终是一个'另类'"，"无论五四式新文学、社会主义现实主义、启蒙主义文学、地域文学，都无法涵盖其独特的内涵。就其根本而言，赵树理塑造的毋宁是某种基于中国乡村社会传统的另类现代性，既不是中国古典，也不是西方现代的，同时也与社会主义经典话语保持一定张力，同时又在这三者基础上创造出了一种别样的现代（包括文学与历史想象）形态"①。

赵树理对农业合作化进行了深入的思考。首先，他看到了传统的家族制度与公有制之间的矛盾，认识到"户"与"家"以及农业合作社的复杂关系，着重探讨农业合作化中的伦理难题，并提出自己独到的见解："我认为农村现在亟须一种伦理性的法律，对一个家的生产、生活诸种方面都做出规定。男女成丁，原则上就分家；分家不一定完全另过，而是另外分一户，对外出面；当然可以在一起起灶。子女对父母的供养也有规定。成丁的男女自立户口，结婚后就可以合并户口。首先从经济上明确，这对老人也有好处；婆婆也不会有意见，因为这是国家法律。灶可以在一起，但可以计算钱。这样一处理，关系会好得多……"② 其次，赵树理敏锐地捕捉到了"小农经济"向"集体大生产"过渡时期的伦理性困境。罗岗认为："在'集体化'之前，农村基本上是一家一户、自给自足的小农经济，根据各地的收成来衡量劳动的价值，一般情况下，劳动投入越多收成回报也越多，因此，在家庭内部，劳动不需要以理性化的方式来衡量；'集体化'之后，不再以家庭为单位来安排劳动，'生产队组织劳动的一个基本方法是，根据社员的性别、年龄、体力及劳动技能，把他们分为不同的劳动等级，并且根据每个人劳动的实践完成的数量记一定的工分'。根据'工分'对劳动进行计量，这是一种理性化、抽象化甚至直接表现为'货币化'的

---

① 贺桂梅．赵树理的历史意义［M］//赵沂旸．赵树理纪念文集．太原：山西出版传媒集团，北岳文艺出版社，2017：198.

② 赵树理．在长春电影制片厂电影剧作讲习班的讲话［M］//赵树理．赵树理全集：第6卷．北京：大众文艺出版社，2006.38.

劳动计量方式，使得农民和劳动之间的关系发生了深刻的转变，导致了公私关系、公私观念的一系列变化。"① 因此，在《"锻炼锻炼"》中，"小腿疼"与"吃不饱"偷懒、耍奸的行为可以解读为，小农时代的农民情感模式（对于小家的认同感）与集体时代农民情感模式（对于人民公社的疏离感）之间的冲突。赵树理在此提出一个问题，如何让农民在集体劳动中增强认同感，当然不能仅仅依靠国家机器的强力后盾（如人民法院）。改革开放以后，农民在心理上依然存在"小农经济"的心理，"小腿疼""吃不饱"依然存在。那么，在今后的"集体化"（不仅是集体联产承包，还指大规模的农庄化生产）过程中，又当如何克服这种小农心态而增强集体认同感呢？赵树理的思考依然没有过时。在这个意义上，毛泽东说："重要的是改造农民，不仅仅指简单地批判农民'老婆孩子热炕头''顾小家不顾大家和国家'的旧思想，更重要的是如何教育农民从'集体化'和'集体劳动方式'中体会到一种自豪感和尊严感。"② 再次，赵树理敏锐地意识到干部和群众关系对于农业合作化的重要作用。范登高、王聚海式的干部应当清除出干部队伍，而对于杨小四这样的干部，赵树理比较欣赏，因为他有魄力、够果断、雷厉风行，代表最广大农民的利益。但是，小说客观上也暴露出杨小四粗暴的一面，"捆到法院去"虽然可以治理群众，但难以使其心悦诚服。可能在赵树理心目中，老杨同志（《李有才板话》）的和风细雨、小常的平易近人（《李家庄的变迁》）、潘永福（《实干家潘永福》）的埋头苦干才是理想的干部人选。最后，赵树理对农村文化建设有着深入的思考。没有乡村文化的振兴，乡村建设就缺乏了光晕。赵树理谈曲艺，做戏剧，都是为了弘扬农村文化。但是，需要指出的是，赵树理虽然强调"普及"的重要性，并不等于他就忽视了"提高"的必要性。他主张"通俗化"，但坚决拒绝"庸俗化"。早在 20 世纪 40 年代，他发表的第一篇通俗化论文《通俗化引论》就提出要改造农村文化的主张："要想拿彻底的新的世界观给予大众，取一切'小书'中的或者所谓'习闻常见'中的落后有害的意识而代之，就不仅仅是研究抗战宣传品的写法问题，那就应该对'文化大众化'的'新启蒙'问题做深入的探

---

① 罗岗."文学式结构""伦理性法律"和"赵树理难题"［M］//罗岗，孙晓忠. 重返"人民文艺". 上海：上海人民出版社，2019：345-346.

② 罗岗."文学式结构""伦理性法律"和"赵树理难题"［M］//罗岗，孙晓忠. 重返"人民文艺". 上海：上海人民出版社，2019：337.

讨，才能给予通俗化运动的意义以足够的估计。"① 赵树理主张对农民的阅读内容进行改造，"改造大众迷信落后的思想"，"灌输大众以真正的科学的知识"②。赵树理对于农民，不仅仅是"入乎其内"，更是"出乎其外"，他服务农民是起点，改造农民才是终点。钱理群说："把赵树理直接视为'农民的代言人'是过于简化的；赵树理是既在农民'其中'，又在农民'其上'，既有维护农民利益的一面，又有超越农民，由农民问题出发，思考更大更根本的社会问题与追求更高理想的一面，这都显示了赵树理作为现代知识分子和现代革命者的本色。"③ 在赵树理的心中，有着更为远大的社会主义想象，每个公社都有自己的影院、文化馆、报社，农民不但生产粮食，还生产文化。他们载歌载舞，在劳动中歌唱，在工作中书写属于自己的文艺作品。在那个时代，知识分子与农民紧密结合，阶层的差异模糊化了，每个人都过上了更加幸福的生活。

然而，赵树理身上最吸引我们的不仅仅是上述内容对社会主义丰富的想象，还有他特立独行的精神气质。我称之为"赵树理精神"，这种精神已经超出了社会主义文艺的范围，具有了时代的超越性。换句话说，我们可以对赵树理的社会主义想象提出异议，如郭帅曾经指出，赵树理的农业合作化思想仅仅适用于晋东南，他对农业合作化的认识与邓子恢等经济学家的认知还有很大的差距。④但是，对于赵树理的独特人格，无不肃然起敬。"赵树理精神"指的是他求真务实的人生态度，不计名利的实干精神，以及虽九死而不悔的铮铮铁骨。

1959年4月，赵树理应陈伯达之邀，给《红旗》杂志撰文，结果交稿的不是小说，而是一篇牢骚满腹的"意见书"——《公社应该如何领导农业生产之我见》。赵树理说了些"不合时宜"的话：

> 国家对农产品是否购多点了呢？有没有粮食不足之感呢？据我了解，这种"感"是有的……

---

① 赵树理. 通俗化"引论"[M]//赵树理. 赵树理全集：第2卷. 北京：大众文艺出版社，2006：69.
② 赵树理. 通俗化与"拖住"[M]//赵树理. 赵树理全集：第2卷. 北京：大众文艺出版社，2006：98.
③ 钱理群. 赵树理身份的三重性与暧昧性[M]//赵沂旸. 赵树理纪念文集. 太原：山西出版传媒集团，北岳文艺出版社，2017：118.
④ 郭帅，赵树理：分裂于"中国故事"和"地方故事"之间[M]//赵树理文学研究会. 第五届赵树理学术研讨会论文集. 2020：50.

　　不要以政权那个身份在人家做计划的时候提出种植作物种类、亩数、亩产、总产等类似规定性的建议，也不要以政权那个身份代替人家全体社员大会时人家的计划草案做最后的审查批准……①

　　赵树理于 1959 年 8 月 20 日写完寄出六天后，新华社发布了《中共八届八中全会公报》，指出："当前的主要危险是在某些干部中滋长着右倾机会主义的思想……他们对于几亿劳动人民和革命知识分子在'大跃进'运动和人民公社运动中所取得的伟大成绩估计过低，而对于这两个运动中由于经验不足而产生并且已经迅速克服的若干缺点，则估计过于严重……全会要求各级党委坚决批判和克服某些干部中的这种右倾机会主义的错误思想。"② 赵树理遭受到严厉的批判，他痛苦地说道："我是农民中的圣人，知识分子中的傻瓜。"③ 然而赵树理"知错不改"，1962 年的大连会议，他做的发言比 3 年前还要"右倾"，"是整个中国文坛在'文革'前夜最凄美的'天鹅绝唱'"④。20 年后，当年参会的李准依然为赵树理的风采所折服："赵树理了不起，大胆反思，敢于说心里话，精彩极了。没人能赶上他，他走在知识分子的前头。"⑤（1989 年 8 月 29 日口述）

　　赵树理不但是一名文学家，还是一名实干家。在他的身上可以看出陶行知、晏阳初、梁漱溟等乡村建设先驱的影子。从立志做一名"文摊作家"起，赵树理从来没有将文学当作自己的人生归宿，他对乡村建设的兴趣远远超过文学。赵树理常年下乡，口袋里装着本子，里面全记着关于农业生产、组织、管理、分配的内容（与《三里湾》中的王金生有点相似）。赵二湖说赵树理可以跟上打井队到山里跑几个月，潜心研究水利问题而忘记写小说。⑥ 1959 年，赵树理

①　赵树理. 公社应该如何领导农业生产之我见 [M]//赵树理. 赵树理全集：第 5 卷. 大众文艺出版社，2006：149-150.

②　李洁非. 典型文坛 [M]. 武汉：湖北人民出版社，2008：165.

③　陈徒手. 人有病，天知否：1949 年后中国文坛纪实 [M]. 北京：生活·读书·新知三联书店，2013：209.

④　陈徒手. 人有病，天知否：1949 年后中国文坛纪实 [M]. 北京：生活·读书·新知三联书店，2013：209.

⑤　陈徒手. 人有病，天知否：1949 年后中国文坛纪实 [M]. 北京：生活·读书·新知三联书店，2013：209.

⑥　赵树理身份的三重性与暧昧性 [M]//赵沂旸. 赵树理纪念文集. 太原：山西出版传媒集团·山西人民出版社，2017：118-119.

在阳城，因为质疑"放卫星"，而不受当地官员待见，"他继续在不自知当中顽强表达农民立场。在不能说服县委放弃'共产主义'指标后，他异想天开，要县委单独交给他一个公社，独立试验有关农业的构想"①。李洁非认为赵树理这种农业公社梦很荒唐："令人称奇的主要是，老赵在一个高度组织化的体制中，竟能作罗伯特·欧文之想，欲搞一种个人的社会改良试验，其迷于乡土情结真是到了天真烂漫的地步。对此荒唐之事，县委迫于他人大代表和党的八大代表身份，不便明拒，虚与委蛇，答应给他一个大队，但大队根本没有相对独立性，实际上是搞不下去的，而老赵不久也回京开会，这个小型的准乌托邦试验就不了了之。"② 其实，赵树理的内心，一定有一个属于自己的"社会主义想象"，他为了这个梦想付出了自己的一生，他写实干家潘永福带领村民办农场、修水坝，露出羡慕之情，也许，潘永福就是他的另一个自我吧！

半个世纪后，我们所生活的世界与赵树理的时代表面上似乎有着天壤之别，然而又有着共同的主题和使命，如社会主义新农村的建设，在赵树理时代虽然初具规模，但因为众所周知的原因，而被迫搁浅。在这个欣欣向荣的时代，我们背负着赵树理没有完成的使命，完成乡村振兴的任务。"中国未来的发展是在保持中国革命和社会主义的理念与实践的前提下，构建一个如主流表述的大多数国民实现生活小康的'和谐社会'，还是追随资本主义模式，最终在事实上成为一个分裂成两个世界——一个可能越来越富裕和现代、人们纷纷涌入的城市中国处于一个依然贫穷落后、人们争相逃离乡土的中国——的国家。"③ 只要社会主义新农村建设还在路上，赵树理关于干部、集体、阶级、乡村文化等社会主义想象就依然散发魅力，"赵树理的幽灵"（比照德里达的"马克思的幽灵"）依然会徘徊在每个知识分子的心中。

---

① 李洁非. 典型文坛 ［M］. 武汉：湖北人民出版社，2008：164.
② 李洁非. 典型文坛 ［M］. 武汉：湖北人民出版社，2008：164.
③ 罗岗. "文学式结构""伦理性法律"和"赵树理难题" ［M］//罗岗，孙晓忠. 重返"人民文艺". 上海：上海人民出版社，2019：360-361.

参考文献

一、专著

[1] 古德曼. 中国革命中的太行抗日根据地的社会变迁 [M]. 北京：中央文献出版社，2003.

[2] 白春香. 赵树理小说叙事研究 [M]. 北京：中国社会科学出版社，2008.

[3] 白春香. 赵树理小说的民间化叙事 [M]. 太原：山西出版传媒集团，北岳文艺出版社，2016.

[4] 薄一波. 若干重大事件的决策与回顾：下卷 [M]. 北京：中共中央党校出版社，1993.

[5] 陈为人. 插错"搭子"的一张牌：重新解读赵树理 [M]. 广州：广东人民出版集团，2011.

[6] 陈徒手. 人有病，天知否：1949 年后中国文坛纪实 [M]. 北京：生活·读书·新知三联书店，2013.

[7] 陈顺馨. 中国当代文学的叙事与性别 [M]. 北京：北京大学出版社，2007.

[8] 陈顺馨. 1962：夹缝中的生存 [M]. 济南：山东教育出版社，2002.

[9] 陈映芳. "青年"与中国的社会变迁 [M]. 北京：社会科学文献出版社，2007.

[10] 蔡翔. 革命/叙述：中国社会主义文学——文化想象（1949—1966）[M]. 北京：北京大学出版社，2010.

[11] 拉德布鲁赫. 社会主义文化论 [M]. 北京：法律出版社，2006.

[12] 戴光中. 赵树理传 [M]. 北京：北京十月文艺出版社，1987.

[13] 董大中. 你不知道的赵树理 [M]. 太原：山西出版传媒集团，北岳

文艺出版社，2006.

[14] 董大中. 赵树理全集 [M]. 太原：山西出版传媒集团，北岳文艺出版社，2018.

[15] 赵树理. 赵树理全集 [M]. 北京：大众文艺出版社，2006.

[16] 董大中. 赵树理评传 [M]. 天津：百花文艺出版社，1986.

[17] 董大中. 赵树理年谱 [M]. 太原：山西出版传媒集团，北岳文艺出版社，1993.

[18] 杜润生. 杜润生自述：中国农村体制变革重大决策纪实 [M]. 北京：人民出版社，2005.

[19] 傅书华. 走近赵树理 [M]. 太原：山西出版传媒集团，北岳文艺出版社，2015.

[20] 黄修己. 赵树理评传 [M]. 南京：江苏人民出版社，1981.

[21] 黄修己. 赵树理研究资料 [M]. 太原：山西出版传媒集团，北岳文艺出版社，1985.

[22] 贺桂梅. 赵树理文学与乡土中国现代性 [M]. 太原：山西出版传媒集团，北岳文艺出版社，2016.

[23] 贺桂梅. 女性文学与性别政治的变迁 [M]. 北京：北京大学出版社，2014.

[24] 贺桂梅. 书写"中国气派"：当代文学与民族形式建构 [M]. 北京：北京大学出版社，2020.

[25] 贺桂梅. 时间的叠印：作为思想者的现当代作家 [M]. 北京：生活·读书·新知三联书店，2021.

[26] 贺桂梅. 打开中国视野：当代文学与思想论集 [M]. 北京：北京大学出版社，2020.

[27] 巴尔. 叙事学：叙事理论导论 [M]. 北京：北京师范大学出版社，2015.

[28] 李杨. 抗争宿命之路 [M]. 长春：时代文艺出版社，1993.

[29] 李国华. 农民说理的世界：赵树理小说的形式与政治 [M]. 上海：上海书店出版社，2016.

[30] 李松睿. 书写"我乡我土"：地方性与20世纪40年代中国小说 [M]. 上海：上海人民出版社，2016.

［31］李洁非. 典型文坛［M］. 武汉：湖北人民出版社，2008.

［32］李士德. 赵树理忆念录［M］. 长春：长春出版社，1990.

［33］柳青. 创业史［M］. 北京：中国青年出版社，2009.

［34］刘卓. "延安文艺"研究读本［M］. 上海：上海书店出版社，2018.

［35］伊格尔顿. 马克思主义与文学批评［M］. 北京：人民文学出版社，1980.

［36］热奈特. 叙事话语 新叙事话语［M］. 王文融，译. 北京：中国社会科学出版社，1990.

［37］齐泽克. 意识形态的崇高客体［M］. 北京：中央编译出版社，2002.

［38］格非. 小说叙事研究［M］. 北京：清华大学出版社，2002.

［39］旷新年. 写在当代文学边上［M］. 上海：上海教育出版社，2005.

［40］旷新年. 文学史视阈的转换［M］. 北京：北京大学出版社，2013.

［41］刘旭. 赵树理文学的叙事模式研究［M］. 太原：山西出版传媒集团，北岳文艺出版社，2015.

［42］罗岗，孙晓忠. 重返"人民文艺"［M］. 上海：上海人民出版社，2019.

［43］罗岗. 人民至上：从"人民当家作主"到"共同富裕"［M］. 上海：上海人民出版社，2012.

［44］毛泽东. 毛泽东选集：第一卷［M］. 北京：人民出版社，1991.

［45］毛泽东. 毛泽东选集：第二卷［M］. 北京：人民出版社，1991.

［46］毛泽东. 毛泽东选集：第三卷［M］. 北京：人民出版社，1991.

［47］毛泽东. 毛泽东选集：第四卷［M］. 北京：人民出版社，1991.

［48］毛泽东. 毛泽东选集：第五卷［M］. 北京：人民出版社，1991.

［49］中共中央文献研究室. 毛泽东文集：第一卷［M］. 北京：人民出版社，1999.

［50］中共中央文献研究室. 毛泽东文集：第二卷［M］. 北京：人民出版社，1999.

［51］中共中央文献研究室. 毛泽东文集：第三卷［M］. 北京：人民出版社，1999.

［52］中共中央文献研究室. 毛泽东文集：第四卷［M］. 北京：人民出版社，1999.

［53］中共中央文献研究室. 毛泽东文集：第五卷［M］. 北京：人民出版社，1999.

［54］中共中央文献研究室. 毛泽东文集：第六卷［M］. 北京：人民出版社，1999.

［55］中共中央文献研究室. 毛泽东文集：第七卷［M］. 北京：人民出版社，1999.

［56］中共中央文献研究室. 毛泽东文集：第八卷［M］. 北京：人民出版社，1999.

［57］中共中央文献研究室. 建国以来毛泽东文稿［M］. 北京：中央文献出版社，1988.

［58］赫尔曼，费伦，拉比诺维奇，等. 叙事理论：核心概念与批评性辨析［M］. 谭君强，等译. 北京：北京师范大学出版社，2016.

［59］兰瑟. 虚构的权威：女性作家与叙述声音［M］. 黄必康，译. 北京：北京大学出版社，2002.

［60］米勒. 解读叙事［M］. 申丹，译. 北京：北京大学出版社，2002.

［61］赫尔曼. 新叙事学［M］. 马海良，译. 北京：北京大学出版社，2002.

［62］马丁. 当代叙事学［M］. 伍晓明，译. 北京：北京大学出版社，2005.

［63］普林斯. 叙述学词典［M］. 乔国强，李孝弟，译. 上海：上海译文出版社，2011.

［64］杜赞奇. 文化、权力与国家［M］. 王福明，译. 南京：江苏人民出版社，2008.

［65］布斯. 小说修辞学［M］. 华明，胡苏晓，周宪，译. 北京：北京大学出版社，1987.

［66］塞尔登. 延安道路：革命中的中国［M］. 魏晓明，冯崇义，译. 北京：社会科学文献出版社，2002.

［67］蒙万夫. 柳青写作生涯［M］. 天津：百花文艺出版社，1985.

［68］沟口雄三，小岛毅. 中国的思维世界［M］. 孙歌，等译. 南京：江苏人民出版社，2006.

［69］沟口雄三. 中国的公与私·公私［M］. 郑静，译. 北京：生活·读书·新知三联书店，2011.

［70］柄谷行人. 日本现代文学的起源［M］. 北京：生活·读书·新知三

联书店，2006.

[71] 申丹，韩加明，王丽亚. 英美小说叙事理论研究 [M]. 北京：北京大学出版社，2018.

[72] 申丹，王丽亚. 西方叙事学：经典与后经典 [M]. 北京：北京大学出版社，2010.

[73] 谭君强. 叙事学导论：从经典叙事到后经典叙事 [M]. 北京：高等教育出版社，2008.

[74] 唐小兵. 再解读：大众文艺与意识形态 [M]. 北京：北京大学出版社，2007.

[75] 王铭铭，王斯福. 乡土社会的秩序、公正与权威 [M]. 北京：中国政法大学出版社，1997.

[76] 温铁军. 中国农村基本经济制度研究"三农"问题的世纪反思 [M]. 北京：中国经济出版社，2000.

[77] 萧也牧. 萧也牧作品选 [M]. 天津：百花文艺出版社，1979.

[78] 谢冕，洪子诚. 中国当代文学史料选（1948—1975）[M]. 北京：北京大学出版社，1995.

[79] 席扬. 多维整合与雅俗同构：赵树理和"山药蛋派"新论 [M]. 北京：中国社会科学出版社，2004.

[80] 许纪霖，罗岗，等. 启蒙的自我瓦解：1990 年代以来中国思想文化界重大论争研究 [M]. 长春：吉林出版集团有限责任公司，2007.

[81] 徐志伟，张永峰. "左翼文学"研究读本 [M]. 桂林：广西师范大学出版社，2017.

[82] 赵勇. 赵树理的幽灵 [M]. 北京：中国人民大学出版社，2018.

[83] 赵沂旸. 赵树理纪念文集 [M]. 太原：山西出版传媒集团，北岳文艺出版社，2017.

[84] 赵毅衡. 当说者被说的时候：比较叙述学导论 [M]. 成都：四川出版集团，2013.

[85] 朱寨. 中国当代文学思潮史 [M]. 北京：人民文学出版社，1987.

[86] 中国赵树理研究会. 赵树理研究资料 [M]. 北京：中国文联出版公司，1996.

[87] 周立波. 暴风骤雨 [M]. 北京：人民文学出版社，1977.

[88] 张霖.赵树理与通俗文艺改造运动 [M].南京：南京大学出版社，2020.

[89] 张炼红.历炼精魂：新中国戏曲改造考论 [M].上海：上海书店出版社，2019.

[90] 朱晓进.山药蛋派与三晋文化 [M].长沙：湖南教育出版社，1995.

二、期刊

[1] 白杰."十七年"文学史著中的赵树理 [J].文艺理论与批评，2013 (2).

[2] 陈非.革命体制下的文学选择：浅谈延安时期知识分子作家的创作调整和赵树理的历史机遇 [J].中山大学学报论丛，2005 (5).

[3] 陈非.赵树理的初期创作与文学转型的多重契合：兼谈延安时期知识分子作家的创作调整 [J].海南大学学报（人文社会科学版），2006 (1).

[4] 陈非.两种身份两种写作：比较赵树理与知识分子作家对乡村与农民的不同解读 [J].学术论坛，2006 (9).

[5] 曹金合.夹缝中的纠结：赵树理合作化小说的叙事话语分析 [J].中南大学学报（社会科学版），2012，18 (1).

[6] 杜国景.赵树理之"助业"与农业合作化运动 [J].中国现代文学研究丛刊，2008 (4).

[7] 董丽敏."劳动"：妇女解放及其限度——以赵树理小说为个案的考察 [J].中国现代文学研究丛刊，2010 (3).

[8] 董之林.关于"十七年"文学研究的反思：以赵树理小说为例 [J].中国社会科学，2006 (4).

[9] 和磊.赵树理：被"展览"的经典 [J].中国比较文学，2004 (3).

[10] 段崇轩.大众化文学道路上的艰难跋涉：评赵树理的小说创作 [J].海南师范大学学报（社会科学版），2010，23 (6).

[11] 傅书华.赵树理文艺创作中的三晋文化特质及其深远影响 [J].晋阳学刊，2011 (1).

[12] 傅书华.赵树理研究的四个发展空间 [J].中国当代文学研究，2022 (4).

[13] 高秀萍.赵树理的进化观与乡村叙事 [J].现代中文学刊，2014 (3).

［14］贺桂梅．村庄里的中国：赵树理与《三里湾》［J］．文学评论，2016（1）．

［15］贺桂梅．超越"现代性"视野：赵树理文学评价史反思［J］．解放军艺术学院学报，2013（4）．

［16］旷新年．赵树理的文学史意义［J］．文艺理论与批评，2004（3）．

［17］李国华．反叙述：论赵树理小说的形式与政治［J］．山西大学学报（哲学社会科学版），2016，39（1）．

［18］李国华．论赵树理小说中的"情""理"问题［J］．中国现代文学研究丛刊，2013（1）．

［19］李国华．论赵树理小说中"理"与"势"的结构关系［J］．文艺争鸣，2017（4）．

［20］李国华．寻找"能说话"的人：赵树理小说片论［J］．文艺研究，2016（3）．

［21］李明．"为农民写作"的文学思考：以赵树理创作为中心［J］．兰州大学学报（社会科学版），2009，37（4）．

［22］李仁和．论研究赵树理与上党文化关系的学术价值：为纪念赵树理诞辰100周年而作［J］．山西大学学报（哲学社会科学版），2006（6）．

［23］刘卫国．赵树理作品中的"算账书写"与"经济观念"［J］．山东师大学报（哲学社会科学版），2020，65（6）．

［24］刘长安．赵树理1965年记事本考释［J］．现代中文学刊，2014（3）．

［25］令狐兆鹏．中国新诗重建的方向：现实主义精神［J］．当代文坛，2004（6）．

［26］令狐兆鹏．"看虹""摘星"的背后：西南联大时期沈从文的爱欲与文学［J］．现代中国文化与文学，2020（3）．

［27］令狐兆鹏．启蒙与革命的变迁：《阿Q正传》与《福贵》之比较研究［J］．鲁迅研究月刊，2021（10）．

［28］令狐兆鹏．新中国成立以来"探母戏"浮沉研究：以《四郎探母》《三关排宴》为例［J］．聊城大学学报，2022（2）．

［29］令狐兆鹏．助业写作的困境：《十里店》的难产与"赵树理悲剧"溯源［J］．现代中国文化与文学，2022（2）．

[30] 令狐兆鹏. 作为记忆的叙事与文学化的思想启蒙：重读鲁迅小说《怀旧》[J]. 现代中国文化与文学，2023（2）.

[31] 马超，郭文元.《盘龙峪》：赵树理小说艺术民族化的初步尝试 [J]. 当代文坛，2012（3）.

[32] 刘旭. 文学史中的赵树理 [J]. 浙江社会科学，2008（9）.

[33] 牛菡. 文学青年与作为职业的文学：从1957年"夏可为的来信"出发 [J]. 北京社会科学，2018（9）.

[34] 王春林. 赵树理、农民文化与政治意识形态 [J]. 山西大学学报（哲学社会科学版），2009，32（4）.

[35] 王再兴.《三里湾》对农村"集体"的想象及其局限 [J]. 中南大学学报（社会科学版），2014，20（2）.

[36] 王晓平. 从"赵树理方向"看"新民主主义文化"的内在困境 [J]. 文艺理论研究，2011（5）.

[37] 宋剑华. 论"赵树理现象"的现代文学史意义 [J]. 文学评论，2005（5）.

[38] 沈杏培. "夏可为事件"与20世纪五六十年代"青年出路"问题 [J]. 人文杂志，2022（5）.

[39] 吴晓佳. "算账"书写："翻身"的性别政治：从赵树理《传家宝》看革命的性别与阶级问题 [J]. 中山大学学报（社会科学版），2018，58（6）.

[40] 席扬. 盲视与洞见：赵树理新中国成立后小说创作的修辞行为分析 [J]. 福建师范大学学报（哲学社会科学版），2003，3（3）.

[41] 杨天舒. "返乡"与"进城"：赵树理60年代小说的城乡书写 [J]. 西南民族大学学报（人文社科版），2017，38（9）.

[42] 杨矗. 赵树理：在正典化与狂欢化之间 [J]. 山西师大学报（社会科学版），2007（3）.

[43] 张均. 赵树理与《说说唱唱》杂志的始终：兼谈"旧文艺"现代化的途径与可能 [J]. 福建论坛（人文社会科学版），2014（12）.

[44] 张永新. "地方色彩"如何"发明"：1940—1980年代赵树理评价史中的地方性问题 [J]. 文艺理论与批评，2022（2）.

[45] 赵卫东.《三里湾》隐性文本的意义阐释 [J]. 学术月刊，2005（1）.

［46］赵勇. 讲故事的人或形式的政治：本雅明视角下的赵树理 ［J］. 文学评论，2017（5）.

［47］赵勇. 在《讲话》与"讲话"种种之间：也说赵树理与《讲话》的貌合神离 ［J］. 中国文化研究，2022（2）.

［48］朱庆华. 拟清官文学：赵树理创作的民族化特征 ［J］. 文艺研究，2006（11）.

助业写作的困境:《十里店》的难产 与"赵树理悲剧"溯源①

赵树理晚年非常迷恋地方戏曲的改编和创作,而其中最为呕心沥血之作当属《十里店》。然而,这部经过反复打磨的戏曲却没有受到主流文艺界的赞扬,最终被禁演,可当地农民却纷纷为这部戏叫好,认为赵树理说出了他们的心里话。因此,《十里店》可以折射出晚期赵树理文艺思想的复杂性,对研究社会主义文学与政治之间的关系,有着重要的意义。

一、写本质:"社会主义现实主义"与赵树理的文学困境

新中国成立后,"社会主义现实主义"一度成为主导文坛的创作方法,自周扬在 1952 年发表《社会主义现实主义——中国文学前进的道路》一文以后,"社会主义现实主义"这个来自苏联文艺界的专有名词在当时中国文艺界处于独尊的地位,"在创作方面,现实主义被视为'唯一正确'的创作原则和'最好的'创作方法,作家也被要求依照现实主义的规范从事创作"②。"社会主义现实主义"不仅是一种纯粹的创作方法,还是一种"进步的、时髦的"世界观,它要求:"塑造工农兵英雄人物、表现重大政治运动应该是主要目标。乐观的理想主义和明朗确定的表达方式是标准的风格。"③ 众所周知,"社会主义现实主义"是一种"写本质"的创作方法,评价"真实"与否,不是看作品是否反映现实的真实,而是是否揭露"本质的真实"。"一篇作品是否真实,不在于它

---

① 令狐兆鹏. 助业写作的困境:《十里店》的难产与"赵树理悲剧"溯源 [J]. 现代中国文化与文学,2022 (2):369-381.

② 冯牧,王又平. 中国新文学大系(1949—1976)文学理论卷一·序 [M]//冯牧. 中国新文学大系(1949—1976):第一集·文学理论卷一. 上海:上海文艺出版社,1997:13.

③ 洪子诚. 1956:百花时代 [M]. 济南:山东教育出版社,1998:56.

'如实地'描写了事实或现象,关键是是否透过现象透视到本质,是否通过生活现象的描写反映生活的真实面貌(本质面貌)","只有本质地理解并描写了'现有的'那个样子的生活面貌,才能写出'它应该有的'那个样子的生活面貌"①。所谓的"本质"应该反映社会主义文学的深刻性,按照姚文元的阐释,应该包含以下三个方面:"第一,作品准确地从某一方面反映时代的阶级矛盾,揭露了矛盾的实质,指出斗争发展的前途,并且用革命的理想照亮了这种前途。第二,作者站在革命阶级的立场,在我们这个时代也就是站在无产阶级的立场,热烈歌颂了一定历史时期内新的阶级、新的人物、新的思想,批判了阻碍社会发展的反动阶级、反动人物、反动思想,并且真实地展现了新生事物对旧事物的斗争。第三,人物性格的塑造,达到了典型化的深度,作品中的主要人物有自己独特的个性,以其与众不同的形象构成一个鲜明的、完整的人物;但在这种个性的特点中却渗透着阶级的特色。在每一个写得灵活的人物性格中,都集中地表现了一定时代、一定民族、一定阶层、一定性格类型的精神面貌的本质。"②

按照这种标准,《十里店》正是一部深受社会主义现实主义影响而创作的戏剧,它在某种程度上体现了"写本质"的特征。

首先,赵树理在《十里店》中突出地描写了农村"两条路线"的阶级斗争。《十里店》围绕两个中心情节展开:第一,讨论王家骏和马红英的婚事;第二,查卫生。着重刻画马红英与敌人的英勇斗争。这两个故事看似风马牛不相及,却有着共同的主题:歌颂以马红英、王家骏、王得胜、高志新等为代表的社会主义新人同仇敌忾、捍卫社会主义果实的英勇事迹,揭露以陈焕彩、李天泰、胡宗文等为代表的投机倒把分子(资本主义力量)妄图颠覆社会主义政权的狼子野心。婚事被置换为正邪两派斗争的战场,敌人绞尽脑汁"挤进去",想通过上礼来腐蚀拉拢革命干部,而我方巧妙通过"提前结婚"将敌人从婚礼现场挤出去。可见,婚姻只不过是故事的铺垫,而戏剧的主要矛盾是反映社会主义和资本主义两条路线的斗争。

其次,《十里店》塑造了社会主义英雄模范典型马红英。赵树理为塑造马红英这个女英雄可谓煞费苦心。马红英是"阶级斗争"的典范,在"查卫生"

---

① 萧殷. 生活的真实与艺术的真实 [J]. 文艺报, 1951(12):14-17.

② 姚文元. 中国农村的社会主义革命史:读《创业史》[M]//姚文元. 新松集. 上海:上海文艺出版社, 1962:18-19.

时，面对农村两极分化、恶人当道、穷人受气的情形，她挺身而出，当场揭发，让阶级敌人无言以对。马红英身上铭刻着阶级斗争的烙印，在整个故事中起到了完成揭露敌人阴谋的叙事功能，而其他所有干部都不过是为马红英的高光时刻做陪衬。

　　《十里店》虽然是一部"写本质"的"社会主义现实主义"文学，但是，并没有得到主流意识形态的称赞，到省里仅演出了一场就被勒令停演。赵树理不得不听从领导的建议，不断地进行修改。修改稿对于政策的响应越来越积极。其一，加大了先进人物的数量。第二稿第一场"鼓勇"大大增加了高志新的戏份。这位立场坚定、作风强悍、斗争坚决的共产党员成了社会主义阵营的中坚人物。"鼓勇"就是要重新激发王瑞早已消逝的革命斗志。在整个两条路线斗争的叙事进程中，高志新起到一个帮助者、催化剂的功能。第三稿增加了"斗争"一场戏。李大正，外号"枣核钉"（这是我方坚定革命立场的隐喻），与大队长刘宏建进行激烈交锋，捍卫了以农业为主业的立场。其二，更加突出主副业之争。第二稿高志新的一段唱词点明了整个戏剧的主旨："农副业应该是谁正谁副？就从这幅字上也能看出！十里店搞的是副业为主，把农业当成了可有可无。副业也不是正经路数，包给些剥削鬼随便摆布。"第三稿又让李大正与刘宏建进行斗争，重复主副业之争这个主题。而在当时，农业与副业之争有着普遍性。"各种各样的文艺作品，但凡写农村，都是围绕农业和副业展开矛盾。那个先进人物，一定是坚决贯彻以粮为纲，只种粮食的。那个副职，肯定是要走资本主义道路，发展副业生产，想挣钱花的。最后当然是种粮食的战胜了想挣钱花的。想挣钱花成为一种罪恶。"①

　　当文学作品铆足了劲去配合政策方针时，所谓的社会主义现实主义就由"写本质"变成了"写政策"。刘绍棠曾经尖锐地批评"写政策"的缺陷："显然，这个创作方法不是首先要求作家以当前的生活真实为依据，不是忠实最现实的生活真实，而去从'现实的革命发展'去反映和描写生活，同时这种描写又要结合着'任务'。这就使得作家在对待真实的问题上发生了混乱，既然当前的生活真实不算作真实，而必须去发展地描写，结合着任务去描写，于是作家只好去粉饰生活和漠视生活的本面目了。"②《十里店》中描写的"两条路线"

① 毕星星. 河槽人家［M］. 北京：北京十月文艺出版社，2000：244.
② 刘绍棠. 现实主义在社会主义时代的发展［M］//谢冕，洪子诚. 中国当代文学史料选：1948—1975. 北京：北京大学出版社，1995：325.

的斗争，与赵树理在黄碾村的调查并不相符，他根本没看到什么剥削者复辟夺权的敌情。黄碾村没有发生《十里店》中所反映的"主副业之争"。相反，赵树理主张"实利主义"，提倡多种经营，他不仅不反对副业，还专门从沁水请来烧窑制陶的老师傅，帮助农民发展副业。①

作为扎根于农村生活的老作家，赵树理不可能不知道农民的真实生活情况，但"树欲静而风不止"，激进的运动风潮已经不允许赵树理按照农村生活的原貌来进行写作了。赵树理陷入了两难境地，"说还是不说"。不说，无法反映农村的真实生活；要说，就必须按照当时的政策要求进行写作，如此势必掩盖农村的真实情况。当然，对赵树理而言，"'政治标准'是第一，但并不能由此得出结论，以是否配合了每一个临时性的政治任务为文学作品的最重要的标准"②。戴光中尖锐地指出："当时流行着这样一种不符合事实的阶级斗争学说，地富不甘灭亡，要想变天，腐蚀党内干部同流合污，破坏集体经济，遂使农村贫富悬殊、两极分化、政权变色、红旗落地。而作者正是遵循这一概念来设计剧中人物、结构矛盾冲突、剪裁运用素材的。因此，当实践检验出这种权威性理论貌似真理实则谬论时，整个剧本也就成了建在沙滩上的金字塔，尽管其中不无可取之处。"③

二、写真实：社会主义农村危机的揭露及其克服方式

尽管赵树理不断地修改他的剧本，《十里店》仍然不能让领导满意，以至于他不得不感慨"《十里店》一剧真害死我也"④。究其原因，是《十里店》客观上暴露出现实农村的真实，用生活的真实戳破了理念的"真实"。

赵树理在《十里店》中提出了一个极为纠结的问题：新中国成立14年了，有的农村为什么还是那么穷。农民王东方竟然没有钱为病危的母亲买一口棺材，而某些奸商却趁机加价，落井下石，可谓利欲熏心。于是，农村出现新一轮的两极分化，正如东方母所痛斥的："我东方只磨得满手是茧，看你们两只手软软

① 戴光中．赵树理传［M］．北京：北京十月文艺出版社，1987：412.
② 何直．现实主义：广阔的道路［M］//谢冕，洪子诚．中国当代文学史料选：1948—1975. 北京：北京大学出版社，1995：244.
③ 戴光中．赵树理传［M］．北京：北京十月文艺出版社，1987：421-422.
④ 赵树理．和工人习作者谈写作［M］//赵树理．赵树理全集：第4卷．北京：山西出版传媒集团，北岳文艺出版社，1986：392.

绵绵，不劳动修下了新房大院，劳动的住的是破瓦碎砖，不劳动每日里穿绸摆缎，劳动的常常是少吃无穿，倘若是按劳动分配财产，刘宏建、李天泰劳动过几天？"① 在中国传统的社会，"劳动"一直被视为一种"美德"，是自食其力、内足余己的表征。因此，"劳动是一种尊严，而中国革命的正当性就在于恢复劳动者的尊严，中国革命对下层社会的解放，并不仅仅是政治或者经济的，它还包括了这一阶级的尊严……中国革命的社会实践也是尊严政治的实践"②。社会主义社会是劳动者当家做主的社会，"劳动者不仅拥有了政治和经济的合法地位，更重要的是可能获得一种'尊严'"③。但是，《十里店》中的劳动者面临的最大问题可能还不仅仅是穷，而是尊严的消失。"查卫生"一节相当生动地揭露出劳动者因为受穷是如何受辱的——李玉屏等人到王东方家里翻箱倒柜、折腾得翻天覆地，与其说是查卫生，不如说是"抄家"。"一个社会重要的，不仅是财富的分配制度，同时还包含这个社会成员的平等和尊严。"④ 而作为一名社会主义社会的劳动者，自然有权利享受这份尊严。然而，王东方因为家里穷，恰恰就丧失了这份尊严。

《十里店》中劳动者受辱的场面让很多人难以接受。有人认为这是给社会主义抹黑，赵树理铿锵有力地回答，据他调查，农村现实要比戏剧揭露的要严重得多。⑤ 究其原因，赵树理认为这是"集体经济"的失职。经过"农业合作化"的改造，社会主义农村经济属于集体经济，农民不再是孤立的个体，而是农业合作社的社员。集体劳动"停止了土改后农村阶级的重新分化"⑥。既然集体是农民的"单位组织"，就有义务按劳分配，让每一个劳动力都能感受到平等的光辉。因此，个人的幸福完全取决于集体的公正性，集体的可靠性是抑制资本主义在农村蔓延的保障："集体化、集体经济是基础，农民要依靠这个基础，解决

① 赵树理．十里店［M］//赵树理．赵树理全集：第3卷．太原：山西出版传媒集团，北岳文艺出版社，1986：317.
② 蔡翔．革命/叙述：社会主义文学——文化想象［M］．北京：北京大学出版社，2010：233.
③ 蔡翔．革命/叙述：社会主义文学——文化想象［M］．北京：北京大学出版社，2010：229.
④ 蔡翔．革命/叙述：社会主义文学——文化想象［M］．北京：北京大学出版社，2010：374.
⑤ 戴光中．赵树理传［M］．北京：北京十月文艺出版社，1987：420.
⑥ 赵树理．写给中央某负责同志的两封信［M］//赵树理．赵树理全集：第5卷．太原：山西出版传媒集团，北岳文艺出版社，1986：323.

自己的生活问题。"① 然而，赵树理忧心忡忡的恰恰是集体生产出了问题，因此发出"农民为什么那么不相信集体"的痛心之问。②"集体要对个人负责，集体如果不管，就得个人想办法，这对巩固集体是非常不利的。"因为"每个人的前途打算，不在集体就在个人，靠不住集体就靠个人，一靠个人，就要发生资本主义"③。集体能否公正有力地解决个人的生活问题，是社会主义农村是否变质的关键。

农村集体经济的兴衰关键在于基层干部建设的好坏。纵观赵树理一生的文学创作，"干部"问题始终是他念兹在兹的中心问题。他一直提醒我们注意提防混入革命队伍的坏干部，比如《小二黑结婚》中的金旺、兴旺兄弟；严防变了质的干部，比如《邪不压正》中的小旦；关注干部的自我改造问题，比如《三里湾》中的范登高。然而，现实中更多的是王瑞型的"中间人物式"的干部。他既没有"金旺""兴旺"兄弟般欺男霸女、道德败坏，也没有潘永福、陈秉正那样身先士卒、急公好义，而是"范登高"与"王聚海"的合体——在革命胜利后失去了继续革命的锐气，变成了顺水人情式的"好干部"。《十里店》所反映出的问题，恰恰就在于支部书记王瑞身上，这个昔日在土改中因敢作敢为而深受群众喜欢的"闯将"早已失去了疾恶如仇的锐气，变得优柔寡断。

在激进运动的风潮下，能够写出王瑞这样"中间人物式"的干部形象是需要很大的勇气的。1964年秋天，赵树理因写"中间人物"和在大连会议上的发言而遭到批判，1965年年初，因"中间人物论"挨批，赵树理全家被迫离开北京，迁回太原。④ 赵树理深受这种冲击之害，完全可以在修改稿中删掉王瑞这个"中间人物"，但是翻阅《十里店》所有的版本，王瑞的形象却始终如一、没有任何删减。赵树理试图将王瑞作为规训、改造的对象，但是和风细雨式的劝诫在当时"左"倾的社会舆论中显得多么"不识时务"。有人对王瑞这样的形象提出疑问，认为给干部抹了黑，赵树理却认为在现实中"王瑞式"的干部太多了。正因为王瑞式的干部普遍存在，集体经济才一蹶不起。因此，对王瑞的改

①　赵树理．农村中两条道路斗争的问题［M］//赵树理．赵树理全集：第4卷．太原：山西出版传媒集团，北岳文艺出版社，1986：619.

②　赵树理．在中国作协党组扩大会议上的发言［M］//赵树理．赵树理全集：第5卷．太原：山西出版传媒集团，北岳文艺出版社，1986：355.

③　赵树理．农村中两条道路斗争的问题［M］//赵树理．赵树理全集：第4卷．太原：山西出版传媒集团，北岳文艺出版社，1986：619.

④　李士德．赵树理忆念录［M］．长春：长春出版社，1990：126.

造是"四清"运动的前提。这反映出赵树理在"四清"运动中对于大多数干部的真实看法——不必那么激进，一切上纲上线，而是本着"惩前毖后、治病救人"的原则让"中间人物"式的干部内心自省。如果考虑到当时各地发生过多起因斗争干部手段过于激进，而导致部分干部性命堪忧，乃至于没人愿意当干部的恶性事件，那么我们就可以理解赵树理的这份坚持何等的难能可贵。① 王瑞的原型是曲里村党支部书记张存仓。在"四清"运动中，张存仓曾贪污，但情节并不严重，赵树理并不主张对其一棍子打死，而是教育后留用。②

在《十里店》中，作者渴望出现的是"马红英式"作风正派、雷厉风行的干部。赵树理赋予了马红英（其原型董小苏所不具有的）独特品质。董小苏是20世纪60年代风靡一时的"铁姑娘"形象的代表，能和男人一样吃苦，以意志坚定、作风顽强而闻名。然而，赵树理有意将吃苦耐劳这一"铁姑娘"体能特征淡化，而代之以敢作敢为、作风精悍型的女干部。③ 从董小苏到马红英，苦干型的劳模改写为意志坚定、一身正气的清官，赵树理完成了一个全面的置换，在他的内心，作风正派、为民请命才是干部的第一要义。在赵树理的心目中，真正能够符合他心目中的"模范干部"除了虚构的马红英，还有实干家潘永福。作者在"大跃进"时期，专门写潘永福，就是想要倡导潘永福身上那种甘于默默无闻，真干实干，身先士卒般的优秀品质。再退一步，即便是《"锻炼锻炼"》中的杨小四，作风有点粗暴，但是只要有魄力、肯做事、能推动生产，就会受到赵树理的推崇。

赵树理对于农村农民受苦的真实揭露，对于农村干部缺乏作为的深刻描绘，使得《十里店》在某种程度上突破了"本质论"的桎梏，表现出"写真实"的勇气。正是这一点，使得《十里店》与那些一味粉饰现实的农村题材文学拉开了距离。具有讽刺意味的是，《十里店》的演出带来了两极评价，省、地级领导颇为不满，甚至有人认为《十里店》是对社会主义新农村的污蔑。而农民却纷纷奔走相告，对《十里店》做出了极高的评价。晋东南地区举办"四清"剧目会演，《十里店》演出后，观众纷纷拍手叫好："只有老赵才敢这么真实地写！"在他们心目中，赵树理从来没有让他们失望过，他们佩服赵树理敢于写出农村

---

① 薄一波. 若干重大决策玉事件的回顾（下）[M]. 北京：中共中央党校出版社，1993：1125.

② 李士德. 赵树理忆念录 [M]. 长春：长春出版社，1990：145-146.

③ 戴光中. 赵树理传 [M]. 北京：北京十月文艺出版社，1987：416-417.

的真实的胆识，称赞道："除了赵树理这样的老作家，谁敢担这么大的风险。"①
同样，赵树理对《十里店》充满信心，并不会因为片面评价而感到沮丧，他相
信："《十里店》真实不真实？能演不能演？应由人民群众来决定，他们是生活
的主人，最有发言权。思想倾向对不对？我是根据革命需要看重现实的。有的
同志说《十里店》是个坏戏，这也吓不倒我，我怕的是事实先生。全盘否定的
态度，不利于文艺创作。我的《十里店》再过十年、二十年来看。"②

三、"以农民的利益为中心"：赵树理的社会主义想象

当赵树理踌躇满志地写《十里店》时，他"自以为重新体会到政治脉搏，
接触到了重要主题"③。然而，他万万想不到的是，《十里店》成了一部饱受争
议的难产之作，可谓写作呕心沥血，上演遥遥无期。那么，在这场屡次修改、
被折磨得体无完肤、面目全非的背后，究竟有着什么样的逻辑支配，换言之，
赵树理的写作所面临的困境本源是什么？

回溯赵树理创作的历史，不难发现，赵树理的身世浮沉无不与政治的变迁
有着密切的关系。赵树理的高光时刻出现在 1947 年，陈荒煤在《人民日报》发
表《向赵树理方向迈进》，赵树理的"老百姓喜欢看，政治上起作用"这一写
作口号被陈荒煤认为是"毛主席文艺方针最朴素的想法，最具体的做法"④。因
此，赵树理的文学创作就成为毛泽东《在延安文艺座谈会上的讲话》的实践标
杆。在中国现当代文学作家中，只有两位作家荣膺"方向"的赞誉，分别是
"鲁迅方向"和"赵树理方向"。赵树理一时成为延安的风云人物，被杰克·贝
尔登（Jack Belden）誉为"可能是共产党地区中除了毛泽东、朱德之外最出名
的人"⑤。

赵树理的写作方向体现了《讲话》中文艺服务于政治的要求。他的写作无
不体现了党的重大方针政策，比如，《李有才板话》是为了配合上党战役的，

---

① 戴光中. 赵树理传 [M]. 北京：北京十月文艺出版社，1987：420.
② 戴光中. 赵树理传 [M]. 北京：北京十月文艺出版社，1987：421.
③ 赵树理. 回忆历史 认识自己 [M]//赵树理. 赵树理全集：第 5 卷. 太原：山西出版传
媒集团，北岳文艺出版社，1986 年：383.
④ 陈荒煤. 向赵树理方向迈进 [M]//黄修己. 赵树理研究资料. 太原：山西出版传媒集
团，北岳文艺出版社，1985：200.
⑤ 贝尔登. 中国震撼世界 [M]. 北京：北京出版社，1980：109.

《邪不压正》是为了宣传土改政策的，《登记》是为了宣传婚姻法的，《三里湾》是为了宣传农业合作化的。然而，赵树理对于《讲话》的理解却有着自己的独特性。"赵树理的问题在于，他将《讲话》中提出的'为人民服务'——'为工农兵服务'朴素地理解成了'为农民服务'。"在毛泽东文艺思想中，"农民"只有组织起来作为创造历史的工具时，才能成为历史的主体。"显然，在这里，'农民'本身就是一个现代性发明，'农民'只有在'人民'或'工农兵'这种'想象的共同体'中才能获得意义。"① 胡乔木曾说："就在延安，毛主席提出来组织起来的口号，这个组织起来不是说要固守农民的本来面貌，而是作为改造农民的手段提出来的。"②

在中国现代化的设计蓝图中，社会主义国家的主体是工人阶级，而不是农民阶级。毛泽东在 1949 年发表的《论人民民主专政》中指出："严重的问题是教育农民。农民的经济是分散的，根据苏联的经验，需要很长的时间和细心的工作，才能做到农业社会化。没有农业社会化，就没有全部的巩固的社会主义。农业社会化的步骤，必须和以国有企业为主体的强大的工业的发展相适应。人民民主专政的国家，必须有步骤地解决国家工业化的问题。"③ 但是，赵树理似乎并没有意识到社会主义文化的主体转换，依然坚持站在农民的利益上审视社会主义经济建设。比如，《三里湾》作为第一部反映农业合作化的小说，却不具有"典范型"。与《创业史》相比，它缺乏反映农村"两条路线的斗争"的战略高度，也没有高屋建瓴地写出农业合作化与工业化之间的密切关系，尤其缺乏"梁生宝式"具有高度政治觉悟性的主人公。梁生宝已经完全超越了传统农民发家致富的梦想，公而忘私、身先士卒，在他身上凝聚了作者对优秀共产党员的所有完美的想象。因此，"《创业史》是一部深谙马克思主义唯物论与辩证法精髓的小说"④。

然而，赵树理的《三里湾》却别有一番风味，在他的蓝图里，农业合作化是由内及外、由下而上的过程，与其说合作化是外部力量的插足，毋宁说是乡

---

① 李杨．"赵树理方向"与《讲话》的历史辩证法 [M]//刘卓．"延安文艺"研究读本．上海：上海书店出版社，2018：217.

② 胡乔木．胡乔木回忆毛泽东 [M]．北京：人民出版社，1994：7.

③ 毛泽东．论人民民主专政 [M]//毛泽东．毛泽东选集：第四卷．北京：人民出版社，1991：1477.

④ 贺桂梅．书写"中国气派"：当代文学与民族形式建构 [M]．北京：北京大学出版社，2020：350.

村共同体建设的内在需要。贺桂梅一针见血地指出,"整个小说的叙述要告诉人们的是:合作化乃是基于乡村社会自身需要的产物,并且这一运动对乡村世界的改造,并不是一个破坏传统的过程,毋宁说是一个实践更有效的经济和社会发展形态,同时也是实践更高的文化伦理于道德塑造的过程"①。1955 年全国上下掀起的农业合作化高潮则是以行政力量强行推动的自上而下的经济变革,1956 年到次年春夏,全国各地出现了退社的风潮。② 因此,赵树理心目中的"农业合作化"与现实世界中大规模的"合作化"运动有着重大的分野。

在重大问题上,赵树理并没有紧随政治宣传的步伐,而是有着自己独特的见解。1958 年,赵树理发表了短篇小说《"锻炼锻炼"》,讲述新一代农村干部杨小四如何利用强硬手腕让"小腿疼""吃不饱"等落后村民改过自新的故事。这部小说自出版以来,引发巨大的争议。小说在叙事伦理上充满着歧义,叙事表层隐含作者似乎积极拥护人民公社,真正需要"锻炼锻炼"的不是雷厉风行甚至有点霸道的杨小四,而是擅长"和稀泥"的干部王聚海。甚至有的批评者认为赵树理借题发挥,对人民公社极尽讽刺挖苦之能事。③

立足于乡村世界,时刻维护乡村共同体的利益,主张循序渐进、自发地改造乡村,实现农业合作化,这就使得赵树理在越来越激进的社会主义现代化进程中显得格外保守。当党的具体政策和赵树理的生活经验发生冲突时,赵树理的写作就变得困难重重,甚至难以为继。作为一名党的工作者,服从党的路线方针,是赵树理的本分和职责。从理性上讲,赵树理对于"三面红旗"等激进的政策是拥护和支持的。新中国成立后,他的文学作品对于主流路线的歌颂是真诚的,这点毋庸置疑。但是,赵树理多年的农村基层经验又不得不使他对党的具体方针做出反省。有的问题很明确,如鲠在喉,不得不说。赵树理是一名优秀的党员干部,坚定的党性使得他必须有责任将农村工作的问题如实地向组织反映,这就是他为何屡屡采取"谏言"的方式向组织反映问题。共产党员的党性(为人民服务)成为他不断反映问题的动力。赵树理说:"老实说,在那两

① 贺桂梅. 书写"中国气派":当代文学与民族形式建构 [M]. 北京:北京大学出版社,2020:129.

② 温铁军. 中国农村基本经济制度研究:"三农"问题的世纪反思 [M]. 北京:中国经济出版社,2000:197.

③ 陈思和. 民间的浮沉:从抗战到文革革命史的一个解释 [M]//陈思和. 鸡鸣风雨. 上海:学林出版社,1994:41.

年，我估计我这个党员的具体作用就在于能向各级领导反映一些情况，提出几个问题，在比较熟悉的问题上也尽可能提一点解决问题的具体建议。我觉得只要能及时反映真实情况，协助领导及时解决必要问题，也算是对党的一点贡献……"①

1959年，赵树理写"万言书"，痛斥农村工作中的官僚主义，其出发点在于一个党员的基本责任，"我之所以总向有关领导方面提建议，原因也正在这里。一个共产党员在工作中看出问题不说，是自由主义，到处乱说更是自由主义，所以只好找领导。在那时候向领导反映工作是不太容易被重视的，因为浮夸余风尚存，往往足以掩盖真相"②。

在"大跃进"时期，赵树理深刻地感受到集体经济缺乏支配的权力，上书要求社干为村干放权："我认为今天'国家与集体'矛盾的主要方面不在于物质利益的冲突（也有冲突之处），而在于'生产品即生产过程决定权与所有权的冲突'。"③ 然而有的问题相当复杂，尤其是当上层政策与农村利益发生龃龉之时，赵树理感到无能为力，"后来出现了集体与国家的矛盾的时候，我们有时候就不知道该站在哪一方面说。原因是错在集体方面的话好说，而错不在这方面（虽然也不一定错在整个国家方面）时候，我们便不知如何是好了"④。这种矛盾冲突严重制约着作家的写作，从而在作品中出现了无法克服的矛盾。一方面，要为当时政策唱赞歌；另一方面，又要真实地写出农村生活的凋敝和困窘。这就是赵树理的作品为何到后期越来越少的原因。

由于写作理念和社会思潮发生龃龉，赵树理的文学创作举步维艰。赵树理不愿意盲目地拥抱、讴歌主流政策，更不愿意抛弃"为农民而鼓与呼"的那颗赤诚之心。赵二湖说："在他身上，有两个原则是不可突破的：一是和党保持一致；二是不胡编乱写，实事求是。那个时代，这二者本身就是个自相矛盾的东西，赵树理也始终在这种矛盾中纠结、苦恼着。"⑤ 终于，在"文革"中，赵树理的文学创作完全破产，他完全失去了向上面反映问题的渠道，"进城给我写出

---

① 董大中．赵树理年谱［M］．太原：山西出版传媒集团，北岳文艺出版社，1994：538.
② 董大中．赵树理年谱［M］．太原：山西出版传媒集团，北岳文艺出版社，1994：537.
③ 赵树理．给中央某负责同志的两封信［M］//赵树理．赵树理全集：第5卷．太原：山西出版传媒集团，北岳文艺出版社，1986：324.
④ 赵树理．给中央某负责同志的两封信［M］//赵树理．赵树理全集：第5卷．太原：山西出版传媒集团，北岳文艺出版社，1986：323-324.
⑤ 赵二湖．我对赵树理研究的一点认识和期望［N］．太行日报，2016-09-11（2）.

了许多大字报之后，我找组织谈，组织又不和我谈。我觉得问题不知从何谈起"①。当赵树理的戏被禁，丧失下乡的资格的时候，他每天就学一学读毛选的青年们的报告，便读了一本《欧阳海之歌》，终于沮丧地发现："这些新人新书给我的启发是我已经了解不了新人，再没有从事写作的资格了。"②

四、从"问题小说"到"助业作家"：赵树理文学观念的悖论

回顾赵树理的一生，他的写作与共产党的革命事业紧密相关，正如上文所言，是毛泽东的《在延安文艺座谈会上的讲话》照耀了赵树理的写作。虽然《小二黑结婚》的出版与《在延安文艺座谈会上的讲话》并没有实质的因果关系③，但是，当赵树理在晋冀鲁豫边区第一次读到《在延安文艺座谈会上的讲话》后，兴高采烈，认为毛主席说出了他心中想要说的话。④ 换句话说，没有《在延安文艺座谈会上的讲话》就没有后来所谓的"赵树理的方向"。

赵树理的小说是他参加革命工作的产物。赵树理将自己的小说称为"问题小说"——"我的作品，我自己常常叫它是'问题小说'。为什么叫这个名字，就是因为我写的小说，都是我下乡工作时在工作中碰到的问题，感到那个问题不解决会妨碍我工作的进展，应该把它提出来。"⑤ 赵树理的"问题小说"与五四时期的"问题小说"有着相似之处，都属于启蒙文学的范畴。二者只是主体有别，五四时期"问题小说"的作者属于知识分子范畴，而赵树理属于革命干部。但是，对于社会问题的揭露，以引起疗救的注意，则是二者的共同点。赵树理始终关注革命工作中遇到的阻力（如《小二黑结婚》《李有才板话》《"锻炼锻炼"》《邪不压正》等作品披露的干部作风问题），将之揭露出来，以便问

① 赵树理. 回忆历史 认识自己 [M]//赵树理：赵树理全集：第 5 卷. 太原：山西出版传媒集团，北岳文艺出版社，1986：393.
② 赵树理. 回忆历史 认识自己 [M]//赵树理. 赵树理全集：第 5 卷. 太原：山西出版传媒集团，北岳文艺出版社，1986：393.
③ 1942 年 5 月，毛泽东发表《在延安文艺座谈会上的讲话》时，赵树理不在延安。1943 年冬赵树理才有机会读看到《在延安文艺座谈会上的讲话》，因此，赵树理 1943 年发表的《小二黑结婚》与《李有才板话》，不可能是学习《在延安文艺座谈会上的讲话》的结果。参见：董大中. 赵树理年谱 [M]. 太原：山西出版传媒集团，北岳文艺出版社，1994：234.
④ 戴光中. 赵树理传 [M]. 北京：北京十月文艺出版社，1987：174.
⑤ 赵树理. 当代创作的几个问题 [M]//赵树理. 赵树理全集：第 4 卷. 太原：山西出版传媒集团，北岳文艺出版社，1986：428.

题的解决。换言之，赵树理的作品可以当作革命过程中农村问题的"病相报告"。

　　可能觉得"问题小说"仍旧无法表达"文学理想"，五年后，赵树理又专门提出"助业作家"阐述自己的文学志向。赵树理将文艺作家分为专业作家与业余作家，而所谓的"助业作家"与业余作家内涵几乎相同。专业作家是指以写作为业，专门从事文学创作的作家，"助业作家"并非以写作为职业，而是以其他职业为主，只是为了帮助业务才写作的作家。"赵树理不愿把自己看作专业作家，始终愿做一个农村工作干部，为了促进工作而执笔写作的所谓'助业作家'。"①在赵树理看来，"助业作家"能够有着较为明确的政治站位，"专业和一般业余作家，对政治标准和艺术标准哪个应列为第一，往往发生问题，而在助业作家中，这方面发生的问题要少得多"②。"助业作家"对党的政策有着更为敏感的把握，"助业作家经常是要直接发动群众来完成上级赋予的任务的，对上级、对群众都要经常直接见面，因此在理解大政方针和深入群众方面，要比我们这些在其他业务上不直接负责、只是'在上边听听、到下边走走'的人认真得多"③。"只有从上级的领导意图追溯到党的大政方针，才能热爱党，衷心听党的话；只有和群众同甘共苦、共患难，才能热爱群众，赏识群众的优点，珍惜群众点点滴滴的成绩。"④

　　成为一名"助业作家"是赵树理的毕生心愿。这意味着他要将自己在职业中所观察到的"问题"与党的方针政策相结合。前者是自己的职责，后者是写作的要求。"对赵树理来说，至少意味着两方面的内容，其一是赵树理在农村工作和生活中接触到的琐碎现实所构成的真实经验，其二是他同时接触到政治政策所叙述和要求的真实。前者是他据以形成小说叙述的经验基础和创作动因，后者是他自觉的叙述结构和意识形态图景。二者互为补充，共同构成赵树理体

①　加藤三由纪.关于《三里湾》的评价［M］//中国赵树理研究会.赵树理研究文集：下.北京：中国文联出版公司，1998.111.
②　赵树理.谈"助业作家"：纪念毕革飞同志［M］//赵树理.赵树理全集：第4卷.太原：山西出版传媒集团，北岳文艺出版社，1986：638.
③　赵树理.谈"助业作家"：纪念毕革飞同志［M］//赵树理.赵树理全集：第4卷.太原：山西出版传媒集团，北岳文艺出版社，1986：639.
④　赵树理.谈"助业作家"：纪念毕革飞同志［M］//赵树理.赵树理全集：第4卷.太原：山西出版传媒集团，北岳文艺出版社，1986：639.

会政治脉搏的活力和张力。"① 对赵树理而言，写作与政治应当是水乳交融、相辅相成的。写作是为了把握、反映党的重大决策方针，而政治的风云变幻又为写作持续提供灵感，"赵树理无意保留写作与政治之间的距离，相反，他的理想是写作充分政治化以后，能够完整地消融在具体的政治政策之中，像水消失在水中一样。这一理想虽然不免让有些人望而却步，但其中仍然有可贵、可分析的地方"②。

从"问题小说"到"助业作家"，在文学写作的政治化方向上更迈进了一步。二者依旧有很明显的分野，"问题小说"虽说是为革命文学事业增砖添瓦，但其启蒙的锋芒依旧存在。所谓"啄木鸟式"的"除害"客观上也指出了革命事业的不足之处。然而，"助业作家"则完全将自己融入了革命的熔炉里，成为革命事业的螺丝钉，更遑论启蒙的重任。赵树理的文学写作在理论上陷入了两难，要么坚持"问题小说"，坚守启蒙理想；要么融入革命事业，进行万民大合唱。"问题小说"与"助业作家"之间的内在矛盾决定了赵树理写作的进退维谷，一方面，他要求全力以赴去追随时代的奏鸣。另一方面，他又要坚持去发现现实社会中的问题。在逐渐激进的时代环境中，对赵树理来说，想要保持两全已经近乎幻想，赵树理悲剧就此埋下伏笔。

《十里店》的问题就在于"问题小说"与"助业作家"两者观念的纠葛。作为一名党的工作者，赵树理不可能不知道拥护政策的重要性，为了宣传"四清"运动，特意去长治市黄碾村下乡数月，寻找"四清"运动的合理性。因此，赵树理从"两条路线的斗争"的角度展开戏剧冲突，从而呈现出以"写本质"为主导的"社会主义现实主义"文学，是形势发展的必然；然而，"问题小说"的思维又使得赵树理不得不冲破"写本质"的桎梏，努力寻求农村生活的"真实"面貌，其如椽大笔深刻地揭露出农民受苦的现状，并试图通过诉求"干部"问题来寻找解决问题的途径。《十里店》在得到当地百姓的拍手称快之后，很快被禁演，而赵树理最终被政治的旋涡所吞没。

---

① 李国华. 农民说理的世界：赵树理小说的形式与政治 [M]. 上海：上海书店出版社，2016：251.

② 李国华. 农民说理的世界：赵树理小说的形式与政治 [M]. 上海：上海书店出版社，2016：250.

附录2

启蒙与革命的变迁——《阿Q正传》与《福贵》比较研究①

鲁迅与赵树理是中国现代文学史上的标杆（代表着现代文学前进的方向——"鲁迅方向"和"赵树理方向"），他们都以对中国农村精确、深刻的描摹而见长。鲁迅善于从启蒙知识分子的视野来关注和表现农民，他笔下的农民大都如闰土、祥林嫂般麻木、愚昧；而赵树理让农民真正成为小说的主人公，他们真正觉醒、为自己的利益而斗争，体现了历史转折时期的主体性。因此，赵树理的作品是对鲁迅启蒙思想的进一步发展。

鲁迅深深地影响了赵树理的人生抉择，在赵树理的人生转弯处，可以看见鲁迅的影子。《阿Q正传》影响了赵树理的人生抉择和文学创作。赵树理在长治第四师范学校读到《阿Q正传》后，就深受启发，决定唤醒民众。② 赵树理甚至将《阿Q正传》作为在农村宣传新文学的武器，对封建思想浓厚的父亲赵和清老人宣讲。1933年，赵树理在太谷县北洸的县立第五高级小学任教，据当年北洸高小同事张启仁回忆，"赵树理最喜爱的现代作家是鲁迅，最爱读的小说是鲁迅的《呐喊》。特别是《阿Q正传》一篇，他读得非常入神"③。

赵树理曾经说，"老实说我是颇懂鲁迅的一点笔法的"④。他创作的短篇小说《福贵》深受鲁迅的《阿Q正传》的影响。两部小说在内容上具有很大的相似性，因而具有可比性。主人公都来自社会底层，都深刻地揭露了地主对农民

---

① 令狐兆鹏. 启蒙与革命的变迁：《阿Q正传》与《福贵》之比较研究 [J]. 鲁迅研究月刊，2021（10）：12-22.

② 戴光中. 赵树理评传 [M]. 北京：北京十月文艺出版社，1987：43.

③ 董大中. 赵树理年谱 [M]. 太原：山西出版传媒集团，北岳文艺出版社，1992：58-59.

④ 赵树理. 回忆历史，认识自己 [M]//赵树理. 赵树理全集：第5卷. 太原：山西出版传媒集团，北岳文艺出版社，1994：374.

的剥削。但是，并不能因此就可以说《福贵》是对《阿 Q 正传》的简单模仿，两部作品诞生于不同时代，都是对中国社会变迁中的重大问题（启蒙和革命）做出了非常深入的思考，显示出两位作家极强的提出和概括社会问题能力。已经有学者注意到这两部小说的相似性。1948 年，林默涵发表《从阿 Q 到福贵》，论述两个人物所处时代的差异性。① 孙晓忠则在《当代文学中的"二流子"改造》一文中从"二流子"角度论述阿 Q 与福贵之间的共性。② 但是，从作品的美学角度与启蒙与革命的视角进行比较的研究，尚付阙如，这也构成了本文写作的基点。

一、反讽：伸向启蒙与革命的触角

《阿 Q 正传》是一部由序言和正文组成的"套盒式"叙事结构小说。序言本身就有着强烈的反讽意味。序言通过"元叙事"，暴露叙事意图，从而揭露出现实主义小说所谓"真实性"的虚构本质。"我"讲述了如何为"阿 Q"做传的过程，意在暴露为阿 Q 做传的"不合法"性（因为作为无业游民，阿 Q 根本没有资格列入"传主"的序列）。当叙事者不断从名目、姓氏、名字、籍贯消解阿 Q 身份的确定性时，完全颠覆了史传的传统性。

而在正文中，叙事者也不安分，不断跳进文本，大发牢骚，打扰小说进程。鲁迅的小说向来以结构严谨、叙事精确而著称，大部分小说中叙事者都安分守己，很少有如此"故意犯规"的。总之，鲁迅在《阿 Q 正传》中创造出了一种新的写法——戏仿史传，隐含作者借用叙事者的功能不断发出指令，以起到画龙点睛的作用，叙事者声音与主人公的思想形成强烈的冲突，从而形成了反讽。

反讽的产生通过叙事者不断调节与主人公的距离而展开。小说伊始，叙事者以上帝视角进行叙事，阿 Q 完全暴露在叙事者的注视之下。叙事者对阿 Q 的"精神胜利法"进行了强烈的讽刺，从而流露出对"国民性"猛烈的批判。小说中段（阿 Q 返回未庄），叙事者有意放弃全知视角，用第三人称限制性视角来进行叙事，阿 Q 的心理感受（革命的巨大威力）越来越明显，"土谷祠"之梦则完全是阿 Q 的内心独白。小说结尾，阿 Q 临死前所看到的不远不近的狼眼睛，

---

① 黄修己．赵树理研究资料［M］．北京：知识产权出版社，2010：179-181．

② 孙晓忠．当代文学中的"二流子"改造［M］//刘卓．"延安文艺"研究读本．上海：上海书店出版社，2018：129-130．

"这些眼睛们似乎连成一气，已经在那里咬他的灵魂"。读者完全走进了阿Q的内心，从阿Q的感受来真切理解鲁迅所说的"无物之阵"巨大而又残忍的吞噬力。

但是，强烈的叙事干预并没有掩盖小说人物独特的魅力。话语层面上叙事者以启蒙的眼光评判历史、臧否人物。故事层面则让人物按照自己的逻辑不断成长。小说以第六章"从中兴到末路"为界，将阿Q的一生分为两个阶段，第一个阶段阿Q受尽欺凌、无法解决温饱、无奈逃离未庄。第二个阶段则是阿Q重返未庄，遭遇革命，积极革命，却被革命洪流吞噬。第一个阶段的关键词就是"精神胜利法"。叙事者牢牢控制着人物，叙事者与阿Q的关系如同医患关系，阿Q的种种性状则是生动的"病相报告"。第二个阶段的关键词由"精神胜利法"转向"革命"。人物开始逐渐逃脱叙事者的控制，表现出了"主体性"——对于革命的隔膜、向往、投奔到毁灭。读者开始按照阿Q的视角来看未庄，赵太爷、钱太爷、假洋鬼子等成了被阿Q观看的对象。从而出现了"被看"到"看"的反转。叙事者声音逐渐淡出，叙事功能由阿Q完成，第三人称限制视角大量涌现，于是我们看到了一个清晰的、立体的、有着自我思想的阿Q。鲁迅意在让阿Q这个底层游民来完成对一场革命的评估。①

由此，反讽成为鲁迅用启蒙眼光审视未庄和辛亥革命的必要手段。反讽的气息笼罩着整个未庄，无论是作为被压迫者的阿Q、王胡、吴妈还是压迫者的赵太爷、假洋鬼子等无不成为反讽的对象，鲁迅借此展开对国民性的强烈批判。对于辛亥革命，鲁迅则从未庄人们的惊慌失措，举人老爷的连夜遁逃，阿Q成为替死鬼等情节展开了辛辣的反讽，做出的评估——一场没有完成启蒙的换汤不换药的革命——成为不刊之论。

无独有偶，赵树理的《福贵》同样也是一个"套盒式"结构，但是，小说叙事平实，完全没有《阿Q正传》中强烈的反讽意味。反讽的产生有一个条件——观察者（叙事者）与观察目标（作品人物）产生距离，能够以客观的眼光（旁观者身份）来进行叙事的时候，才有可能产生反讽。波德莱尔在《论笑的本质》一文中强调"分身"对于反讽的重要性。如"跌倒的人绝不笑他自己

---

① 吴晓东发现了阿Q的主体性，他认为全知视角到限制视角的转化过程实质上就是阿Q的主体化过程。吴晓东.鲁迅第一人称小说的复调问题［J］.文学评论，2004（4）：137-148.

的跌倒，除非他是一位哲学家，由于习惯而迅速获得了分身的力量，能够以无关的旁观者的身份看待他的自我的怪事"①。保罗·德曼（Pual de Man）认为"这种分身的性质，对理解反讽相当重要"②。《阿Q正传》一方面是叙事者与阿Q不在同一维度，使得他能够超越未庄，以史传的形式进行叙事；另一方面是叙事者不断调整视角，让人物自己发声，从而对叙事本身（史传风格）的可靠性进行反讽。而在《福贵》中，叙事者的身份（区干部）与主人公福贵属于同一维度又都属于革命集团（福贵翻身后依然会成为革命的主力），因此也就没有了反讽展开的空间。《福贵》用控诉代替了反讽，以王老万为代表的地主阶级成为以福贵为代表的农民声讨的对象。反讽与控诉之间有很大区别，反讽是言此意彼，借力打力，声东击西——一种游击战式的攻击策略。而控诉是胡同里赶猪——直来直去，一竿子戳到底，意在置敌于死地的歼灭战术。因此，小说的高潮就在于福贵那场对地主王老万激情澎湃的控诉。

　　《福贵》的复杂之处在于并非仅有控诉一种声音。赵树理写《福贵》其实是有着启蒙的目的，他要批判农民（甚至乡村干部）身上多年来习焉不察的"封建思想"——对于"下等"职业的歧视。赵树理说："我所担心的一个问题是做农村工作的人怎样对待破产后流入下流社会一层人的问题。这一层人在有些经过土改的村子还是被歧视，如遇了红白大事，村里人都还以跟他们坐在一块吃饭为羞。我写《福贵》那时候，就是专为解决这个问题。"③这种歧视不仅仅存在于村民之间，而且乡村干部间也存在这种歧视现象，"那时，我们有些基层干部，尚有些残存的封建观念，对一些过去极端贫穷、做过一些被地主阶级认为是下等事（送过死孩子、当过吹鼓手、抬过轿等）的人，不但不尊重，还有点怕玷污自己的身份，所以写这一篇，以打通其思想"④。这就是赵树理写这篇小说的目的，是在启蒙干部（"以打通其思想"），让他们发现自己思想的愚昧之处，从而得以改正。

　　但是，吊诡的是，文本中对于乡村社会歧视"下等人"（送过死孩子、当过

① 德曼.解构之图 [M].北京：中国社会科学出版社，1998：30.
② 德曼.解构之图 [M].北京：中国社会科学出版社，1998：31.
③ 赵树理.对《金锁》问题的再检讨 [M]//赵树理.赵树理全集：第4卷.太原：山西出版传媒集团，北岳文艺出版社，1986：219.
④ 赵树理.回忆历史 认识自己 [M]//赵树理.赵树理全集：第5卷.太原：山西出版传媒集团，北岳文艺出版社，1990：375.

吹鼓手等）的恶俗，叙事者没有批判，甚至无意识地表现出了认同的态度。比如，福贵送死孩子被大伙知道之后，叙事者这样讲："来年正月里唱戏，人家也不要他了，都嫌跟他在一块丢人，另换了个新把式。"① 从中可以看出，叙事者对这种潜在的"乡规民约"是认同的。当小说把福贵的控诉作为小说的结尾时，叙事者的声音似乎完全被福贵的声音所淹没，他们都无意识地认为"下等人"应该受到歧视，只不过都把受歧视的原因归责于王老万的高利贷剥削。

因此，在赵树理着力宣称要解决的"问题"与实际作品反映出的"问题"之间，存在着不小的偏差。隐含作者和作品之间产生了巨大的分裂。赵树理认为他写这篇小说主要是为了启蒙干部，让他们转变对"下等人"歧视的思想。而文本中所表达的主题是地主王老万的高利贷是福贵受苦受难的根源。

究其原因，在于革命话语中启蒙叙事者的身份（序言中的工作队的成员）决定了叙事的风格。在延安边区的体制中，区干部代表着共产党的身份。共产党带领贫农斗地主就构成了"土改文学"（《太阳照在桑干河上》《暴风骤雨》）的叙事模式。土改文学甚至革命文学只需要一种声音——控诉——而不是反讽。《福贵》完美地展现了农民推翻地主的逻辑，解释了农民革命的原因。这是作为革命工作者的赵树理写作的基本任务，另外，赵树理对于隐藏在革命队伍中的封建落后思想有着非常清醒的认识，旨在用启蒙的思想对之进行毫不留情的批判。只是在革命时代，五四启蒙的锋芒被依附在阶级斗争的主旋律所掩盖，以一种"潜文本"而存在。

二、从阿Q到福贵：两个时代的革命与启蒙

《阿Q正传》是鲁迅站在启蒙的立场上对国民性和辛亥革命进行深层次思考的产物。整部小说讲了两个故事。第一，阿Q精神胜利法的故事——以启蒙的眼光批判"国民劣根性"，引导一股思想潮流，"五四前后的中国启蒙知识分子（不是所有知识分子）认为中国的'国民性'必须改造才能适应现代世界"②。第二，辛亥革命的故事。作者用启蒙的思想（人的平等、自由）对辛亥革命进行了重估。

---

① 赵树理. 回忆历史，认识自己 [M]//赵树理. 赵树理全集：第5卷. 太原：山西出版传媒集团，北岳文艺出版社，1994：375.

② 陶东风. "国民性神话"的神话 [J]. 甘肃社会科学，2006（5）：21-24.

启蒙与革命之间存在着相当复杂的关系。革命是启蒙的导火索。在革命面前，阿 Q 的精神胜利法暂时或者部分失去了效用，阿 Q 这颗麻木的灵魂被深深刺痛，不得不产生直面人生的挫败感。在这个不断失败的过程中，鲁迅并没有给阿 Q 过多的精神胜利法（安慰失败的鸦片）的支持，而是提供了促使其觉醒的契机。小说写出了阿 Q 无处投奔革命的迷茫、被革命抛弃的冷落、被假洋鬼子逐出革命的沮丧。而上述的这些情绪恰恰是精神胜利法要完全麻痹、包容、吞噬掉的。汪晖借此（"无聊"一词）加以发挥，认为"无聊的否定性因此蕴含着某种创造性的潜能，"① 指出了阿 Q 被学术界长期忽视的另一面——追求自我价值实现的冲动。如果说小说的前半部分（一到五章）叙事者极尽对阿 Q 精神胜利法调侃、讽刺之能事的话，那么到了后半部分（六到九章）则赋予小说以庄严、沉痛之感。而这种深沉的叙事风格恰恰是建立在对于阿 Q 的另一面的发现之上——挣脱精神胜利法的魔咒，用理性武装头脑——而这正是个体启蒙的重要内涵。因此，革命提供了治疗精神胜利法的可能，给予个体启蒙的契机。

但是，鲁迅对革命的暴政深感忧虑：如果脱离启蒙的指引，革命很可能走向灾难。阿 Q 在梦中获得了极致的革命巅峰体验：未庄人都来求他饶命，阿 Q 一个都不放过，肆无忌惮地抢钱财、抢女人满足自己的欲望。当然，鲁迅对阿 Q 的革命理想是如此厌恶，他曾在一篇随笔中，毫不留情地讽刺了这种"造反式"的"革命观"："简单地说，便只是纯粹兽性方面的欲望的满足——威福、子女、玉帛——罢了。然而在一切大小丈夫，却要算最高理想了。我怕现在的人，还被这理想支配着。"② 鲁迅在阿 Q 身上发现了潜在的革命力量，但更加警惕这种革命的破坏力量。鲁迅揭露了"主子—奴才"二元循环式的逻辑，主子一旦失去权势，便是奴隶（作威作福的赵太爷也会卑躬屈膝地叫阿 Q 为"老 Q"），而奴隶一旦得势，便作威作福，比主子更凶残。他们都享用一个逻辑：以欺凌他人来满足自己的欲望。因此，阿 Q 所谓的革命，与旧式的农民造反、农民战争毫无两样，反抗的只是欺压自己的恶，而对于"恶的生活方式和生产方式"，置若罔闻。

反过来，启蒙的限度决定了革命的高度。革命到底在哪一个层次唤醒了阿

---

① 汪晖. 阿 Q 生命的六个瞬间 [M]. 上海：华东师大出版社，2014：59.
② 鲁迅. 五十九 "圣武" [M]//鲁迅. 鲁迅全集：第 1 卷，北京：人民文学出版社，2005：372.

Q，多大程度上促进阿Q走向现代公民的世界，决定了其最终的价值。因此，阿Q是检验革命是否成功的一个指标。《阿Q正传》是以启蒙的眼光观照辛亥革命的寓言。鲁迅对辛亥革命充满失望，"我觉得仿佛就没有所谓的中华民国。我觉得革命以前，我是做奴隶；革命以后不多久，就受了奴隶的骗，变成他们的奴隶了……我觉得什么都要重新做过"①。在鲁迅的眼中有两个"中华民国"，一个是形式上的革命的"中华民国"，一个是真正意义上的"中华民国"。而扼杀阿Q生命的"中华民国"没有完成革命的任务，在未来的道路上，会有无数的阿Q加入革命的队伍，正如鲁迅所言，"据我的意思，中国倘不革命，阿Q便不做，既然革命，就会做的。我的阿Q的运命，也只能如此，人格也恐怕并不是两个。民国元年（1912）已经过去，无可追踪了，但此后倘再有改革，我相信还会有阿Q似的革命党出现"②。这是对20世纪中国的伟大寓言。阿Q不能够依靠辛亥革命获得解放，他的命运必须依靠中国共产党的土地革命才能得到彻底的改变，"《阿Q正传》对辛亥革命尖锐的批判和阿Q希望资产阶级领导他'革命'的幻想的破产，实际上显示了中国农民必须走另外一条完全不同的彻底革命的道路，才能得到真正的解放"③。

如果说，《阿Q正传》是以启蒙的眼光对辛亥革命符号化的寓言叙事的话，那么《福贵》则是对中国共产党领导的土地革命进行极具写实性的叙事，它所代表的恰恰是共产党革命对五四启蒙的超越。延安文艺整风运动后，启蒙内容发生巨大变化，"启蒙的内容由个体启蒙转向革命启蒙，再由革命启蒙转向阶级启蒙"④。五四时期的启蒙是个体启蒙，旨在唤醒个体，将个人从封建家族制度枷锁中解脱出来，"我是我自己的，谁也没有干涉我的权利"。而解放区的启蒙，是在革命的范畴内，引入"阶级"概念，用"集体"代替"个体"，从而为革命提供动力。由此，可以洞见《阿Q正传》与《福贵》的分野。

---

① 鲁迅. 忽然想到 ［M］//鲁迅. 鲁迅全集：第3卷，北京：人民文学出版社，2005：16-17.

② 鲁迅.《阿Q正传》的成因 ［M］//鲁迅. 鲁迅全集：第3卷，北京：人民文学出版社，2005：397.

③ 姚文元. 从阿Q到梁生宝 ［M］//姚文元. 在前进的道路上. 北京：人民文学出版社，1965：307.

④ 赵学勇，张英芳. 延安时期文学启蒙思潮的历史演变 ［J］. 中国现代文学研究丛刊，2014（9）：142-152.

　　从文本上看，赵树理没有将个体启蒙的眼光关注小说，鲁迅式的"国民性话语"并没有成为《福贵》叙事的起点。从人物品性上来讲，福贵没有阿 Q 的性格缺陷（精神胜利法），反而是一个相当完美的人物形象（勤劳、善良、很有家庭责任心）。这样就杜绝了从福贵自身的性格缺陷挖掘受苦根源的路径，而将所有的"恶"归咎于社会——旧社会把人逼成了鬼，新社会把鬼变成了人。《福贵》就成了《白毛女》的"男版"叙事。经历了旧社会的磨难和新社会的改造，福贵并不是（如童话般）简单地回归以前的幸福生活，而是在思想上经历螺旋式上升，认清了地主的反动本质，揭露了贫苦农民"受难"和"污名"的根源（这就是共产党革命的巨大魅力）。

　　福贵在救赎过程中经历了"被启蒙"和"再启蒙"两个阶段。所谓的"被启蒙"指的是福贵遇见了共产党，参加"二流子改造"，洗心革面，成为一个"体面"的农民。用福贵的话说："抗日政府在那里改造流氓、懒汉、小偷，把我组织到难民组到山里去开地。从那时起，我又有地种了、有房子住了、有饭吃了。"① "二流子改造"作为延安群众运动的重要组成部分，在重塑新社会新农民形象方面起着重要的作用。"旧社会遗留给我们的渣滓——二流子，大部分都改换了原来的面貌，变成健康勤劳的农民。"② 通过集体劳动，让二流子形成新的生活观念，"二流子对劳动有了兴趣，他们从劳动中看到了成果，看到了未来，劳动者与劳动重新化成了肉身，结合到了一起。也只有这个时代，劳动者有了尊严，成为歌颂的对象，劳动者成了英雄"③。

　　"再启蒙"指的是福贵在大会上通过诉苦的方式，揭开了地主盘剥农民的秘密，歌颂了共产党的土改政策。小说以福贵的血泪控诉为结尾，通过这个觉醒了的革命主体的现身说法来完成对农民的启蒙。福贵在小说中大部分时间处于被看的位置，是沉默的大多数。正因为如此，诉苦会上的声讨就显得格外振聋发聩。作者有意采取了戛然而止的手法，以便产生"空谷足音"的效果——通过诉苦来完成唤醒民众的使命。

---

① 赵树理. 福贵［M］//赵树理：赵树理全集：第 1 卷. 太原：山西出版传媒集团，北岳文艺出版社，1986：393.
② 《解放日报》社论. 改造二流子［M］//孙晓忠，高明. 延安乡村建设资料：一. 上海：上海大学出版社，2012：493.
③ 孙晓忠. 当代文学中的"二流子"改造［M］//刘卓. "延安文艺"研究读本. 上海：上海书店出版社，2018：126.

诉苦是"诉说自己被阶级敌人迫害、剥削的历史，因而激起别人的阶级仇恨，同时也坚定了自己的阶级立场"①。众所周知，阶级这个概念是马克思主义政治经济学的关键词，更是中国共产党革命的基石。但是，这个概念不是中国文化的天然产物，它是在中国共产党革命中逐步被"发明"出来的。而对农民来说，"诉苦"是培育阶级情感的土壤。通过对地主的控诉，贫苦农民才会产生阶级的认同。"受苦最深的群众开展诉苦运动，对启发阶级觉悟帮助最大。"②诉苦的最终目的，不仅仅是摆脱地主压迫，完成经济独立的"翻身"，更重要的是产生新的革命主体——翻心。农民要从内心认清地主的反动性，认识到受苦的根源是因为地主的压迫。"个体进入现代革命'历史'，只有通过纳入超越地方生活世界的抽象政治共同体——'阶级'才能成为可能。因此，'翻心'也就意味着个体的'阶级'化，亦即在个体意识中确立对所属'阶级'的抽象认同。"③

通过"诉苦——翻心"这一革命运动机制，中国共产党唤醒了无数被压迫的"福贵"（"阿Q"）们，让他们意识到自己受苦之源不是"天"，不是"命"，而是反动的地主阶级。土地改革是中国共产党革命的重要一环，它唤醒了无数农民的革命性，"星星之火，可以燎原"，为伟大的新民主主义革命的胜利奠定基础，"在共产党精心而高效的动员下，千百万农民群众一改谨小慎微、消极保守的传统形象，形成了汹涌澎湃的群众运动的巨浪。由此，共产党得以将乡村民众纳入国家权力体系的运行轨道，彻底重塑了国家与乡村社会之间的关系，顺利实现了国家建设和乡村治理的目标"④。

对无数被侮辱和被损害的底层民众而言，土地革命唤醒了他们的斗志，启蒙了他们的思想，改变了他们的命运，他们第一次以主人公的身份屹立于历史的舞台。因此，赵树理笔下的福贵表征着土地革命浪潮中无数翻身的农民，是阿Q命运的续写。从阿Q到福贵，表征着现代中国两场革命（辛亥革命与共产

① 陈北鸥. 人民学习辞典［M］. 上海：广益书局，1952：331.
② 河北省档案馆. 河北土地改革档案史料选编［M］. 石家庄：河北人民出版社，1990：98.
③ 李放春. 苦、革命教化与思想权力：北方土改期间的"翻心"实践［J］. 开放时代，2010（10）：5-35.
④ 李里峰. 土改中的诉苦：一种民众动员技术的微观分析［J］. 南京大学学报（哲学·人文科学·社会科学版），2007（5）：97-109.

党革命）之间的承继关系，共产党革命更加深入、彻底地完成了辛亥革命没有完成的任务，引爆了革命的主体——农民，颠覆了地主剥削的土壤，将革命推向高潮，为建立民主、平等的政权奠定基础。

作为五四文学的扛鼎之作，《阿Q正传》是五四时期知识分子的镜像。五四启蒙是知识分子圈内的自我启蒙——知识分子既是启蒙的主体，也是启蒙的对象。五四时期，知识分子与人民大众相隔着厚厚的一堵墙。知识分子倡导"人的文学"和"平民的文学"，但这两个口号都与人民群众无关，所谓"人的文学"和"平民的文学"只不过是属于市民阶级（城市资产阶级和小资产阶级以及知识分子）的专利。① 这就决定了五四时代的启蒙运动具有一种强烈的圈子化、精英化倾向，离民众的要求相距甚远。

《阿Q正传》中主人公是农民，但是，作者根本没有将阿Q当作农民进行剖析的意图。阿Q实际上是知识分子的自我镜像。换言之，阿Q身上根深蒂固的精神胜利法只不过是知识分子的自我写照。阿Q种种丑态的原型主要是来自知识分子。周作人一针见血地指出"所谓优胜即是本文中的'精神的胜利'。这个玄妙的说法本来不是阿Q之流所能懂的，实际上乃是智识阶级的玩意儿，是用做八股文方法想出来，聊以自慰，现在借了来应用在阿Q身上，便请他来当代表罢了"②。阿Q的诸多行事（如"儿子打老子"的名言、赌钱失败自打耳光的事迹、红颜祸水论等素材）无不来自知识分子阶层。③ 因此，对《阿Q正传》产生极大兴趣，甚至坐卧不安的，恰恰是知识分子阶层。难怪很多知识分子以为阿Q正是自己。"当这《正传》陆续发表的时候，鲁迅亲见同部的许多老爷都在猜疑这里那里，所说的会不会就是自己，由此可见不但那些人士颇有自知之明，著者讽刺的笔锋正确的射中了标的，也是很明了的的。"④

当鲁迅以知识分子为模特来描绘阿Q时，阿Q与真正的农民之间产生了巨大的隔膜。鲁迅坦承自己"虽然竭力想摸索人们的灵魂，但时时总自感到隔

---

① 旷新年. 人民文学：未完成的历史建构 [J]. 文艺理论与批评，2005（6）：22-31.
② 周作人. 鲁迅小说里的人物 [M]. 石家庄：河北教育出版社，2002：89.
③ 周作人. 鲁迅小说里的人物 [M]. 石家庄：河北教育出版社，2002：93，94，106.
④ 周作人. 鲁迅小说里的人物 [M]. 石家庄：河北教育出版社，2002：106.

膜"①。钱理群先生认为鲁迅很难描绘出农民的心灵。② 鲁迅自己也承认对农村生活的疏离，"我生长于都市的大家庭里，从小受着古书和师傅的教训，所以也看得劳苦大众和花鸟一样。有时感到所谓上流社会的虚伪和腐败时，我还羡慕他们的安乐。但我的母家是农村，使我能够间或和许多农民相亲近，逐渐知道他们毕生受着压迫，很多痛苦，和鸟不一样了"③。这就决定了《阿Q正传》只能在远离农村的知识分子阶层流传。赵树理曾经将《阿Q正传》津津有味地给父亲赵和清朗诵，结果不到一半老人就拿着《秦雪梅吊孝》离去。这充分说明了在农村，广大农民阅读水平和欣赏水平距离鲁迅的创作水平实在相隔云泥。也从一个侧面反映出，阿Q的"农民性"并没有得到广大农民的认可。

鲁迅的乡土文学创作虽然取材农村，但在城市生产、流通和消费。鲁迅的作品是现代文学最深刻的，但受众面并不是最广的。他的作品注定适合于黑夜中一个人阅读，从作品的流通层面上讲，鲁迅的作品属于资本主义文化市场的产物，仅限于城市资产阶级层面阅读。

鲁迅深刻认识到自己的局限，萌发了"文学的大众化"的思想。鲁迅的"文艺大众化"思想是五四启蒙文学的进一步发展，鲁迅充分认识到启蒙必须突破知识分子的狭窄圈子走向人民大众。早在1930年，鲁迅就在《文艺的大众化》一文中呼吁"应该多有为大众设想的作家，竭力来作浅显易解的作品，使大家能懂，爱看，以挤掉一些陈腐的劳什子"④。1934年，鲁迅呼吁"为了大众，力求易懂，也正是前进艺术家正确的努力"⑤。1934年，鲁迅和茅盾协助美国记者伊罗生编选一本介绍给外国的中国新文学作品集，鲁迅为之书写"草鞋集"书名。这里包含着鲁迅的期望，即从"皮鞋文学"（城市知识分子创造的

① 鲁迅.俄文译本《阿Q正传》序及著者自叙传略［M］//鲁迅.鲁迅全集：第7卷.北京：人民文学出版社，2005：84.

② 钱理群.赵树理身份的三重性与暧昧性：赵树理建国后的处境、心境与命运［J］.黄河，2015（1）：69-81.

③ 鲁迅.英译本《短篇小说选集》自序［M］//鲁迅.鲁迅全集：第7卷.北京：人民文学出版社，2005：411.

④ 鲁迅.文艺的大众化［M］//鲁迅.鲁迅全集：第7卷.北京：人民文学出版社，2005：367.

⑤ 鲁迅.论"旧形式的采用"［M］//鲁迅.鲁迅全集：第6卷.北京：人民文学出版社，2005：25.

文学）到"草鞋文学"（广大农民创造的文学）的转变。①

　　赵树理正是鲁迅所殷切盼望的"草鞋文学"的代表。长期浸淫于乡村生活，使得赵树理有着丰富的生活实践，"我手写我口"，能够真实地表达农民的心声。一生站在农民的立场，为农民而"鼓与呼"，这正是赵树理在中国现代文学史上的最为独特之处。早在 1932 年（距离鲁迅的《文艺大众化》一文发表仅仅两年），赵树理就已经立志做一位"文摊作家"（"文坛太高了，群众攀不上去，最好拆下来铺成小摊子"②），决心用启蒙文化扫除农村广为流传的封建文化通俗刊物。因此，赵树理的民族化、大众化的思想，与其说是接受毛泽东《在延安文艺座谈会上的讲话》的影响，毋宁说是鲁迅的大众化思想的进一步发展的产物（赵树理的成名作《小二黑结婚》完成于 1943 年 5 月，但是半年后，赵树理才有机会读到《在延安文艺座谈会上的讲话》）。③"文艺大众化"不仅仅是语言风格的转变，更是"新启蒙运动"的组成部分："它应该是'文化'和'大众'中间的桥梁，是'文化大众化'的主要道路；从而也可以说是'新启蒙运动'一个组成部分——新启蒙运动，一方面应该首先从事拆除文学对大众的障碍；另一方面是改造群众的旧的意识，使他们能够接受新的世界观。"④ 赵树理自觉地从鲁迅的手里接上了"大众化"的接力棒，走上了在农村为农民进一步启蒙的道路。

　　赵树理身份上具有鲁迅所没有的复杂性。鲁迅是作为独立的知识分子而屹立于文坛的，"五四时期，知识分子大多能做到经济上的独立，他们要么通过家庭的资助，要么编报办刊，或者从事教书育人的工作，来获得安身立命所需的生活来源。知识分子在经济上的独立使得他们可以跳出政治派别的纷争，而保持一个中立者的立场"⑤。赵树理同时拥有农民、知识分子、革命干部三种身

---

① 鲁迅，茅盾．致伊罗生［M］//鲁迅．鲁迅全集：第 14 卷，北京：人民文学出版社，2005：318.

② 董大中．赵树理年谱［M］．太原：山西出版传媒集团，北岳文艺出版社，1994：84.

③ 董大中．赵树理年谱［M］．太原：山西出版传媒集团，北岳文艺出版社，1994：226-234.

④ 赵树理．通俗化引论［M］//赵树理．赵树理全集：第 4 卷．太原：山西出版传媒集团，北岳文艺出版社，1986：141.

⑤ 赵学勇，张英芳．延安时期文学启蒙思潮的历史演变［J］．中国现代文学研究丛刊，2014（9）：142-152.

份。① 一般情况下，这三种身份能够在赵树理的身上和谐共处。但是，当他进行文学创作时，其多重身份之间的龃龉使得其小说也存在着某种断裂。当他是革命干部时，他必然要以揭露地主的罪恶为己任，高扬农民主体的昂扬斗志，同时他又要将农村具体革命工作中所面临的任务和困难摆出来，形成特有的"问题小说"。当他是农民时，他又要站在农民的立场，用农民的思维来展现农村生活的现状。周扬认为"他没有站在斗争之外，而是站在斗争之中，站在斗争的一方面，农民的方面，他是他们中间的一员……因为农民是主体，所以在描写人物，叙述事件的时候，都是以农民直接的感受、印象和判断为基础的"②。对农民利益的维护几乎涵盖了他一生所有作品，"为农民写作"成了赵树理在中国现当代文学史上标志性的存在。

赵树理的复杂性就在于他有着农民和革命干部身份之外，还有知识分子的一面。他承担着知识分子的启蒙使命，骨子里仍然有着五四的传统血脉，在他的背后站着鲁迅高大的身影。这使得他的小说呈现出别样的风景。在《福贵》中，我们看到，独白的风格、反讽的缺失，正是革命文学制约下的形态表征。虽然，革命的话语权威无所不在，但是，在小说的缝隙处，依然流露出五四时代启蒙的声音。赵树理旨在揭露土改后农村盛行的封建思想（瞧不起送死孩子、吹鼓手、抬轿等职业），传播平等思想，不正是五四启蒙的内涵之一吗？从赵树理的作品中很容易梳理出一套五四话语谱系，比如，反对封建迷信（《小二黑结婚》中的"三仙姑""二诸葛"，《求雨》中的于天佑）；宣传恋爱自由（《小二黑结婚》中的小二黑、小芹，《登记》中的燕燕、艾艾）；呼吁男女平权（《孟祥英翻身》中的孟祥英）；等等，无不是五四启蒙的余脉，赵树理克服了五四文学狭隘的城市化的弊端，将鲁迅启蒙文学的旗帜从城市开拓到农村，从而呈现出新时代、新风貌和新气息。更难能可贵的是，赵树理写出了革命过程及革命胜利以后，在农村基层政权依然存在着官僚主义的封建思想（《小二黑结婚》中的金锁、银锁，《李有才板话》中的小元，《邪不压正》中的小旦，等等，恰好

---

① 傅书华. 走近赵树理 [M]. 太原：山西出版传媒集团，北岳文艺出版社，2015：35.
② 周扬. 论赵树理的创作 [M]//黄修己. 赵树理研究资料. 太原：山西出版传媒集团，北岳文艺出版社，1985：184.

印证了丹尼尔·贝尔对"革命的第二天"的预言①）。如果说，鲁迅的农民题材小说，用启蒙的眼光揭露了旧资产阶级革命的不彻底性，那么，在赵树理的一系列反映解放区问题的小说中，则揭示了封建余孽与数千年禁锢农民的封建思想并不会随着新政权的建立而瞬间烟消云散。

---

① 丹尼尔·贝尔指出"革命地第二天"出现的困境："革命观念仍然给一些人施了催眠术，但真正的问题出现于'革命后一天'。那时，世俗世界再次闯入意识领域，面对难以驾驭的由物质刺激引起的欲望和将权力传给后代的欲望，道德只是抽象观念。因此，人们发现，一个革命社会本身日趋官僚化，或不断陷入持久革命的骚动中。"贝尔. 资本主义文化矛盾 [M]. 严蓓雯，译. 南京：江苏人民出版社，2007：27.

后　记

　　时光似箭，从写第一篇赵树理研究的论文到这本书的出版，已经过去18年了。本书算是对我不算短暂的赵树理研究做一次全面诊断，既是对以往的岁月做一次告别，也是为下一阶段的研究吹响号角。

　　本书得以顺利完成，首先要感谢硕士生导师向天渊教授。向老师是我的硕士生导师，19年前，我有幸投入向门求学，在西南大学度过美妙的时光。至今我依然怀念在西大读书时每周一次的集体读书的日子。向老师将我领进了学术的大门，手把手教我如何做学问。每一篇课程论文，向老师分别用红、蓝、绿三种颜色将论文稿修改得密密麻麻，从错别字、病句到段落立意，都不厌其烦地进行修改，我的学问就这样在向老师的扶持下蹒跚起步。那时的生活因为向老师的陪伴而格外幸福，周末向老师带我们爬缙云山，期末到骑龙请我们吃火锅。向老师用亲身实践教导我们，学问从来不只是来自书本，更来自生活。

　　西大毕业后，我的伊甸园生活就结束了，"诗"与生活开始分离，五斗米成了人生的全部。五年前，有幸与向老师一起研究赵树理，然而，现实的生活已经不容许有多余的时光去西大和向老师一起求学，这是我永远引以为憾的。所谓的"黄金岁月"，就是在单纯的日子里去做伊甸园的美梦！

　　感谢我的博士生导师刘祥安先生，先生与我素昧平生，却将我招至门下。三年在苏州大学的求学生涯，改变了我的人生轨迹。先生对学生要求甚严，每位学生都害怕他，因为自己那点学识在老师面前显得格外浅薄。先生心怀仁慈之心，每到小年总会请留在苏州过年的学生们吃饭。在我博士论文写作遇到困境时，先生用一下午的时间谆谆教诲，让我豁然开朗，这种雪中送炭般的恩情让我备感温暖。

　　感谢刘阶耳老师，三年前，在赵树理会议上偶遇刘老师，相谈甚欢，引为知己。刘老师精通叙事学，是一位赵树理研究专家。刘老师是我乡党，我们老家只有五里之遥。或许是这个原因，对我甚是照顾，经常在电话中、饭桌上提点我。三言两语，让我醍醐灌顶，如沐春风。

一个篱笆三个庄，一个好汉三个帮。我还要感谢我的两位挚友，他们堪称我的副导师。白杰学问做得好，人品更好。一想起我和他做学术的差距，总让人绝望。但他从来不放弃我，隔三岔五就打电话敦促。每当我想要放弃时，白杰的电话总会响起，于是我不得不挑灯夜战。感谢王强，我读博时最好的朋友，新诗所的师弟，我的很多文章都经过他细心的打磨，他总是默默无闻干着我的论文"装修"工作，"事了拂衣去，深藏身与名"。

做学术是一场修行，其中的甘苦，唯有自知！一想起论文诸多不如意处，总是感到无奈，资质愚钝是首要原因，但何尝不是懒惰的借口呢？但愿以后的学问做得要比今天好，唯此，方能不辜负诸位良师益友的一番苦心！

本课题是山西省哲社项目《赵树理文学叙事话语与新中国乡村建设研究》（2022YJ126）的结项成果、黄河文化生态研究院建设项目成果，谨识文末。